DESEO

AF274911

MAUREEN CHILD

TE INVITO A SUBIR…

HARLEQUIN

Cualquier forma de reproducción, distribución, comunicación pública o transformación de esta obra solo puede ser realizada con la autorización de sus titulares, salvo excepción prevista por la ley.
Diríjase a CEDRO si necesita reproducir algún fragmento de esta obra.
www.conlicencia.com - Tels.: 91 702 19 70 / 93 272 04 47

Editado por Harlequin Ibérica.
Una división de HarperCollins Ibérica, S.A.
Avenida de Burgos, 8B - Planta 18
28036 Madrid

© 2024 Harlequin Ibérica, una división de HarperCollins Ibérica, S.A.
N.º 550 - 25.10.24

© 2021 Maureen Child
Te invito a subir…
Título original: The Ex Upstairs

© 2021 Maureen Child
El amor siempre vuelve
Título original: Ways to Win an Ex
Publicadas originalmente por Harlequin Enterprises, Ltd.
Estos títulos fueron publicados originalmente en español en 2022

Todos los derechos están reservados incluidos los de reproducción, total o parcial. Esta edición ha sido publicada con autorización de Harlequin Books S.A.
Esta es una obra de ficción. Nombres, caracteres, lugares, y situaciones son producto de la imaginación del autor o son utilizados ficticiamente, y cualquier parecido con personas, vivas o muertas, establecimientos de negocios (comerciales), hechos o situaciones son pura coincidencia.
® Harlequin, Harlequin Deseo y logotipo Harlequin son marcas registradas por Harlequin Enterprises Limited.
® y ™ son marcas registradas por Harlequin Enterprises Limited y sus filiales, utilizadas con licencia. Las marcas que lleven ® están registradas en la Oficina Española de Patentes y Marcas y en otros países.
Imagen de cubierta utilizada con permiso de Harlequin Enterprises Limited. Todos los derechos están reservados.

I.S.B.N.: 978-84-1074-017-4
Depósito legal: M-16822-2024
Impreso en España por: BLACK PRINT
Fecha impresión para Argentina: 23.4.25
Distribuidor exclusivo para España: LOGISTA
Distribuidor para México: Distibuidora Intermex, S.A. de C.V.
Distribuidores para Argentina: Interior, DGP, S.A. Alvarado 2118.
Cap. Fed./Buenos Aires y Gran Buenos Aires, VACCARO HNOS.

MIXTO
Papel procedente de
fuentes responsables
FSC® C159065

Capítulo Uno

Henry Porter sonrió.

–Está aquí, jefe. Y no parece contenta.

Él sonrió a su secretaria.

–Me parece bien, Donna. No estoy aquí para hacer feliz a la familia Carey.

–Pues… misión cumplida –le respondió ella–. ¿Quiere que la haga entrar? No ha pedido cita.

–Hazla esperar cinco minutos –le contestó él, poniéndose en pie–. Y, después, que entre.

Colgó la llamada y se acercó al ventanal, que tenía unas vistas impresionantes de Los Ángeles. Aprovechó los cinco minutos que tenía para tranquilizarse mientras observaba el ajetreo de las calles a sus pies.

Había sabido que Amanda Carey o su hermano mayor, Bennett, se presentarían en su despacho. Pensó que era una suerte que fuese Amanda la que estuviese esperando fuera.

A lo largo de los años, Henry había tenido varias oportunidades para sabotear los planes de los Carey. Había convencido a determinadas personas para que no llevasen a cabo fusiones con ellos, les había arrebatado contratos. Y siempre lo había hecho sin que supiesen que había sido él, para poder ser testigo en la sombra de su frustración.

3

Bueno, de la frustración de Bennett. De eso se trataba. Quería demostrar al que había sido su amigo que los tiempos habían cambiado. Que él había cambiado, pero que no había olvidado.

Sin embargo, en esa ocasión iba a permitir que corriese la voz de que había sido Porter Enterprises la empresa que había comprado la propiedad por la que habían pujado los Carey. Había sabido que lo querían y se había asegurado de que no lo obtuviesen.

Y si Amanda Carey había ido a verlo en persona, había tenido el efecto deseado. Henry no había hablado con ella desde que se la había encontrado en una fiesta benéfica en San Diego el año anterior. Al recordarlo, pudo ver su imagen aquella noche, con el pelo largo y rubio recogido en un moño en lo alto de la cabeza y un vestido blanco, largo hasta los pies y con un único tirante, que la hacía parecer etérea y una diosa del sexo al mismo tiempo.

Se había quedado sin aliento al verla, pero había disimulado. Era una mujer que lo atraía más que ninguna otra.

A Henry no le importaba que Amanda siguiese teniendo aquel poder sobre él. No podía engañarse, aunque no lo habría confesado delante de nadie más.

Había hablado con ella brevemente y solo de negocios porque había muchos ojos observándolos y oídos intentando escuchar lo que decían, pero ella no había podido evitar fulminarlo con la mirada.

Y su genio también le afectaba más que cualquier sonrisa tonta. Eso lo dejaba en muy mal lugar, pero le daba igual. Desde que la había conocido, cuando todavía estaba en la universidad y Bennett Carey era su amigo, se había sentido atraído por ella, la hermana pequeña de Bennett. La había conocido cuando ella tenía dieciocho años y se había enamorado cuando tenía veinte. Era guapa e inteligente, divertida y todo lo que él siempre había querido.

No había conocido a nadie igual. Cuanto más tiempo había pasado con ella, más había sentido esa atracción intensa e irresistible. Había pasado dos semanas de vacaciones con la familia Carey en Italia y, justo antes del final, la había conseguido. Por fin. Henry y Amanda habían tenido un encuentro sexual en la caseta del embarcadero que los Carey tenían en su mansión junto a un lago, y cuando él había descubierto que Amanda era virgen, ya había sido demasiado tarde para parar. Aunque, de todos modos, ella tampoco había querido parar. Se habían vuelto locos el uno por el otro y, cuando aquella pasión había explotado por fin, ninguno de los dos había sabido qué hacer. Por suerte, no habían tenido que lamentar consecuencias.

Henry frunció el ceño y apartó aquellos recuerdos de su mente, se apoyó en el escritorio, se cruzó de brazos y esperó. Cuando la puerta del despacho se abrió, un rayo de sol la iluminó en el umbral como si se tratase de una estrella de Broadway subiendo al escenario y esperando los aplausos del público para continuar.

Estuvo a punto de reprenderla por aquello.

Llevaba puesta una chaqueta morada, con una camisa blanca debajo y una falda negra. Los zapatos de tacón rojos la hacían parecer más alta y alargaban sus maravillosas piernas. Se había dejado la melena rubia suelta y ondulada sobre los hombros y Henry deseó enterrar los dedos en ella.

—Amanda…

Esta respiró hondo, cerró la puerta con cuidado tras de ella y lo fulminó con la mirada.

—Lo has hecho a propósito.

Él sonrió a sabiendas de que eso solo la enfadaría todavía más.

—Yo también me alegro de verte.

—No pierdas el tiempo con galanterías, Henry —le advirtió ella.

—¿Te parezco un galán? Bueno es saberlo.

—No, no me lo pareces —replicó Amanda, pero él no la creyó.

La vio acercarse con paso largo y rápido.

—Lo que quiero saber es por qué lo has hecho —le dijo.

—¿Te importaría ser más precisa?

Henry sabía muy bien a qué se refería, pero prefería oírlo de sus labios.

—El viejo salón, cerca del Centro Carey. Lo has comprado.

Él se echó a reír, pero fue una risa falsa.

—¿Acaso era ilegal?

—No, pero es despreciable —le respondió ella dejando su bolso de piel negro en una de las sillas y poniendo los brazos en jarras—. Sabías que queríamos ese edificio.

6

Por supuesto que lo sabía.

–¿Y cómo iba a saberlo?

–Porque tienes espías.

Él se echó a reír. Estaba empezando a divertirse. Ver a Amanda enfadada era todavía mejor de lo que recordaba. Habían pasado diez años desde que habían pasado su primera y única noche juntos y estaba cada vez más guapa.

–¿En serio, Amanda? ¿De verdad piensas que tengo espías?

–¿Por qué no? Eso encajaría en tu plan de vengarte de los Carey.

–¿Vengarme, por qué?

Ambos sabían de qué estaban hablando, pero Henry quería que Amanda lo admitiese.

Pero, en vez de hacerlo, lo único que le dijo fue:

–Han pasado diez años, Henry.

–El tiempo vuela.

–¿Y qué es lo que tú quieres todavía? ¿Venganza?

–¿Venganza? –repitió Henry, riendo de manera falsa–. ¿No te parece que te estás poniendo un poco melodramática?

Ella se encogió de hombros.

–¿Y cómo lo llamarías tú entonces?

–¿Karma? –le sugirió él.

Por supuesto que aquello se remontaba diez años atrás. A una noche en particular.

Ella apretó los labios un instante.

–¿Tan importante es para ti hundirnos que has sido capaz de comprar ese edificio para que no lo adquiriésemos nosotros?

–Sí. Supongo que sí. Tengo que admitir que me enteré de que estabais interesados e hice una oferta mejor.

Amanda respiró hondo.

–Así, sin más.

–Exacto.

–¿Y qué vas a hacer con el edificio?

–No creo que eso sea asunto tuyo –le contestó él, pensando que estaba muy guapa y que todo su cuerpo anhelaba tocarla.

–Maldito seas, Henry –le dijo ella con frustración.

–¿Por qué te molesta tanto que uno de los planes de Bennett no haya salido bien?

–¿Y qué te hace pensar que era idea de Bennett? –le preguntó ella–. Lo has estropeado todo, Henry.

Si Amanda le hubiese hablado en tono enfadado, él habría replicado, pero parecía… derrotada y a Henry no le gustó. Tal vez no la hubiese visto mucho en los últimos diez años, pero sabía que había estudiado un grado en empresariales, que había conseguido que la nombrasen vicepresidenta de la empresa familiar y que era una persona con iniciativa, como él. Así que no le gustó verla tan decepcionada.

–¿Qué quieres decir?

–Nada, no importa. No tenía que haber venido –le respondió ella.

–Pues yo me alegro de que lo hayas hecho.

–Seguro que sí.

Amanda tomó su bolso para marcharse.

–Lo creas o no, no tiene nada que ver contigo –quiso aclararle Henry.

Ella se colgó el bolso del hombro y lo miró fijamente antes de responderle:

–No te creo, Henry. Y no sé qué más tramas, pero te advierto que es mejor que guardes las distancias.

–¿Esa amenaza viene de ti o de tu familia?

–Es lo mismo.

Años atrás, tal vez Henry habría argumentado lo contrario, pero en esos momentos era cierto. Amanda se sentía muy unida a su poderosa familia y él iba a hacer pagar a los Carey por lo que le habían hecho, aunque eso incluyese a Amanda…

La vio marcharse y disfrutó de las vistas. Amanda siempre había tenido un buen trasero. Como no volvería a verla en mucho tiempo, supo que tendría que continuar pensando en los recuerdos que tenía de la única noche que habían pasado juntos, de Amanda debajo de él, del sabor de su boca y el calor de su cuerpo.

Habían pasado diez años, pero él lo recordaba como si hubiese ocurrido el día anterior. Recordaba la magia de aquella noche y también cómo había terminado, su encontronazo con Bennett.

Lo recordaba todo.

Aquello era lo que lo había empujado a correr riesgos, a probar suerte, a montar una empresa que pudiese rivalizar con la de los Carey en todos los aspectos. Y, en esos momentos en los que su plan estaba a punto de culminar no iba a retroceder porque Amanda se lo pidiese.

No había terminado todavía.

Amanda pasó por delante de la secretaria, salió de las lujosas oficinas de Porter Enterprises y, al entrar en el ascensor, se dejó caer contra la pared y respiró hondo para intentar tranquilizarse.

Había llegado allí furiosa, pero lo que había sentido al volver a ver a Henry no había sido ira. Aunque fuese una locura, había sentido deseo nada más clavar la mirada en sus ojos verdes. Tenía el pelo moreno algo más largo de lo habitual y, como era tan alto, había tenido que mirarlo desde abajo a pesar de los tacones. Y ahí había surgido el problema. Siempre habían sido sus ojos lo que más la había atraído de Henry, aunque le gustase todo de él. Alto, delgado, vestido con un traje negro impecable, cualquier mujer en su sano juicio habría babeado un poco al verlo.

Y Amanda tampoco era inmune a él, a pesar de saber lo que sabía.

No sabía por qué tenía que ser Henry Porter el hombre que tuviese aquel efecto en ella, pero había sido así desde que lo había conocido, cuando, con dieciocho años, Bennett había llevado a casa a su compañero de habitación de la universidad a pasar un fin de semana. Después, año y medio más tarde, Henry había viajado con ellos a Italia y allí era donde se había enamorado de él.

Pero Amanda recordó que su encuentro había terminado muy mal y estiró la espalda en el ascensor antes de que este se detuviese en el vestíbulo. Salió de él y anduvo con paso firme hasta llegar a una concurrida calle de Los Ángeles. El ruido del tráfico y el ir y venir de los viandantes enseguida le sacaron a Henry de la cabeza, aunque fuese solo de manera temporal. Tenía un largo viaje de vuelta al condado de Orange y sabía que su cerebro iba a recordarle la escena que había tenido lugar con Henry una y otra vez.

La luz del sol entraba en la sala de reuniones a través de los ventanales con vistas a Irvine, California. Edificios de oficinas altos, casi todos de cristal y cromo, se erguían sobre las zonas verdes que parecían lazos de terciopelo envolviendo un regalo. En la autopista 405 los coches se amontonaban en el inevitable atasco de todos los días y, a lo lejos, Amanda vio una mancha azul que no era ni más ni menos que el océano Pacífico.

Los Carey habían decidido instalar las oficinas centrales de su empresa en la misma ciudad en la que se encontraba el Centro Carey, situado en un vasto terreno que en el pasado había sido un rancho. Todos los años se celebraba allí un festival de verano con actuaciones de todo tipo: desde ballet hasta orquestas sinfónicas y musicales.

Después del día que había tenido, lo último que le apetecía a Amanda era una reunión familiar, pero no podía evitarla. Si Henry no hubiese interferido, ella habría podido anunciar los planes que tenía para el edificio que se encontraba a menos de medio kilómetro del Centro Carey. Ese edificio llevaba allí toda la vida y los Carey habían ignorado siempre su presencia, pero cuando había salido a la venta a Amanda se le habían ocurrido muchas ideas para utilizarlo y expandir y mejorar el Centro Carey al mismo tiempo.

Habría sido una oportunidad para demostrarle a su familia cuánto podía aportar a la empresa.

–Pero ahora se ha ido todo el infierno –murmuró.

–¿Qué? –le preguntó Serena, su hermana mayor–. ¿Hay algo de lo que quieras hablarme?

Amanda la miró. Serena tenía treinta y dos años, dos más que ella. Tenía el pelo rubio dos tonos más claro que ella y sus ojos azules eran algo más dulces. Porque Serena siempre había hecho honra a su nombre. Serena. Tenía una hija de tres años, Alli, y después de divorciarse había entrado en la empresa y estaba intentando hacerse un hueco en ella.

Amanda miró a su alrededor. Ya estaba allí casi toda su familia, pero nadie parecía prestarles atención a ellas, así que bajó la voz y le dijo:

–He estado en Los Ángeles esta mañana.

–Eso lo explica todo –le respondió su hermana–. El tráfico pondría a cualquiera de mal humor.

–No, no ha sido el tráfico, sino Henry Porter.

–¿En serio? –le preguntó su hermana con sorpresa, pero sin levantar la voz–. ¿Has ido a ver a Henry?

–Sí. Tenía que hacerlo.

–¿Y cómo está?

–Como siempre –le respondió Amanda, pensando en lo guapo que lo había visto y sintiendo calor por todo el cuerpo.

¿Cómo era posible que siguiese sintiéndose así por un hombre que prácticamente se había declarado enemigo de su familia?

–¿Sabes que va a mudarse?

–¿Adónde?

Serena separó los labios para responderle, pero Bennett empezó a hablar en voz alta y la interrumpió. Obligada a prestar atención, Amanda pensó que continuaría su conversación con Serena después de la reunión.

–Hola a todos, vamos a empezar –dijo Bennett–. Tengo una reunión con el responsable de *merchandising* dentro de… –se miró el Rolex de oro que llevaba en la muñeca– cuarenta minutos.

Después, miró a Amanda.

–¿Cómo va el cartel para el festival?

Ella sonrió a pesar de la sensación de aturdimiento.

–Muy bien. Volvemos a tener al ballet chino este año y las entradas se están vendiendo muy bien. Van a actuar en julio –respondió, encendiendo su tableta y repasando los artistas que ya estaban confirmados–, también tenemos la actuación de una coral formada por tres institutos de secundaria de la zona.

Su hermano gruñó, pero Amanda no le hizo caso.

–Son estupendos y nos viene bien porque es una demostración del talento local. También tenemos a la orquesta filarmónica de Los Ángeles, que va a hacer tres actuaciones a lo largo del verano. Además, todavía estamos en abril y la mayoría de los artistas del año pasado están dispuestos a volver.

–Lo de la coral no termina de convencerme –admitió Bennett–, pero el resto me parece bien.

Luego, miró a Serena.

–¿Cómo va la publicidad?

–Despacio –le respondió esta con voz clara y dulce al mismo tiempo–, pero tendrás un informe completo a finales de mes.

A Amanda no le gustaba ver tan insegura a su hermana. Serena no había trabajado antes en la empresa familiar. Lo único que había querido siempre había sido formar una familia. De hecho, había planeado tener seis hijos. Cuando se había enamorado, todos habían pensado que iba a conseguir su sueño, pero su pareja había decidido que no estaba preparado para aquello y se había marchado. Después, había conocido a Robert, que la había encontrado en un momento vulnerable y la había arrastrado a un matrimonio que no la había hecho feliz, por lo que se había divorciado y volvía a ser libre y feliz.

Entonces, había empezado a trabajar en la empresa familiar mientras Alli se quedaba en la guardería que esta tenía en el mismo edificio.

–Serena está siendo muy modesta –intervino Amanda de repente, haciendo que la mirada de Bennett volviese a clavarse en ella–. Está ocupándose de las audiciones para el festival y está poniendo el sitio web al día. Además, el equipo está trabajando en el sistema de votación *online* y con nuestra empresa de

14

publicidad para preparar un par de anuncios que van a emitirse en las cadenas de televisión local.

—Pero no hay nada terminado… —añadió Serena enseguida.

Bennett levantó una mano.

—Parece que estás en ello, Serena, seguro que sale bien.

—Qué emocionante, ¿verdad? —comentó su madre, Candace Carey—. Me parece estupendo que demos la oportunidad a los artistas de realizar las audiciones en directo. Y me alegro de no tener que entender cómo funcionan las votaciones *online*, pero estoy deseando ver el concurso.

—Ha sido una buena idea —dijo Martin, su padre, sonriendo a su esposa.

Pero Candace lo miró de manera fría. Martín tenía sesenta y cuatro años y el pelo moreno salpicado de canas. Sus ojos azules seguían siendo inteligentes. Sus dos hijos habían heredado su complexión musculosa. A pesar de la edad, su presencia todavía era imponente.

Amanda pensó que ese era, en parte, el problema. Que su padre llevaba retirándose un año, insistiendo en que sus hijos tomasen las riendas de la empresa que él había levantado, pero sin dejarles el camino libre. Y su esposa estaba empezando a perder la paciencia.

—Serena —dijo Martin—. Si la página web está preparada ya, ¿por qué no funciona todavía?

Bennett, el hijo mayor y director general de la empresa, se metió las manos en los bolsillos mientras su padre tomaba las riendas de la situación. Apretó los dientes con fuerza para evitar hablar. Amanda vio cómo su rostro se tensaba. Llevaba el pelo rubio con un corte juvenil y tenía los ojos azules clavados en la ventana que había en la otra punta de la habitación. Amanda pensó que su hermano parecía haber nacido con traje. Con treinta y cuatro años, su padre lo había puesto al frente del negocio familiar, pero después Martin no había terminado de marcharse.

Serena se aclaró la garganta, miró a Bennett, a su padre y dijo:

—La página web está casi terminada. Estamos retocando parte de la información y quiero que el equipo pueda actualizar las votaciones y las fotografías casi al instante, así que Chad Davis está trabajando para conseguir que sea fácil de utilizar para todo el mundo. Hay que darle una semana o dos más.

—Que sea una semana —le respondió Martin, golpeando la mesa con los dedos.

—Dos está bien —lo interrumpió Bennett, retando a su padre con la mirada—. Nos sobra tiempo, papá.

Candace suspiró pesadamente y Martin hizo una mueca y asintió.

—Está bien. Tú estás al mando, Bennett.

Este continuó, decidido a terminar antes de que su padre volviese a intervenir.

—¿Alguien ha tenido noticias de Justin?

—No —le contestó Serena, mirando de reojo a Amanda para ver si esta había hablado con su hermano pequeño.

Amanda negó con la cabeza y Serena miró hacia

16

la cabecera de la mesa, donde estaban sentados sus padres.

—Yo intenté llamarlo la semana pasada, pero me saltó el buzón de voz. Seguro que está bien, mamá. Ya conoces a Justin.

Candace Carey tenía casi sesenta años y, gracias a unos genes excelentes y a un completo ritual de belleza diario, parecía que tenía cincuenta. Llevaba el pelo corto teñido de castaño con mechas cobrizas que hacían brillar sus ojos azules. Las pocas arrugas que tenía eran todas de sonreír y Amanda pensó que eran también la prueba de una vida bien vivida.

—Lo sé, Serena. Está bien. Hable con él ayer y está en Santa Mónica.

—Debería estar aquí —protestó Martin—. Es un Carey. Tenía que estar en esta reunión.

Candace cambió de postura en su silla y fulminó a su marido con la mirada.

—Está trabajando en algo que es importante para él y…

—¿Qué hay más importante que este negocio? —inquirió Martin.

En esa ocasión fue Amanda la que hizo una mueca al oír decir aquello a su padre. Vio que su madre estaba a punto de perder los nervios y se preguntó cómo era posible que su marido no se estuviese dando cuenta.

—Esa pregunta lo dice todo de ti, Martin —le dijo Candace, y Amanda se estremeció.

Cuando todo iba bien, Candace llamaba a su marido Marty. Así que la cosa no iba bien.

Este se dio cuenta por fin, aunque demasiado tarde.

–No, Candy, es que no me has entendido bien.

–Te he entendido bien –le respondió ella–. Y, sinceramente, Martin, hemos hablado de este tema cientos de veces. Dijiste que te ibas a retirar. Hicimos planes.

–Lo sé, cariño. Y vamos a hacer todo lo que planeamos.

–¿Cuándo? –insistió ella, ladeando la cabeza.

–Bueno, ahora llega el festival de verano y…

–Y Amanda se ocupa de él y está haciendo un trabajo excelente –lo interrumpió ella–. ¿Qué más?

–Está la fusión con el hotel Macintosh…

–Bennett está trabajando en eso –le aseguró Candace.

–¿Y Justin? –le preguntó él.

–Justin estará bien sin tu supervisión, Martin. Hemos educado bien a nuestros hijos. Sinceramente, tengo la sensación de que lo que no quieres es pasar tiempo conmigo.

Amanda miró a su hermana con preocupación.

–Sabes que eso no es verdad, cariño –le dijo Martin, tendiéndole la mano.

Pero ella se apartó y sacudió la cabeza.

–Pues yo pienso que es evidente cuáles son tus prioridades.

–Mamá… –intervino Bennett.

Esta levantó un dedo y su hijo se quedó en silencio.

–Voy a ir a comer con tu tía Viv…

–Pensé que íbamos a comer juntos –le dijo Martin.

–Y yo pensé que esta semana iba a estar en Palm Springs, así que ambos nos sentimos decepcionados –replicó Candace.

Amanda volvió a mirar a Serena y vio que su hermana miraba a su madre de manera comprensiva.

–Pero quería asegurarme de que todo iba bien antes de…

Candace arqueó las cejas.

–El problema es que no eres capaz de delegar del todo. Has formado a Bennett, le has dado las riendas de la empresa y me has prometido a mí que ibas a retirarte y que íbamos a empezar a viajar.

–Y vamos a hacerlo –protestó él.

–¿Cómo vamos a ir a Europa, si no hemos ido ni a Palm Springs? –le preguntó Candace sacudiendo la cabeza y metiéndose el bolso debajo del brazo–. Lo cierto es que no quieres viajar.

Luego, miró a Bennett un instante.

–Buena suerte, cariño.

–Espera un momento –la llamó Martin, poniéndose en pie.

–Ya he esperado suficiente, Martin. Se ha terminado.

Miró a sus hijos.

–Qué tengáis todos un buen día. Tú no, Martin.

–Cariño…

Candace no se molestó en mirar a su marido mientras salía de la habitación y Amanda pensó que era muy extraño que tanto ella como su madre tuviesen problemas con los hombres.

Capítulo Dos

De pie en el salón de la mansión de estilo Tudor de Beverly Hills, Henry oyó esa voz interior que volvía a decirle que saliese de allí. Por fin iba a hacerlo. La casa no estaba mal. Miró a su alrededor y vio los antiguos muebles que tanto le habían gustado a su madre y que tan poco le gustaban a él.

Sin darse cuenta, levantó la vista al retrato que colgaba sobre la chimenea. «Tiempos felices», pensó mientras estudiaba a la sonriente familia que había sido inmortalizada por un artista de talento. Sus padres, por supuesto, estaban jóvenes y parecían felices y él, con diez años, tenía en el rostro una sonrisa tensa que dejaba ver que no le gustaba el traje que le habían obligado a ponerse.

Dos años después de aquello, su madre había fallecido y su padre se había convertido en la sombra del hombre que aparecía en aquel cuadro. Desde entonces, él no había vuelto a ser feliz en aquella casa. Por eso había decidido mudarse a Texas cinco años antes. Aunque allí tampoco era feliz, pero al menos no estaba rodeado de recuerdos que prefería olvidar.

Henry frunció el ceño, marcó un número de teléfono y esperó a que su padre respondiese.

—Hola, papá.

–Henry. ¿Qué ocurre?

Directo al grano. Ese era su padre. Nunca tenía tiempo para charlar de cosas sin importancia. A pesar de que estaba jubilado, Michael Porter era un hombre brusco y parco en palabras.

–Que voy a vender la casa.

–Ya era hora –le respondió su padre.

Henry sacudió la cabeza. Cuando su madre había fallecido, o «los había abandonado», como decía su padre, Michael Porter había pasado el menos tiempo posible en aquella casa. No la había vendido porque había sabido que era una buena inversión, y no se había equivocado.

Henry se había quedado allí porque estaba cerca de las oficinas de su empresa, pero prácticamente solo iba a dormir y, dado que había decidido trasladar la sede al sur, ya no tenía sentido mantener la casa.

–Solo quería saber si quieres que te mande el retrato a Texas.

Hubo un breve silencio.

–No, no lo quiero –le respondió su padre por fin.

Henry ya había conocido la respuesta antes de hacer la pregunta, pero había sentido la obligación de llamar a su padre. Pensó que se llevaría él el retrato.

–Está bien. ¿Y el resto de las cosas?

–Ya me traje a Tejas lo que quería conservar –le dijo su padre–. Puedes deshacerte de todo lo demás o hacer lo que quieras con ello.

Henry volvió a mirar a su alrededor. Toda la casa había sido decorada por Evelyn Porter y su marido y su hijo no querían nada. Henry se preguntó qué habría pensado su madre de aquello.

—¿Va todo bien por San Antonio?

—Todo bien. De hecho, me gustaría que le echases un vistazo a una nueva empresa tecnológica que se está haciendo un nombre en el mundo de los videojuegos. Al parecer, se ha corrido la voz de que están buscando inversores para crecer más deprisa.

—¿Quieres decir que tienes a un espía infiltrado que te pasa información?

—No me gusta la palabra *espía*.

—Pero es la correcta, ¿verdad?

Michael se echó a reír.

—Digamos que tenemos una semana o dos para intervenir. Si te das prisa, a nuestros competidores les rechinarán los dientes de la rabia.

El viejo siempre había tenido buen olfato para los negocios. Y Henry no podía culpar a su padre por el modo en que había conseguido la información. Él también utilizaba informadores para vigilar las actividades de sus competidores y pensó en los Carey, sus enemigos. Amanda no se había equivocado en aquello.

Le dio la espalda a las vistas, salió del salón y fue al despacho, donde se sentó detrás del que había sido el escritorio de su padre y tomó papel y lápiz.

—Está bien, papá. Dime todo lo que sepas.

Su padre volvió a reír al otro lado del teléfono.

—Me alegra ver que te vas pareciendo a mí, Henry.

Y mientras su padre hablaba y él tomaba nota, Henry se preguntó si de verdad quería parecerse a él.

Tras la interminable reunión familiar, Amanda fue a comer con Serena a La Ferrovia, un buen restaurante italiano que no estaba lejos del trabajo. Mientras tomaban unas excelentes berenjenas a la parmesana, hablaron de la familia, de qué hacer con sus padres y de cómo convencer a Justin para que volviese al redil. A pesar de que no encontraron ninguna solución, a Amanda siempre le ayudaba hablar con su hermana.

–Después de esa reunión, teníamos que haber comido con vino –reflexionó ella.

Su hermana se echó a reír y sacudió la cabeza.

–Si hiciésemos eso cada vez que la familia Carey tuviese una reunión controvertida, estaríamos siempre borrachas.

«No me parece un mal plan», pensó Amanda, pero no lo dijo. Siempre había estado muy unida a su hermana, salvo durante el año que esta había estado casada con Robert O'Dare. Después, se había dado cuenta de que Serena se había apartado de ella porque no había querido que nadie supiese que había cometido un tremendo error.

Durante mucho tiempo, Amanda se había sentido culpable por no haber sido capaz de ver lo que le estaba ocurriendo a su hermana. Y en esos momentos agradecía volver a sentirse tan cerca de ella.

Después de comer, se sentaron en uno de los sofás rojos que había en la guardería, desde donde Serena podía ver a Alli. En realidad, Amanda también disfrutaba de aquellas visitas. Su sobrina era adorable y verla jugar con sus amigos era una buena manera de desconectar de todo lo demás.

Además, aquel día tenía algo rondándole la cabeza y aquella breve pausa antes de volver al trabajo le ofreció la oportunidad perfecta para abordar el tema. Porque para que su plan funcionase iba a necesitar la ayuda de Serena.

–Serena, antes me has dicho que Henry va a mudarse. ¿Cómo lo sabes?

Su hermana la miró como si aquello le resultase divertido.

–Porque me lo ha contado, evidentemente.

Sorprendida, Amanda la miró fijamente.

–¿Cómo que evidentemente? Nadie de la familia habla con Henry desde hace años.

–Yo, sí –le contestó Serena encogiéndose de hombros.

–¿Y nunca has dicho nada?

–Venga ya. ¿Por qué iba a hacerlo? Bennett se habría enfadado conmigo. Y no sabía cómo reaccionarías tú.

–¿Por qué dices eso?

–Por favor –le dijo su hermana, mirándola con incredulidad–. Es evidente que Henry no te cae bien, pero yo siempre he pensado que era ridículo dejar de tener relación con él.

–Pero…

Serena suspiró.

–Quiero decir que si yo dejase de hablar con to-

das las personas con las que Bennett está enemista-
do, solo hablaría con la familia… Ni siquiera podría
hablar con mi hermano pequeño.

Amanda pensó que no le faltaba razón.

–Pero ¿y lo que ocurrió entre Henry y yo, no te
incomodó?

–Por supuesto –admitió su hermana–. Fue terrible. Pero tú nos tenías a nosotros y Henry no tenía a
nadie de su parte.

–¿Y tú te pusiste de su parte? –le preguntó Amanda con incredulidad.

–No exactamente. Es solo que no quería meterle
más presión de la que ya tenía, así que un día lo lla-
mé y… a partir de entonces, hemos estado hablando
de vez en cuando.

–¿Desde cuándo?

–Desde hace un par de años, supongo.

–¿Y lo llamaste así, de repente?

Serena suspiró.

–No, me lo encontré por casualidad. Fue justo
después de mi divorcio, cuando fui a aquel *spa* en
Santa Mónica, ¿te acuerdas?

–Sí –le respondió ella, sintiéndose culpable por
estar haciendo que su hermana hablase de una épo-
ca que había sido muy dolorosa para ella–. Te alo-
jaste en un balneario en la playa y papá y mamá
se quedaron con Alli. Dijiste que lo habías pasado
muy bien.

–Y así fue. De hecho, estoy pensando que estaría
bien volver. Me pregunto si mamá querría quedarse
de nuevo con Alli.

–Por supuesto que sí, pero estás cambiando de tema. ¿Cómo te encontraste con Henry?

–¿No pensarás que yo era el único huésped del hotel?

–No, pero…

–Es una broma –le dijo su hermana, dándole unas palmaditas en la mano–. Ya sabes que, además de balneario, es un hotel, y Henry estaba allí alojado también.

–Qué casualidad.

–Al parecer, estaban pintando su casa y se había trasladado allí una semana.

–Ya, ya…

–Venga, Amanda –le dijo Serena frunciendo el ceño–. No le des más vueltas al tema. No todo es una conspiración. A veces, uno se encuentra con alguien por casualidad. Te estás volviendo como Bennett y eso no es bueno.

–¿Qué quieres decir?

–Quiero decir que te estás volviendo desconfiada y suspicaz y que, si sigues pasando tanto tiempo en la empresa, con Bennett, solo va a ir a peor.

–No soy desconfiada, solo soy… cauta.

–Sí, claro. No es sano ir por la vida pensando que todo el mundo te va a traicionar.

–Ni tampoco pasearse por un campo de minas.

Serena sonrió, miró a su hija y después volvió a clavar la vista en Amanda.

–Yo no hago eso, solo estoy dispuesta a confiar en las personas hasta que me dan un motivo real para no hacerlo.

26

Ninguna de las dos nombró a Robert O'Dare, pero ambas supieron de quién estaban hablando. Y Amanda volvió a sentirse culpable por haber sacado aquel tema de conversación.

–En cualquier caso –continuó Serena–, bajé a cenar la primera noche que estaba en el hotel y me encontré con Henry en el bar. Y, dado que ambos estábamos solos, cenamos juntos.

Amanda sintió envidia, pero no quiso admitirlo.

–¿Así de fácil?

Serena se encogió de hombros.

–¿Por qué no?

Amanda la miró fijamente. ¿Era posible que su hermana no lo entendiera?

–Bueno, porque Porter Enterprises ha estado en guerra con Carey Corporation durante los últimos cinco años.

–Pero yo no soy la empresa, Mandy –le recordó su hermana–. Ni tú tampoco.

–Pero nosotras somos Carey y Henry es Henry. ¿Por qué estuvo tan simpático? ¿Quería sonsacarte información? –inquirió, teniendo que hacer un esfuerzo por contener la ira que le causaba pensar que aquel hombre hubiese podido utilizar a su hermana contra su propia familia.

–¿Por qué no iba a ser simpático conmigo? –le preguntó Serena tan tranquila–. Yo no soy Bennett. Ni tú tampoco. No tenía ningún motivo para evitarme. Y, no, antes de que me lo preguntes, ya te digo que no intentó sacarme información. Esto no es una telenovela, Mandy, deja de darle vueltas.

–Una telenovela, no –admitió ella–, más bien un *thriller* empresarial. Venga, Serena, sabes tan bien como yo que Henry nos ha arrebatado varias propiedades en los últimos años. Por no hablar de los empleados que nos ha robado…

–¿Al ofrecerles mejores sueldos y más beneficios? –comentó Serena sacudiendo la cabeza–. Eso no es robar, sino hacer una oferta mejor… que Bennett habría podido igualar si hubiese querido.

–¿Y eso hace que esté bien?

–Así son los negocios.

–No, no es cierto. Así es la guerra.

–Vaya, no sabía que fueses tan melodramática –comentó Serena riendo.

–A mí no me parece gracioso.

¿Cómo era posible que su propia hermana no se diese cuenta de que Henry Porter era capaz de cualquier cosa para hundir a la empresa de su familia?

–Pues lo es, cariño. Henry no es tan malo, no planea dominar el mundo ni nada de eso…

–No, el mundo, no, solo Carey Corporation.

–Bennett tampoco es un santo.

–Eso es verdad, pero…

–No hay peros que valgan –la interrumpió Serena–. Estoy empezando a pensar que no se trata de que Henry adquiera propiedades o empleados, sino de lo que ocurrió entre vosotros.

–Estás equivocada –le respondió Amanda con firmeza.

Aunque, tal vez, también hubiese algo de eso,

pero, sobre todo, se trataba de que Henry quería vengarse de su familia.

Serena sacudió la cabeza.

—Mira, Mandy, todos sabemos lo que hubo entre Henry y tú hace diez años…

Amanda cambió de postura en el sofá, incómoda, y dio un sorbo al café que tenía en la mano. Sí, todo el mundo lo sabía porque Bennett los había sorprendido juntos y desnudos. Se ruborizó solo de recordarlo.

—Pero de eso hace diez años. ¿Cuándo vas a pasar página?

—¿Yo? ¿Cuándo va a pasar página Henry? ¿O piensas que ha escogido a la familia Carey como objetivo por casualidad? Teniendo en cuenta que no deja de sabotearnos y que Bennett se encuentra en un estado constante de irritación, me resulta bastante difícil sacarlo de mi memoria.

—Tienes razón —le dijo Serena, apoyando una mano en su brazo—. Lo entiendo, pero ¿qué es lo que quieres exactamente de mí?

—Ayuda —admitió Amanda—. Necesito saber qué sabe Henry de nosotros.

Serena frunció el ceño.

—No sé cómo voy a ayudarte con eso. Nunca hablamos de negocios, Mandy.

—Ya —comentó ella, porque no podía creerse aquello, seguro que hablaban de negocios, pero Serena no se había dado cuenta—. No espero que me des respuestas, sino que me ayudes a obtenerlas.

—¿Cómo?

–Necesito que me ayudes a entrar en casa de Henry.

Serena la miró con sorpresa y a Amanda no le extrañó.

–No puedes estar hablando en serio –le dijo su hermana, mirándola como si se hubiese vuelto loca–. Si quieres hablar con Henry, ve a su casa directamente.

–No quiero hablar con él, quiero espiarlo.

Serena se echó a reír, entonces, se dio cuenta de que Amanda estaba seria.

–¿No te parece que estás yendo demasiado lejos?

–No. Llevo pensando en ello desde que he ido a verlo esta mañana a su despacho.

–¿Pensando en qué?

Amanda miró a su alrededor para asegurarse de que nadie las escuchaba antes de volverse hacia su hermana.

–Me parece que solo hay dos maneras de averiguar qué trama: o poniendo un espía en su casa o… convirtiéndose en ese espía.

–Madre mía, Mandy, ¿te estás oyendo? –le preguntó Serena poniendo los ojos en blanco.

–Por supuesto –le respondió ella sonriendo porque su plan le parecía brillante–. Si consigues meterme en su casa, averiguaré qué trama, qué sabe de nosotros y cómo está consiguiendo la información.

–¿Ahora eres Amanda Bond?

–¿Por qué no? Aunque tal vez me parezca más a Mata Hari –le dijo a su hermana, pensando en todas las posibilidades que tenía delante.

Además, se dijo que, si lo tenía cerca durante un tiempo, tal vez conseguiría sacárselo de la cabeza de una vez por todas.

Hacía diez años que habían pasado una noche juntos y todavía no había sido capaz de olvidarse de él. Y lo había intentado. Había tenido varios amantes, pero no había vuelto a sentir lo que había sentido con Henry.

Y eso la enfadaba. ¿Por qué le había tenido que ocurrir aquello precisamente con Henry Porter?

–De acuerdo –comentó Serena riendo–. ¿Y cómo planeas hacerlo?

–En realidad, todavía no lo he pensado bien –admitió Amanda–, pero me has dicho que se va a mudar, ¿verdad? Supongo que va a necesitar algo de ayuda.

–Supongo.

–Pues dile que conoces a alguien que podría ayudarlo.

–¿Tú? ¿Vas a trabajar para Henry? ¿De empleada de hogar?

–Empleada de hogar o de lo que sea. Solo necesito estar cerca de él unos días.

Serena frunció el ceño, pensativa, y suspiró.

–La semana pasada me comentó que Martha, su ama de llaves, iba a contratar a algunos empleados para poner la casa a punto.

–¡Perfecto!

–No del todo –le recordó Serena–. Aunque le diese tu nombre a Martha y te contratasen… Henry te reconocería.

–No, no me va a reconocer.

–Es una mala idea –le advirtió Serena.

–En absoluto. Va a ser estupendo.

Aunque tuviese alguna duda, Amanda las apartó de su mente.

Tal vez disfrazarse pareciese una tontería, pero era lo único que se le ocurría para poder entrar en su casa. El plan funcionaría porque ella lo haría funcionar. Quería conseguir información acerca de Henry. Y no tenía nada que ver con el calor que sentía cuando lo tenía delante, como aquella mañana. Ni tampoco con los sueños que, de vez en cuando, la asaltaban por las noches. Quería demostrarle a su familia que era capaz de hacer algo por su dinastía.

Sabía que Bennett confiaba en ella, pero también era consciente de que la tenía ocupando un puesto en el que no iba a darle problemas. Era un respeto con salvedades y ella quería más.

–¿Puedes hacerlo? ¿Puedes meterme en casa de Henry?

Serena se quedó pensativa y después asintió. Amanda suspiró con satisfacción.

–Lo haré, con una condición –le dijo entonces su hermana.

–¿Cuál?

–Antes me has dicho que no podías olvidarte tan fácilmente de lo que ocurrió hace diez años.

Amanda frunció el ceño.

–¿Y?

–¿Cuál es el motivo real?

–¿Me estás psicoanalizando?

Su hermana sonrió.

–¿Debería hacerlo?

–¿No me digas que estás preocupada por mí? –le preguntó Amanda sorprendida–. Bennett se siente tan herido que dispara a todo lo que se mueve; Justin ni siquiera se presenta a las reuniones familiares; papá y mamá no paran de pelearse; y tú…

–¿Yo? –le preguntó Serena con sorpresa.

–Tú llevas dos años divorciada, Serena. ¿Has vuelto a mirar a otro hombre? ¿O vas a seguir utilizando a Robert como escudo durante el resto de tu vida?

Amanda llevaba guardándose aquello durante demasiado tiempo y lo dejó salir.

Su hermana frunció el ceño.

–Eso ha sido un golpe bajo.

–Tal vez, pero no me has respondido.

–Estás proyectando, Mandy.

–Ahora sí que pareces una terapeuta.

–Y tú, en vez de responder a mis preguntas, estás intentando cambiar de tema todo el tiempo. Además, a ti tampoco te he visto con ningún hombre últimamente. No eres tan optimista como pareces, ¿verdad?

–Tenías que haber estudiado psicología. Respondes a una pregunta con otra.

–Eso tampoco es una respuesta –insistió Serena.

Y tenía razón. Amanda no había salido con nadie en mucho tiempo, pero porque estaba ocupada. Tenía una vida. La vida que quería tener. Y no necesitaba que Serena le señalase las grietas, sobre todo, teniendo en cuenta que ella también las tenía.

Suspiró y miró a su alrededor. Las paredes estaban pintadas de colores primarios y el suelo estaba cubierto por alfombras acolchadas. Las estanterías rebosaban cuentos y juguetes, y había pequeñas mesas y sillas en las que los niños se sentaban a colorear. Era un lugar extraño para mantener una conversación tan profunda, pero era una conversación que habían tenido pendiente desde hacía tiempo y tal vez aquel era el momento perfecto.

–¿Cómo hemos pasado a hablar de lo que pienso de Henry cuando lo cierto es que me acabas de contar que estás en contacto con él?

Serena se echó a reír, miró a su hija y después a Amanda otra vez.

–Porque yo también soy una Carey –le respondió, todavía sonriendo–. Y sé cambiar de tema tan bien como tú.

–Estupendo. Has vuelto a hacerlo. Quieres saber qué pienso de Henry, pero no me quieres contar por qué evitas a los hombres, pero voy a dejar pasar eso y preguntarte por qué eres amiga de un hombre cuya misión consiste en arruinarnos.

–No está arruinando a nadie –le dijo Serena sacudiendo la cabeza–. Solo está gestionando su propio negocio. Lo mismo que Bennett. No hablo con él todos los días ni le paso información. Solo quedamos a comer de vez en cuando y charlamos.

–Pero ¿por qué? –le preguntó Amanda.

Serena se encogió de hombros.

–Porque me cae bien. Y porque no voy a permitir que la familia me diga de quién puedo ser amiga.

Amanda entendió aquello, a ella tampoco le gustaba que le diesen órdenes.

—Me gustaría decirte que me alegro por ti, pero me cuesta porque sigo furiosa con él.

—Pues la ira no te va a llevar a ninguna parte, te lo digo por experiencia.

Amanda supo que su hermana se estaba refiriendo a su divorcio y se sintió mal por haber llevado la conversación en esa dirección. Y por el golpe bajo de unos minutos antes.

—Lo siento, no pretendía…

—No te preocupes. Ya no estoy enfadada por cómo terminó mi matrimonio, ni tampoco triste —le dijo, respirando hondo—. Me siento agradecida con Robert. Me ha cedido la custodia de Alli, que es lo más importante de mi vida.

Amanda miró también a su sobrina. La niña tenía el pelo del mismo color que su madre recogido en dos coletas adornadas con sendos lazos rojos. Vestía unos pantalones vaqueros, una camisa blanca salpicada de flores rojas y zapatillas de deporte también rojas. Serena era la única de la familia que tenía un hijo y a Amanda le preocupaba no tenerlos nunca, teniendo en cuenta cómo iba su vida amorosa.

—Tienes razón. Ha merecido la pena.

Serena le sonrió.

—La tristeza no dura más que la ira, pero hay otras cosas que sí son para siempre.

—Vaya. Psicóloga, poetisa, ¿qué más secretos escondes?

Serena murmuró:

–Muchos…

De repente, Amanda sintió que su hermana estaba muy lejos y no supo cómo llegar a ella. Antes de que le diese tiempo a preguntarle si podía ayudarla de algún modo, si había algo en concreto que le preocupase, Serena volvió a mirarla y esbozó una sonrisa. No era una sonrisa de verdad, pero Amanda entendió el mensaje. Su hermana no quería que le hiciese preguntas. No quería hablar y Amanda tenía que respetarlo porque ella también tenía secretos.

Uno de ellos que, después de tantos años, todavía pasaba demasiado tiempo pensando en Henry.

Capítulo Tres

Al día siguiente, Henry tuvo tres reuniones antes de la comida y pensó que estaba siendo un buen día. Había adquirido un viñedo en Napa, había cerrado un trato con el nuevo creador de videojuegos en Austin y se había fusionado con una empresa de material sanitario.

–Papá tenía razón –murmuró, poniéndose el abrigo–. La diversificación en la clave.

Su empresa tenía tantos intereses que habría podido vivir tres vidas sin aburrirse.

«Otro motivo más para trasladar la sede», pensó, mirando a su alrededor.

Aquel lugar todavía llevaba el sello de su padre y, aunque eso no le molestase, Henry quería poner el suyo propio. Michael Porter se había retirado y le había cedido las riendas cuatro años antes y, desde entonces, Henry había prestado más atención a los negocios que a la decoración.

Pero su padre estaba en Texas, jugando al golf y pescando, y la empresa y la casa familiar habían quedado en sus manos. Y había llegado el momento de empezar a hacer las cosas a su manera.

Miró por la ventana, desde la que se veía la ciudad de Los Ángeles y el Pacífico a lo lejos, y supo que estaba haciendo lo correcto. Quería ver algo más que edificios. Quería ver bien el mar. Quería vistas nuevas y no le importaba estar más cerca de los Carey, y de Amanda.

Solo de pensar en ella se le aceleró el pulso. Después de verla el día anterior, tenía una nueva imagen con la que recrearse. Ya no se cuestionaba la atracción que sentía por ella. ¿Para qué? Más interesante era pensar qué hacer al respecto. Todavía no lo sabía.

El teléfono sonó.

—Dime, Donna —le respondió a su secretaria.

—El señor Haley está aquí.

—Estupendo, que pase.

La puerta se abrió un momento después y entró el mejor amigo de Henry. Mick Haley era alto, con una mandíbula prominente, los ojos verdes muy brillantes y un cuerpo muy musculoso, digno del integrante del cuerpo especial de la marina estadounidense que había sido. En esos momentos, Mick dirigía una de las principales empresas de seguridad del mundo, gracias a la cual se habían conocido.

Mick había empezado trabajando como guardaespaldas de una actriz con la que Henry salía. La aventura con la actriz no había durado, pero su amistad con Mick, sí. Unos años antes, la empresa de Mick había empezado a trabajar en temas de ciberseguridad y Henry la había contratado.

—Si quieres evitar atascos, será mejor que nos marchemos —le dijo Mick.

—Evitar el tráfico es imposible, sea la hora del día que sea.

38

—Sí, pero conduzco yo.

—Está bien. Tengo seguro de vida.

Henry suspiró. Mick tenía la costumbre de conducir como si estuviese sorteando minas o tropas enemigas. Él lo llamaba conducción defensiva, pero, se llamase como se llamase, los viajes con él eran siempre una aventura.

—Esa es la actitud —le respondió Mick sonriendo, girándose hacia la puerta—. Si me dejases enseñarte a conducir, no te molestaría tanto.

—Sal —le dijo Henry, pensando que ya tenía bastante con ir con Mick en coche como para aumentar el riesgo conduciendo así él también.

—Ya iba siendo hora de que dejases Los Ángeles —comentó su amigo mientras salían del despacho.

—Si tú lo dices.

—Si yo lo digo, debe de ser verdad.

Henry se echó a reír y se detuvo delante del escritorio de su secretaria.

—Donna, cuando termines con la correspondencia puedes tomarte el resto del día libre.

—¿De verdad?

Él se encogió de hombros.

—Yo me lo voy a tomar, así que tú también.

—¿Y el resto? —preguntó alguien dos escritorios más allá.

—¿Has sido tú, Jeff?

Un hombre joven se puso en pie para responder.

—Sí. ¿He oído día libre?

Los otros tres empleados que había en las oficinas se quedaron expectantes. Henry pensó en lo duro que habían trabajado todos en los últimos días. Miró a Mick, que se estaba riendo en silencio, y después volvió a mirar a Jeff y al resto de sus empleados.

—Está bien. Cuando Donna haya terminado, podéis marcharos todos.

—¡Genial! —exclamó Jeff.

Y se oyeron aplausos.

—Disfrutad. Mañana tendremos que trabajar todos en la mudanza —les dijo Henry mientras se dirigía hacia los ascensores con Mick pisándole los talones.

Una vez dentro, su amigo le preguntó:

—¿Quieres que te nombren jefe del año?

—Sí, ya estoy haciendo hueco en la estantería para el trofeo.

—Teniendo en cuenta el tamaño de tu nueva casa, no te va a faltar espacio —comentó Mick.

—Por no hablar de las vistas —dijo él, apoyándose en la pared del ascensor y clavando la vista en el suelo—. Sobre todo, desde el tejado.

De hecho, se había decidido a comprar la casa cuando había visto la terraza que había en el tejado. El anterior dueño había instalado varias sombras y muchas flores de las que tendría que ocuparse un jardinero. A Henry le había encantado aquel espacio. En Beverly Hills, aunque la casa tuviese terreno, estaba en la ciudad. Nada que ver con Irvine, que, sorprendentemente, le había gustado mucho.

Salieron del edificio en silencio y una vez en el Range Rover de Mick, este preguntó:

—Entonces, ¿te mudas mañana?

–Empiezo a trasladarme mañana –le respondió Mick–. La empresa de mudanzas recogerá todo lo que hay en Beverly Hills y lo llevará allí. Martha ha buscado ayuda para supervisar el desembalaje, para que todo vaya bien.

–Nunca te he visto en Beverly Hills –comentó Mick con naturalidad.

Y tenía razón, Mick pensó que tal vez todo habría sido diferente si hubiese tenido buenos recuerdos de la casa de los Porter.

–Es una buena casa –le respondió él–, pero no es para mí.

–Lo entiendo.

Mick hizo un adelantamiento y Henry se agarró a la puerta.

–Espero que lleguemos vivos –susurró–. ¿Has quedado con tus expertos en ciberseguridad para que vengan a casa hoy?

–No, hoy, no –le respondió Mick, volviendo a adelantar–. Quiero echar un vistazo antes yo.

Henry asintió, le pareció bien. Quería que el sistema de alarmas fuese tan bueno como el que había tenido en la propiedad de Beverly Hills.

–También deberías pensar en tener un perro –le sugirió su amigo.

–No estoy en casa lo suficiente como para tener un perro –le contestó él automáticamente–. No sería justo para el animal que lo dejase solo todo el día.

–Estará el ama de llaves –le recordó Mick.

–El ama de llaves no se va a ocupar del perro. No sería justo para Martha.

–Ve a un refugio y adopta a un perro mayor, al que no tengas que educar.

–Tú ocúpate de las alarmas, ¿de acuerdo?

Mick sonrió.

–Por supuesto, pero te va a costar caro.

Dado que la empresa de Mick ya había instalado el sistema de seguridad de su casa de Beverly Hills, Henry sabía que le iba a costar mucho dinero, pero también que estaba trabajando con los mejores.

–Hemos investigado a la empresa de mudanzas.

–¿No te parece demasiado?

Mick se encogió de hombros.

–Van a tener acceso a la casa, aunque sea por poco tiempo. Nunca está de más.

–Bien, pero no hace falta que investiguéis al personal de servicio. Ya está hecho.

–¿Hay alguien nuevo?

Henry se quedó pensativo.

–El ama de llaves ha contratado a la hermana de una amiga suya para que ayude a colocarlo todo al principio.

–¿La conoces? –le preguntó Mick.

–No, pero conozco a Martha, así que no te preocupes –le dijo Henry, echándose a reír–. Con que pongáis las alarmas y cambiéis las cerraduras ya está bien.

–Como quieras, para eso eres el jefe.

Mick giró el volante para tomar la siguiente salida y Henry levantó la vista con sorpresa. Ya estaban en Irvine.

Pensó que se iba a alegrar de no tener que volver a hacer aquel trayecto para ir a trabajar. Durante los últimos años, se había alojado en un hotel en Newport Beach y había tenido que desplazarse hasta la sede de la empresa.

No había querido vivir en la casa de Beverly Hills. Tenía demasiados recuerdos de ella y casi ninguno bueno. Debía haberla vendido mucho tiempo atrás, pero la había utilizado alguna noche que se había quedado a trabajar hasta tarde.

Pronto podría dejar de preocuparse por ella. La casa nueva estaba a pocos kilómetros de la nueva sede central. Además, sabía que Amanda y el resto de los Carey se volverían locos cuando se enterasen de que se mudaba a Irvine.

Y también sabía que era el momento de hacer algo nuevo con su vida. O de fingir que lo hacía.

Lo había intentado ya ocho años antes. Había conocido a una mujer y, tres meses después, se había casado con ella a pesar de saber que era un error. Lauren había querido más de lo que él podía darle y no había tardado en darse cuenta de la realidad, así que se habían divorciado y Henry no había vuelto a tener ninguna relación. Prefería las aventuras de una noche, sin expectativas de ningún tipo.

En toda su vida, solo había habido una mujer que le había hecho desear más: Amanda. Y era complicado estar casado con una mujer mientras pensaba en otra. Aunque no estaba enamorado de ella ni nada parecido. Lo único era que cada vez que la veía se le aceleraba el pulso y le ardía el cuerpo. Se trataba solo de deseo. No le interesaba el amor.

Ser espía no era fácil.

En especial, cuando eso implicaba empaquetar una delicada cristalería porque el ama de llaves no se fiaba de los trabajadores de la empresa de mudanzas.

Amanda seguía sin saber cómo lo había conseguido Serena, pero la había metido en casa de Henry, en la casa que este acababa de vender. Porque Henry se iba a mudar a Irvine, muy cerca de su propia casa, que estaba en Laguna, y de Carey Corporation. Seguro que lo había hecho a propósito, pero ya se preocuparía por eso otro día. En esos momentos no tenía tiempo.

Desde que había llegado esa mañana, había estado demasiado ocupada como para poder husmear.

Se había puesto una peluca corta y morena, un par de gafas de metal y llevaba los hombros hacia delante a modo de disfraz. Los pantalones negros y la camisa blanca eran tan anodinos que nadie la miraría dos veces. Martha, el ama de llaves, era una mujer agradable, pero muy dura como jefa.

—Cuando termines con esos vasos —le dijo—, puedes empezar con las copas de vino. Las encontrarás en aquel mueble.

—De acuerdo —le respondió ella—. No entiendo que alguien quiera marcharse de una casa tan bonita.

—Bueno, a Henry nunca le ha gustado mucho —le respondió el ama de llaves.

–Pues a mí me parece preciosa –continuó Amanda–. Parece sacada de un cuento de hadas.

–Estoy de acuerdo –admitió Marcha sonriendo–. Yo voy a echarla de menos, pero Henry será más feliz en otro sitio.

–¿Lo conoce desde hace mucho tiempo? –le preguntó ella, intentando recabar así toda la información posible.

–Desde que tenía once años –le dijo Martha–. Vine a trabajar con los Porter cuando se mudaron aquí desde Tejas. La casa era diferente entonces.

–¿Por qué? –preguntó ella, realmente interesada.

–Eran una buena familia. La señora Porter era un encanto. Henry y su padre la adoraban.

Amanda ya sabía que la madre de Henry había fallecido cuando este era un niño, pero no sabía mucho más porque era un tema del que Henry nunca había querido hablar.

–¿Qué ocurrió? –preguntó.

Martha arqueó una ceja y Amanda continuó empaquetando vasos.

–Fue terrible. La señora Porter había salido a por el regalo de cumpleaños de Henry. Estaba muy cerca de casa cuando un conductor borracho se saltó un stop y embistió su coche. La pobre falleció al instante.

A Amanda se le encogió el corazón al oír aquello y sintió pena por el niño que Henry había sido.

–El señor Porter se quedó destrozado, por supuesto. Adoraba a su esposa –continuó Martha, suspirando–. Era el centro de su universo y cuando murió… Nunca he visto a un hombre así y espero no volver a verlo.

—¿Y Henry? —le preguntó ella.

Martha volvió a suspirar.

—El pobre niño se sintió perdido, como es natural. Fue tan repentino, tan terrible, y tan real. Con el paso del tiempo, su padre se encerró en sí mismo. Actuaba como si su esposa hubiese fallecido a propósito. Se mostraba furioso y dolido al mismo tiempo y el pobre Henry tuvo que convivir con aquello.

Amanda estaba descubriendo más cosas de las que había querido averiguar. No quería sentir pena por Henry, pero la estaba sintiendo. No podía ni imaginar cómo habría sido perder a su madre. En su casa, Candace era el pilar fundamental. Y, a pesar de que discutía mucho con Martin, siempre habían sido un equipo. Era como si Candace fuese el sol y el resto de la familia girase a su alrededor y Amanda se dio cuenta de que, sin su presencia, tanto sus hermanos como ella habrían tenido vidas muy diferentes.

Porque, si lo pensaba bien, su padre habría reaccionado más o menos como el padre de Henry. Y Henry era hijo único, no había tenido hermanos con los que compartir su dolor. Solo había tenido a su padre, que había estado demasiado dolido como para ocuparse de él.

No obstante, Amanda pensó que aquella tragedia en su niñez no era excusa para que el Henry adulto lo pagase con la familia Carey.

—¿Necesita que haga algo además de recoger la cristalería? —preguntó, cambiando de tema porque quería apartar de su mente los sentimientos que el pasado de Henry había despertado en ella.

Por no mencionar que no averiguaría mucho acerca de lo tramaba si se quedaba todo el tiempo en la cocina.

Martha la miró y luego miró la caja. Amanda solo había empaquetado y guardado media docena de vasos.

–Tal vez la cocina no sea el mejor lugar para ti. Termina lo que tienes ahí y luego puedes ir con Ellie al despacho. La empresa de mudanzas lo empaquetará casi todo, pero hay varias cosas de las que debemos ocuparnos nosotras.

El despacho podía ser un lugar interesante, Amanda contuvo una sonrisa y respondió:

–Terminaré enseguida e iré a ayudar a Ellie.

Martha se echó a reír.

–Qué no daría yo por ser joven y tener esa energía.

No era juventud, sino nervios, pensó Amanda. Con un poco de suerte, podría averiguar cómo estaba consiguiendo Henry la información acerca de la familia Carey.

Cuando Henry volvió a la casa de Beverly Hills estaba deseando tomarse una cerveza en el patio y descansar de la presencia de Mick que, por suerte, no lo había matado en la autopista. Además, solo le quedaban dos días en aquella casa, así que no tenía mucho tiempo para disfrutar del patio cubierto por una pérgola con enredaderas que su madre había plantado mucho tiempo atrás.

Pero antes pasó por su despacho. Solo quería tomar un par de documentos para leerlos mientras se relajaba. No había pretendido asustar a las dos mujeres que estaban trabajando en la habitación.

–¡Señor Henry! –exclamó Ellie, que tenía unos cuarenta años, el pelo corto y rojizo y unos ojos verdes muy brillantes–. Se mueve con más sigilo que los fantasmas.

Él pensó que aquello tenía sentido, porque la casa estaba llena de fantasmas. El recuerdo de su madre. El recuerdo de la familia que habían formado antes de que ella se fuera. El recuerdo de su padre antes de que se volviese tan... distinto.

–Lo siento, Ellie –le respondió–. No pretendía asustarte. No os molestaré mucho. Solo necesito un par de cosas.

–Adelante –le dijo ella riendo, todavía subida a una escalera delante de la estantería–. En cuanto mi corazón se reponga, terminaré con esto.

Él sonrió y miró a la otra mujer, que estaba metiendo el contenido de los cajones de su escritorio en una caja. Debía de ser una de las personas a las que había contratado Martha.

–No la conozco, ¿verdad?

Era una mujer alta, a pesar de que llevaba la espalda arqueada, con el pelo moreno y corto y ojos azules.

–No, soy Amelia. Solo he venido a ayudar con la mudanza.

Henry frunció el ceño al ver que la mujer apartaba la mirada. Su voz le había resultado familiar.

–Bueno, pues continúe con lo que estaba haciendo –le dijo, dirigiéndose hacia el archivador que había detrás del escritorio.

Amelia se apartó de su camino como si le diese miedo tenerlo demasiado cerca. Él volvió a fruncir el ceño al darse cuenta de que su olor también le resultaba familiar. Se dijo que eran muchas las mujeres que utilizaban el mismo perfume, pero aquel…

–¿Hay algo que no quiera que guardemos? –le preguntó ella.

–Solo tenéis que ocuparos del escritorio y de esa estantería, el resto lo hará la empresa de mudanzas –le respondió él.

La mujer asintió sin levantar la cabeza y él sintió curiosidad por volver a ver sus ojos, pero se giró hacia el archivador y lo abrió. Tenía todos los documentos digitalizados, pero algunos también los conservaba en papel. Le dolía la cabeza si se pasaba todo el día delante de la pantalla del ordenador.

Amelia se movió a su alrededor y él volvió a reconocer su olor, que le recordó a noches de verano, con toques de coco y lima, y se dio cuenta de que la última vez que había olido así había sido con Amanda. Frunció el ceño todavía más y sacó los documentos que quería leer. Luego, volvió a mirar a Amelia, que seguía evitando su mirada. Interesante. Nadie era tan tímido. ¿Por qué se comportaba así?

A pesar de las ganas que tenía de tomarse la cerveza, decidió quedarse un par de minutos más allí, averiguando por qué Amelia le resultaba tan familiar y un misterio al mismo tiempo.

Oyó pasos en el pasillo y enseguida entró Martha en la habitación.

—¿Ellie?

Entonces, lo vio a él.

—No sabía que estabas en casa, Henry.

—Acabo de llegar —le dijo él, llevando los documentos hasta un sillón de piel marrón oscuro.

Se sentó en él, alargó las piernas y encendió la lámpara que tenía justo detrás.

Era curioso. Tenía más recuerdos de aquella habitación que de ninguna otra de la casa y casi ninguno bueno. Si cerraba los ojos, estaba seguro de poder escuchar la voz de su padre y verlo sentado detrás del escritorio, trabajando, porque ese había sido su refugio cuando su madre los había dejado.

Tal vez aquel fuese el motivo por el que Henry nunca había pasado mucho tiempo allí. Su padre había decorado aquella habitación y él no se había tomado la molestia de cambiar nada. Le gustaban las sillas y las alfombras persas tejidas a mano, así que se las iba a llevar a la casa nueva, pero el enorme escritorio antiguo, los cuadros aburridos y la mayoría de las mesas y lámparas iban a ir a un almacén.

Henry iba a empezar de cero e iba a amueblar su despacho a su gusto, pero, en esos momentos, miró a Martha y le preguntó:

—¿Hay algún problema?

—En absoluto, pero voy a necesitar que me ayude Ellie —le respondió ella, mirando a Amelia después—.

Tú quédate aquí, termina de guardar todo lo que hay en el escritorio y cualquier otra cosa que te indique el señor Porter.

Amelia asintió sin levantar mucho la cabeza y Henry frunció el ceño. La vio seguir trabajando, como si él no estuviese allí, y se dijo que eso no debía molestarlo porque así podría leer los documentos con tranquilidad.

Pero había una tensión en el silencio de Amelia que lo molestaba. O, más bien, lo intrigaba. Aunque ella no lo mirase, su olor despertaba en él recuerdos que, de costumbre, intentaba combatir.

Así que decidió averiguar qué estaba ocurriendo allí. Y para ello necesitaba ver sus ojos.

Se levantó de la silla y se acercó al escritorio, donde Amelia seguía trabajando con la mirada agachada. Se detuvo muy cerca de ella y la llamó:

—¿Amelia?

Ella levantó la cabeza y lo miró a los ojos, y Henry sintió el impacto. Le sorprendió no haberla reconocido inmediatamente.

Era la última persona a la que había esperado encontrarse allí, en su casa.

Amanda Carey.

Capítulo Cuatro

A pesar de su sorpresa, Henry contuvo una sonrisa y decidió seguirle el juego. Por el momento.

–Cuando termines con el escritorio, haz una nota para que sepamos qué cajones están en qué cajas.

Ella volvió a agachar la cabeza.

–Entendido.

–Bien –le dijo él, retrocediendo.

Le gustaba verla nerviosa, pero no quería asustarla, así que volvió a sentarse en un sillón para poder observarla desde allí.

¿Qué hacía Amanda en su casa, disfrazada?

Se puso los documentos delante, pero, en vez de leerlos, siguió observándola. Repasó mentalmente lo que había en los cajones que estaba vaciando. Nada importante. Así que se relajó y disfrutó de las vistas.

Amanda siempre había tenido un buen trasero. Sonrió mientras estudiaba la curva en la que terminaba su espalda y las largas piernas, y decidió divertirse un poco más, a ver hasta dónde llevaba ella aquella farsa.

–Cuéntame, Amelia, ¿cuánto tiempo vas a estar trabajando para mí? –le preguntó.

Ella se quedó inmóvil un momento y él imaginó que no le gustaba que le hablase.

–Solo unos días. He venido a ayudar con la mudanza.

–¿Y no vas a ayudar a vaciar cajas en la casa nueva?

Henry sonrió de nuevo al ver que Amanda se ponía tensa.

–No lo sé, señor Porter. Supongo que eso dependerá de Martha –le respondió ella con voz ligeramente temblorosa.

Estaba muy nerviosa. Tanto mejor. Al fin y al cabo, estaba allí, en su casa, intentando hacer de espía o algo parecido. Fuese cual fuese su plan, no iba a funcionar.

–Seguro que Martha necesita ayuda –continuó Henry–. Cuenta con quedarte con nosotros una temporada.

Ella bajó la cabeza y siguió llenando la caja con el contenido de uno de los cajones del escritorio.

Henry se preguntó cómo era posible que hubiese pensado que podía esconderse detrás de unas gafas y una peluca. Sus ojos azules lo habían acompañado a lo largo de los últimos diez años.

Todo lo que había hecho y conseguido había sido gracias a los Carey. Gracias a ella. Había querido demostrarles que estaban equivocados, que no los necesitaba a ellos ni necesitaba su dinero para tener éxito. Y lo había conseguido. Había convertido la empresa de su padre en una de las cinco más importantes del país. Del mundo entero.

Por lo tanto, era normal que no pudiese olvidarse de ella.

–Casi he terminado con el escritorio. ¿Quiere que me ocupe de algo más?

Él se levantó del sillón y se acercó a ella.

–Una pregunta interesante.

Ella se quedó inmóvil.

–La verdad es que no –le respondió, todavía sin mirarlo.

Henry se planteó coquetear con ella, para ver hasta dónde estaba dispuesta a llegar, pero decidió no hacerlo. Aunque supiese quién era en realidad, no podía seducir a una empleada. Aunque eso no significaba que no pudiese disfrutar incomodándola.

Apoyó una cadera en el escritorio y observó cómo terminaba de vaciar el último cajón. Tenía las manos pequeñas y delicadas, pero sus movimientos eran rápidos, como si estuviese deseando terminar con aquello. Él se dijo que tal vez lo mejor fuese retroceder para ayudarla a calmarse.

–He pensado que, cuando termines con el escritorio, no necesito nada más. Puedes ir a preguntarle a Martha dónde necesita ayuda.

Ella lo miró de reojo y asintió.

Mientras tanto, Henry volvió a su sillón, tomó los documentos y fingió que los leía.

–¿Has conocido alguna vez a alguien a quien harías cualquier cosa por vencer?

–¿Disculpe?

Henry se dio cuenta de que por fin había llamado su atención.

–En realidad, no se trata de un enemigo, sino de alguien que se merece una lección.

54

–Tal vez –balbució ella.

–Eso significa que no, porque si te hubiese sucedido, lo sabrías.

–Entonces, no. ¿Y usted?

Henry sonrió.

–Sí. Y llevo diez años lidiando con ello.

–¿No le parece demasiado tiempo guardando rencor?

–No es rencor –le dijo él–. Es… justicia. Sé que es una palabra fuerte, pero no se me ocurre otra mejor.

–¿Justicia? ¿Por qué?

–Porque una mujer con la que tenía una relación me tendió una trampa con su familia –le respondió él, apretando los dientes–. Su familia intentó arruinarme y yo se lo voy a devolver.

Ella cerró el cajón del escritorio de manera brusca y Henry sonrió, pensando que la vería levantarse y negarlo todo, pero eso no ocurrió. Amanda lo sorprendió. La chica a la que él había conocido era poco paciente, con poco autocontrol. Al parecer, había cambiado.

–¿Y cómo sabe que le tendió una trampa?

–Era evidente –le respondió él.

Si no, Bennett no habría ido adonde ellos estaban en mitad de la noche. Tenía que haber sido Amanda quien se lo había contado. Lo que Henry jamás había sido capaz de comprender era el motivo.

Si Amanda había querido que la dejase tranquila, ¿por qué no se lo había dicho directamente? Aunque Henry tenía claro que había estado tan loca por él como él por ella. O eso, o era muy buena actriz.

Henry había conocido a Amanda dos años antes. Había pasado muchas vacaciones con Bennett y su familia y la había visto crecer y cambiar de los dieciocho a los veinte años. Se habían reído juntos, habían nadado juntos, y habían ido gustándose poco a poco, hasta que habían estado juntos aquella noche en Italia y Henry había visto cómo el futuro se abría ante él. Durante un par de horas, había creído encontrar a la mujer de su vida.

Entonces, había aparecido Bennett y todo se había estropeado, pero él seguía sin entender qué había llevado al hermano mayor de Amanda, al que por entonces había sido su mejor amigo, a encontrarlos juntos.

No había logrado borrar aquella escena de su mente. Recordaba con claridad cómo se habían gritado Bennett y él, cómo se habían dado puñetazos mientras Amanda chillaba que parasen. Recordaba la luna y el cielo completamente despejado de aquella noche, el agua del lago Como golpeando el embarcadero, y los golpes de Bennett en su mandíbula. Aquella noche se había terminado su amistad con él, y también lo que había creído tener con Amanda.

—Cuando su hermano nos sorprendió juntos, imaginé que tenía que haber pasado algo. ¿Cómo, si no, iba a haber ido allí?

—Entonces, no está seguro de si le tendieron una trampa o no, es solo una suposición.

Él frunció el ceño.

–No es una suposición.

–Eso espero –le respondió ella–. Porque si llevase tanto tiempo intentando hacer justicia por una suposición, sería una manera muy triste de vivir la vida.

Aquel comentario lo molestó.

–¿Triste? Mi vida no es triste –le respondió él, pensando que estaba bien, que siempre había estado bien–. Hago lo que quiero, cuando quiero. ¿Eso te parece triste?

–Entonces, ¿por qué está tan empeñado en vengarse?

Él se pasó la mano por el rostro y deseó que Amanda se levantase y lo mirase, pero vio que continuaba agachada, como si estuviese manteniendo aquella extraña conversación con un desconocido.

–Porque su familia hizo todo lo posible por arruinarme.

Y porque, después de tantos años, todavía se sentía traicionado. No había tenido muchos amigos hasta que no había llegado a la universidad. Siempre había estado centrado en cumplir las metas y los planes de su padre. Después, Bennett le había presentado a sus amigos, se lo había llevado de vacaciones con su familia. Bennett Carey había sido su primer amigo de verdad. Y su traición lo había empujado a hacer todo lo que había hecho desde entonces.

Había trabajado día y noche para que Porter Enterprises creciese y tuviese éxito.

Aunque también había pagado el precio de ese éxito. No tenía buenos amigos, solo conocidos, contactos y siempre estaba en guardia, siempre, por si volvían a apuñalarlo por la espalda. Bennett le había dado una buena lección.

Lo ocurrido aquella noche le había dado un motivo al tiempo que destruía su futuro.

—¿Eso también es una suposición? —le preguntó ella, levantando la vista un instante.

—No. Han hecho todo lo posible por destruirme.

—Pues a mí me da la sensación de que está bien.

—Eso es porque han fracasado —le aseguró él.

—¿Y de eso también está seguro?

Henry se echó a reír.

—Por supuesto, han fracasado.

—¿Y han desistido?

—No, de hecho, no me sorprendería que intentasen meter a un espía en mi casa solo para vigilarme.

Ella se quedó completamente inmóvil y Henry contuvo una sonrisa.

—Eso es ridículo —comentó Amanda después de un largo silencio.

—Sí, ¿verdad? —le dijo él, volviendo a levantarse y a acercarse al escritorio—. Sería penoso que alguien se disfrazase e intentase entrar en mi casa.

—Penoso, no, pero sí osado.

—Retorcido, más que osado —continuó Henry, conteniendo una carcajada al ver que Amanda se sentía insultada.

Ya había ido demasiado lejos por esa mañana y decidió dejarla tranquila.

—En cualquier caso, será mejor que te deje trabajar.

—Gracias —murmuró ella.

–Supongo que Martha necesitará ayuda también en la casa nueva, así que volveremos a vernos.

Se dio la media vuelta para salir de la habitación, deteniéndose solo a recoger los documentos que había dejado encima del sillón. Sonrió ligeramente y se dijo que iba a disfrutar con aquella mudanza mucho más de lo previsto.

–Maldita sea. Todo, para nada.

Amanda había terminado su trabajo en el despacho y no solo había tenido que lidiar con Henry, sino que no había encontrado nada que pudiese indicarle cómo estaba obteniendo él la información acerca de su familia. Y lo más frustrante de todo era que seguía sintiendo calor cuando lo tenía cerca. Por un instante, había tenido la sensación de que Henry la había reconocido, por cómo la había mirado a los ojos, pero ese momento había pasado y ella había vuelto a sentirse segura con su disfraz.

Aunque, en general, se sentía molesta. Miró a su alrededor. El despacho era enorme, pero también era oscuro y claustrofóbico, con aquellas cortinas verde oscuras en las ventanas, los sillones de cuero y las paredes pintadas de color burdeos.

Aquella habitación no tenía nada que ver con Henry, al menos, con el Henry que ella había conocido. Salvo que al tiempo que se convertía en un importante hombre de negocios también se hubiese convertido en un hombre aburrido y… triste.

–No –se dijo–. Fastidioso sí, pero no aburrido.

Lo más probable era que hubiese dejado la habitación tal y como estaba después de que su padre se hubiese marchado de la casa. Y Amanda se preguntó el motivo. Al fin y al cabo, aquella también había sido su casa.

—¿Has terminado aquí?

Amanda se giró hacia Martha, que estaba en la puerta del despacho.

—Sí.

—Pues no te quedes ahí parada. Ven a ayudarme otra vez a la cocina.

Lo que quería Amanda era salir de aquella casa y olvidarse del estúpido plan que se le había ocurrido. Aunque, por otra parte, había tenido con Henry la conversación más larga de los últimos diez años. Y si bien no había sido agradable, sí había sido... reveladora.

Cuando todo aquello se terminase, le subiría el sueldo a la señora que la ayudaba en casa.

Martha se dio la media vuelta y se alejó por el pasillo, sus pasos golpearon el suelo al mismo ritmo rápido al que latía el corazón de Amanda.

Dos horas después, Amanda se había roto tres uñas, tenía un arañazo en el dorso de la mano y le dolían las rodillas. Se sentía agotada, tenía hambre y estaba... sucia. Se dijo que Rose, su señora de la limpieza, se merecía algo más que una subida de sueldo. Se merecía dos semanas de vacaciones pagadas en un lugar estupendo. O un coche. O ambas cosas.

–Muy bien –anunció Martha, esperando a que Amanda y las otras dos mujeres que la estaban ayudando la mirasen–. Me parece que nos merecemos un descanso. Podéis tomaros media hora y después nos encargaremos de la despensa y la lavandería.

–Por supuesto –respondieron las otras dos, y Amanda se limitó a mirarlas fijamente.

Y ella había pensado que trabajaba duro a diario, con el ordenador, haciendo llamadas, asistiendo a reuniones, y llegaba a casa tan cansada que tenía que pedir la cena por teléfono, tomarse una copa o dos de vino y poner los pies en alto.

En esos momentos estaba tan casada que no habría podido ni levantar una copa de vino. Y el día no se había terminado. Sin embargo, decidió aprovechar el descanso y salió casi a gatas al bonito jardín trasero de la casa.

Fue un alivio sentir el sol en el rostro y la suave brisa con olor a mar, que movía las hojas de los árboles y le despeinaba la peluca negra, metiéndosela en los ojos. Se la apartó, sacó el teléfono y caminó hasta llegar a un banco de piedra situado debajo de un árbol salpicado de flores rosas. Se dejó caer en él y se preguntó si iba a ser capaz de volver a levantarse. Luego, marcó el número de su hermana.

–¡Amanda! He intentado llamarte antes, pero no me has contestado –le dijo Serena en voz baja.

–Tenía el teléfono apagado –admitió ella, levantando la cabeza hacia el cielo–. Lo siento, no podía hablar antes. Ahora me han dado un descanso, pero demasiado corto.

Suspiró, apoyó la mano en el banco y se echó hacia atrás. Si no hubiese dado una mala imagen a cualquiera que pudiese salir de la casa, se habría tumbado en él.

–Pues espero que lo estés pasando bien, porque aquí, en el trabajo, no hay buen ambiente.

Amanda frunció el ceño.

–¿Qué ocurre?

–Que Bennett te está buscando como loco porque el coro de Oregón tiene que posponer su actuación dos semanas.

Amanda se puso recta.

–No puede ser.

–Eso les ha dicho Bennett, aunque con mucha menos delicadeza.

–Vaya –le respondió Amanda, poniéndose de pie y paseando por el césped–. ¿Por qué quieren posponer?

–No estoy segura, por algo relacionado con que su cantante principal ha forzado la garganta y necesita descansar y…

–No, no, no –dijo Amanda, sacudiendo la cabeza–. Ya intentaron lo mismo hace dos años, para conseguir que paguemos más o que les demos más publicidad.

–Pues Bennett no lo sabía.

–Maldita sea. Dile a Bennett que yo me ocuparé del tema.

–Me temo que no va a poder ser. Porque, si miras el teléfono, verás que tienes al menos media docena de llamadas suyas –le respondió su hermana, bajando todavía más la voz–. Si se entera de que yo he hablado contigo y él no, no le va a gustar.

–¿Por qué susurras? ¿No estás en tu despacho?

–Sí, pero Bennett ha pasado por aquí tres o cuatro veces ya, buscándote. No sé si es que piensa que te tengo escondida aquí, pero…

–Bueno, dile que lo llamaré esta noche.

–Buena suerte. Esta todavía más irascible de lo habitual.

–Estupendo.

Amanda volvió a mirar hacia la casa, preguntándose si Bennett y Henry estaban del mismo humor, porque entre los dos la iban a volver loca.

–No te preocupes –añadió–. Yo llamaré al tipo del coro y lo aclararé todo.

–¿Tienes su número?

–Sí, grabado en el teléfono –le confirmó ella, suspirando–. Mira, cúbreme hasta esta noche y luego hablaré yo con él.

–¿Dónde estás?

–¿Cómo que dónde estoy? –le preguntó Amanda–. Ya sabes dónde estoy.

–Sí, pero eso no se lo puedo decir a Bennett, ¿no? Sería la gota que colmase el vaso.

Eso era cierto.

–Dile que estoy intentando conseguir otra actuación para este verano. Y dile que no he querido contarte de quién se trata.

–Bien, pero será mejor que lo que estás haciendo merezca la pena.

–Yo pienso que sí –le dijo Amanda. O eso esperaba.

–Y no te olvides de que la primera audición para el concurso es esta noche y tienes que estar ahí.

–Vaya, se me había olvidado. ¿A qué hora es?

–A las siete y media. No faltes, Amanda, porque te aseguro que Bennett va a estar allí.

Aquello le sonó más a amenaza que a promesa.

Amanda colgó el teléfono, buscó entre sus contactos y marcó un número. Estuvo discutiendo durante diez minutos con el director de marketing del coro de Oregón, Cory Davis, aclaró las cosas y consiguió lo que quería.

–Pero puedes decirle a tu hermano que no me gusta que me amenacen –le dijo él.

–¿Bennett te ha amenazado?

–¡Con ponerme una demanda! –le respondió Cory indignado.

–Bueno, no te preocupes por eso –lo tranquilizó Amanda–, pero tenéis que actuar el día que habíamos quedado.

–Por supuesto –le confirmó Cory–. Me alegra ver que al menos un miembro de la familia Carey es razonable.

–Gracias, Cory. Nos veremos a principios de junio.

Cuando terminó, Amanda solo quería volver a sentarse en el banco, a la sombra. Tenía muchas cosas en qué pensar. Bennett estaba enfadado, Serena, en medio de todo. Sus padres, en guerra. Martha era como un capataz.

Pero pensó, sobre todo, en lo que Henry le había dicho. ¿De verdad creía que ella le había tendido una trampa? ¿Cómo iba a haber hecho algo así? No había podido sentir más vergüenza cuando su hermano la había sorprendido desnuda aquella noche.

Pero si Henry creía que ella le había contado que estarían allí, era normal que él jamás hubiese vuelto a llamarla y que hubiese desaparecido de su vida hasta que, después, había empezado con su campaña de destrucción contra los Carey.

–Si me hubiese dicho lo que pensaba –murmuró–, aunque hubiese sido gritando, yo habría podido explicarle que no había tenido nada que ver con la repentina aparición de Bennett.

Llevaba diez años pensando que Bennett había tenido razón acerca de Henry. Por aquel entonces, su hermano había acusado a su mejor amigo de utilizar a Amanda para entrar en la familia Carey y hacerse con su fortuna.

Cuando Henry había desaparecido, ella había empezado a creer lo mismo.

¿Y si ambos habían estado equivocados durante todo aquel tiempo?

–Eso ya no importa, no cambia nada –reflexionó.

Henry llevaba años intentando hundir a su familia e incluso había comprado el edificio para el que ella ya había hecho planes.

Había convertido la empresa de su padre en una de las más importantes del país. Y había utilizado su poder para ir en contra de todo aquello en lo que Amanda creía.

Entonces, ¿por qué no conseguía ella olvidarse de la noche que habían pasado juntos? ¿Y por qué se sentía todavía más atraída por él que en el pasado? ¿Sería por esa veta de hombre despiadado que había descubierto en él? ¿O por su determinación? Volvió a pensar en su imagen y se le cortó la respiración. Por un instante, recordó cómo se había sentido al tenerlo tan cerca en su despacho, en la atracción y en el calor que había sentido mientras intentaba no mirarlo a los ojos. Por suerte, Henry no la había reconocido.

Porque, de haberlo hecho, se lo habría dicho. Él había pensado que estaba hablando con una empleada y le había dado una información con la que ella tendría que decidir qué iba a hacer.

–Así que todo empezó con un malentendido –susurró, mirando hacia la casa en la que estaba Henry–, pero ya no hay marcha atrás. Solo puedo mirar hacia delante. Ya no tenemos nada en común.

Frunció el ceño y levantó la vista al segundo piso, donde sabía que estaba el dormitorio de Henry, y se preguntó si estaría allí, planeando su siguiente contienda contra la familia Carey.

–Si es así, fracasará. Yo me ocuparé de ello.

El Centro Carey era un palacio de las artes escénicas.

Había tres niveles de asientos con una barandilla de vidrio delante, ondulada como las olas del mar. El escenario de madera color miel brillaba como un espejo. Era un escenario muy grande, perfecto para acoger a una orquesta entera, a un coro grande o a un ballet.

Desde todos los asientos de terciopelo rojo se podía disfrutar del espectáculo y el techo estaba cubierto por cristales que, con la luz, brillaban como estrellas en el cielo.

Tenía capacidad para dos mil personas sin contar los palcos y otras zonas VIP, la zona de bastidores, en la que había varios camerinos, y una lujosa sala en la que esperaban los artistas.

El vestíbulo era elegante, con muchos metros de baldosas, cristal y cromo. Había una cafetería, una tienda de regalos y una estación de primeros auxilios, por si acaso.

Aunque en esos momentos el edificio estaba casi vacío, solo estaba ocupada la primera fila de asientos, donde se habían instalado las familias de los primeros concursantes, esperando a que el espectáculo comenzase.

Amanda estaba sentada en una fila a mitad del pasillo central, con Bennett a un lado y Candace al otro. Mientras Bennett murmuraba algo y comprobaba una y otra vez si tenía algún correo electrónico, su madre golpeaba el suelo con la puntal del pie.

—¿Van a empezar hoy o mañana? –inquirió Bennet, mirándose el reloj por quinta vez en los últimos cinco minutos.

—Enseguida. Mira –le respondió ella, señalando hacia el escenario, donde el pianista de la orquesta sinfónica local estaba tomando asiento detrás de un brillante piano Steinway negro. Los concursantes recibían acompañamiento musical si así lo deseaban, y

Jacob Baranca era uno de los mejores pianistas del mundo.

—Jacob ya se está preparando.

—Por fin.

Amanda miró a su hermano y vio que tenía el ceño fruncido.

—No tienes por qué estar aquí, ya lo sabes. El concurso es cosa mía y puedo ocuparme de todo yo.

—¿Cómo has hecho con el tal Cory de Oregón?

—Lo he arreglado, y no ha sido gracias a ti. ¿Por qué le has amenazado con demandarlo?

—Porque no quería entrar en razón.

—Seguro que tú eras la personificación de la razón.

—Bueno, tal vez no tenía que haberlo amenazado, y es cierto que tú lo has solucionado –admitió él–. ¿Y quién es ese nuevo artista con el que has estado hablando?

Amanda tomó aire y lo contuvo. Tenía que haber pensado en algo, pero había llegado a casa agotada y solo le había dado tiempo a cambiarse e ir a toda prisa allí.

—Es una sorpresa.

Él la miró con cautela.

—Bien. Da igual. En cualquier caso, esta es la primera noche de audiciones y quería estar aquí. Quería asegurarme de que no había problemas logísticos.

—No hace falta que lo hagas tú todo en la empresa, Bennett –intervino su madre, interrumpiéndolos–. La verdad es que cada vez te pareces más a tu padre.

—Gracias –le respondió él.

Amanda puso los ojos en blanco.

–Hablando de papá… ¿Dónde está?

Candace se alisó la falda del traje que llevaba puesto.

–No tengo ni idea. Lo único que sé es que no estamos ninguno en Palm Springs.

–Mamá –le dijo Bennett–, deja de ser tan dura con él.

–Cómo no, tú estás de su parte. Te estás volviendo como él –replicó Candace.

–Nadie está de parte de nadie –comentó Amanda suspirando.

Candace le dio una palmadita en la mano.

–Pobrecita. Tú no te das cuenta.

Amanda volvió a poner los ojos en blanco e intentó reconducir la conversación. Se giró en su asiento y vio a los cámaras ocupando su sitio, preparados y esperando a que las audiciones comenzasen.

–No te preocupes, Bennett. Tenemos dos cámaras. Detrás de nosotros y allí –señaló–, a la izquierda del escenario. Además, las imágenes se van a editar antes de ser emitidas.

Todas las audiciones se podrían en el sitio web del Centro Carey, junto con información acerca del artista. Una vez que los veinte hubiesen actuado y las actuaciones estuviesen en la web, se abrirían las votaciones.

El ganador del concurso podría actuar una noche en el festival de verano.

–¿Y después los técnicos se lo van a pasar a los informáticos para que lo suban a Internet? –preguntó Bennett a Amanda.

–No, Bennett –le respondió ella en tono sarcástico–. Después vamos a editar las grabaciones y las vamos a quemar.

–Eres un poco antipática, ¿no?

–¿Porque soy una mujer, soy antipática? –le preguntó ella, fulminándolo con la mirada–. ¿Y tú, que eres un hombre, eres un frustrado?

–A mí no me vengas con esas tonterías del feminismo, Mandy. Esto lo estás llevando tú, ¿de qué te quejas?

–Tal vez, de que mi hermano, que dice que esto lo llevo yo, no deje de comprobar si lo estoy haciendo bien.

Bennett apretó los dientes un instante y después asintió.

–Está bien. ¿Puedes conseguir que esto pase más deprisa?

–Por favor, Bennett, si no eres capaz de disfrutar, márchate –lo reprendió Candace, fulminándolo con la mirada.

Y funcionó, porque Bennett volvió a apoyar la espalda en su silla y a mirar la pantalla de su teléfono.

–Mandy, ¿quién es el primer concursante? –le preguntó su madre después.

Amanda se giró hacia ella y sonrió.

–Jackie Carson –le respondió, comprobando sus notas para asegurarse de que no estaba equivocada–. Va a cantar una selección de temas de *La Bohème*.

–Buena ópera –murmuró Bennett.

–Hijo mío, te quiero, pero no hay quien te soporte.

Amanda se echó a reír y entonces las luces se apagaron, un foco iluminó el escenario y todo el mundo se quedó.

Poco después, una joven con el pelo rojizo y largo se colocó debajo de la luz, levantó la barbilla y empezó a cantar. Tenía una voz pura, muy bonita, que inundó el edificio gracias a la excelente acústica de este.

Al lado de Amanda, Candace Carey se inclinó hacia delante y sonrió. También Bennett, al que Amanda miró de reojo, parecía cautivado por la joven, que estaba cantando una canción de amor.

Cuando la música se terminó y la última nota de la voz de Jackie se perdió en el aire, Amanda se relajó y vio cómo la familia de la mujer se ponía en pie para aplaudirla.

–Ha estado muy bien –admitió Bennett a regañadientes.

–Es maravillosa –comentó Candace, sacando un pañuelo del bolso para secarse las lágrimas de los ojos–. Sinceramente, Amanda, si todos tus concursantes tienen este nivel, va a ser un concurso impresionante.

Amanda estaba de acuerdo. Durante unos segundos, Jackie Carson había conseguido que se olvidase de todo.

–Tienes razón, mamá –le respondió–. Ha sido un buen comienzo.

–Tiene mi voto –dijo Henry Porter a sus espaldas.

71

Capítulo Cinco

–¿Qué demonios…?

Bennett se puso en pie de un salto y se giró hacia el otro hombre.

Amanda contuvo la respiración.

–Baja la voz –le ordenó Candace, poniéndose en pie también.

En primera fila, Jackie Carson estaba rodeada por su familia, que celebraba su magnífica actuación. En aquella parte del auditorio, la situación familiar era distinta.

Amanda apretó los dientes y se puso en pie. Se preparó psicológicamente antes de girarse a mirar al hombre que continuaba obsesionándola. Henry llevaba puesto un bonito traje negro, camisa azul oscura y corbata negra. Tenía el pelo moreno demasiado largo y daba la sensación de que sus ojos verdes casi brillaban en la oscuridad. Su aspecto era elegante y peligroso al mismo tiempo y Amanda sintió calor en el vientre.

Sus miradas se cruzaron y fue como si el resto del mundo hubiese desaparecido de repente, como si solo existiesen ellos dos. Sintió una tensión que no tenía nada que ver con la ira.

Bennett estaba furioso y Candace, como de costumbre, irradiaba tranquilidad. Amanda se sentía en un punto medio.

–Henry –dijo Candace, tendiéndole la mano derecha–. Me alegro de verte.

–¿De verdad? –inquirió Bennett, mirando con extrañeza a su madre.

–Señora Carey –respondió Henry, ignorando al que había sido su amigo y sonriendo mientras le daba la mano a Candace.

Después volvió a mirar a Amanda y esta se preguntó qué estaría pensando porque no era capaz de descifrar su mirada.

–¿Qué haces aquí?

Henry miró a Bennett solo un instante antes de girarse hacia Amanda. El calor de su mirada hizo que esta quisiese desaparecer, así que se mantuvo inmóvil.

Sin apartar la mirada de ella, Henry respondió a Bennett.

–En la página web ponía que las audiciones estaban abiertas al público, aunque veo que no ha venido mucho público.

Bennett se puso tenso, era evidente que se sentía insultado.

–Vendrá. Esta ha sido solo la primera actuación.

–Por eso he venido yo –le contestó Henry–. Entre otras cosas.

Seguía con la mirada clavada en Amanda, y Bennett se dio cuenta.

–Pues ya se ha terminado, así que puedes marcharte.

—Disculpa a mi hijo —intervino Candace de nuevo—. Se nota que su padre ha intervenido demasiado en su educación.

—¿De verdad vas a ponerte de su parte? —le preguntó Bennett a su madre.

—No me voy a poner de ninguna parte, Bennett. Y me parece ridículo que sigas enfadado después de diez años. Además, es agotador.

Henry asintió al oír aquello, pero Amanda quiso señalar que Henry tenía tanta culpa en aquello como los Carey. No obstante, también se sintió sorprendida por la reacción de su madre. Nadie en la familia hablaba de lo que había ocurrido diez años antes y Amanda siempre lo había agradecido, pero, al mismo tiempo, no se había dado cuenta de que Bennett y ella eran los únicos que seguían sintiéndose afectados por el tema.

Interesante.

—Se suponía que Martin y yo íbamos a estar en Palm Springs esta semana —continuó Candace.

—Mamá… —dijo Bennett.

Ella lo ignoró y giró la cabeza hacia donde estaban la joven que acababa de cantar y su familia.

—Pero tengo que admitir que me alegro de haber visto a la primera concursante en persona.

Después, miró a Bennett.

—No le digas a tu padre que he dicho eso —añadió.

—A mí no me metas en vuestra guerra —le respondió Bennett.

«Demasiado tarde», pensó Amanda.

74

Todos los Carey estaban implicados, salvo Justin, que había tenido el sentido común de mantenerse al margen. Amanda vio que su madre volvía a mirar a Henry.

–¿Qué te ha parecido nuestra primera concursante?

Él sonrió.

–Increíble. Me parece que este concurso es algo muy especial.

Amanda se quedó de piedra. Aquella había sido su idea. Era su creación, por decirlo de alguna manera, y que Henry lo alabase le proporcionó una satisfacción en la que, en realidad, prefería no pensar.

–Yo opino lo mismo –le contestó Candace antes de abrazar a su hija por los hombros–. No sé si sabes que ha sido idea de Amanda.

–¿De verdad? –preguntó Henry con los ojos brillantes–. Pues me parece una idea genial.

–Gracias.

Amanda se preguntó por qué estaba siendo Henry tan agradable. Y por qué le importaba a ella lo que pensase.

–¿Por qué no lo invitas a casa a tomar una copa? –murmuró Bennett.

–A ti también te va muy bien, Henry. Enhorabuena –añadió Candace, haciendo como si no hubiese oído a su hijo.

–Pues haz una fiesta para celebrarlo, mamá –continuó Bennett.

Amanda le dio un codazo y él la miró mal.

–Muchas gracias, señora Carey. No sabe cómo se lo agradezco.

–Seguro que sí –volvió a murmurar Bennett.

–Bennett –le dijo su madre–, te quiero mucho, pero eres agotador.

Este levantó ambas manos y miró a Henry, que esbozó una sonrisa. Amanda miró a su hermano y tuvo la sensación de que este sonreía también, pero pensó que se lo debía de haber imaginado.

–Henry, si quieres venir a las audiciones, eres libre –le dijo ella con toda tranquilidad a pesar de los nervios.

–Por supuesto –le respondió él con una sonrisa.

–Aunque no entiendo qué haces aquí.

Él se encogió de hombros.

–Dado que voy a mudarme a Irvine, he pensado que sería buena idea conocer el centro. Supongo que voy a pasar mucho tiempo aquí.

–¿Vas a mudarte? –inquirió Bennett–. ¿Por qué aquí?

–¿Por qué no? –le contestó él.

–Jamás pensé que te gustase la ópera.

Henry sonrió.

–Es bueno ampliar horizontes, Bennett. Deberías intentarlo.

Candace hizo una mueca y Amanda se preguntó si el motivo real de la presencia de Henry allí era molestar a su hermano, pero entonces Henry la miró y cambió de idea. Había ido a verla a ella, pero ¿por qué? ¿Había descubierto que era Amelia? Si lo había hecho, era una suerte que no lo hubiese dicho.

Se hizo un tenso silencio que solo se rompió cuando Martin Carey gritó mientras avanzaba por el pasillo central:

—¡Aquí estás!

Toda su atención estaba puesta en su esposa, que se limitó a mirarlo de reojo.

—Llegas tarde –lo reprendió–. Te has perdido la actuación.

—He recibido una llamada…

—Por supuesto –le respondió, mirando a Henry, dando un abrazo a Amanda y tirándole un beso a Bennett–. Tengo que irme. Me ha encantado la actuación, Amanda. Enhorabuena.

—Gracias, mamá.

Martin pasó junto a sus hijos y siguió a Candace, pero se detuvo al ver a Henry.

—¿Porter? ¿Qué estás haciendo aquí?

—Ya hemos hablado del tema, señor Carey –le respondió este en tono amistoso–. Puede preguntarle a su esposa.

—Mi esposa…

Martin se acordó de Candace de nuevo y echó a andar detrás de ella hacia la salida.

Amanda los vio desaparecer y deseó que Bennett se marchase también.

—Bennett, ¿puedes ir a recordar a los cámaras que pasen las grabaciones a Clark lo antes posible?

—Ya lo saben –murmuró él mientras seguía fulminando a Henry con la mirada.

—Por favor –le imploró ella.

—Está bien.

Bennett salió al pasillo, pero volvió a mirar a Henry antes de marcharse.

—No estaré lejos. Y tú y yo no hemos terminado.

—Son ya diez años –le respondió este–. Soy consciente.

Bennett se alejó protestando entre dientes y Henry sonrió. Luego, se giró hacia Amanda.

—¿Tiene miedo de que te arranque la ropa y te tire en el suelo? –le preguntó.

—Sabe que eso no va a ocurrir –le respondió ella, que, de repente, había recordado lo ocurrido diez años atrás y había empezado a sudar.

—Sería interesante.

—Sería un desastre, como la vez anterior.

Él dejó de sonreír.

—Terminó en desastre, pero no fue así como comenzó.

Eso era cierto.

—¿Por qué quieres poner las cosas todavía más difíciles, Henry?

Él se encogió de hombros.

—Es Bennett el que parece que busque pelea. Yo solo he venido a ver la actuación.

—Podías haberla visto por internet –comentó ella.

—Pero no es lo mismo –le respondió Henry–. Tú estabas aquí.

—No habías pasado a verme nunca, ¿qué ha cambiado ahora?

Él se encogió de hombros y se le marcaron los músculos del pecho en la camisa.

—Tal vez haya pensado que iba siendo hora.

–¿Hora de qué exactamente?

–Interesante pregunta –le dijo él, sonriendo–. Hacía mucho tiempo que no venía aquí. Es un lugar increíble. Precioso.

La miró fijamente, como si no estuviese hablando del lugar, sino de ella, y Amanda sintió todavía más calor.

–Henry, no ha cambiado nada. Que te mudes aquí no va a cambiar nada.

–¿Quién ha dicho que quiero que cambie? –le preguntó él, metiéndose las manos en los bolsillos–. Aunque, tal y como ha dicho tu madre, diez años de guerra es algo ridículo.

Ella no lo creyó. Pensó que si Henry de verdad pensase aquello no habría hecho todo lo posible por comprar el edificio que ella quería. Lo había hecho para fastidiarlos.

–¿Y una frase de mi madre es suficiente para hacerte cambiar de opinión?

Él se limitó a sonreír, lo que la enfadó.

–Entonces, ¿ahora eres fan de la familia Carey?

–De algunos de sus miembros –admitió él–. Para empezar, de tu madre. Siempre me cayó bien.

–Entonces, has venido para verla a ella.

–No, he venido a verte a ti –admitió él.

–¿Por qué?

–Todavía no lo sé –le respondió Henry muy serio.

–Henry, ¿qué quieres?

–Sentirme bien –respondió él enseguida–. ¿Y tú, Mandy? ¿Qué quieres?

A ella le llegó al corazón que la llamase por su

79

apelativo cariñoso y pensó que no quería recordar al otro Henry, al hombre al que había amado y perdido diez años antes, al hombre que había despertado su esperanza y la había hecho soñar.

¿Que qué quería? Demostrar su valía delante de su familia. Soñar y ser feliz, como lo había sido cuando había pensado que Henry la quería.

Todo eso y más.

Pero no se lo dijo, en su lugar, se limitó a contestar:

—Ya te lo contaré. Ahora tengo que ir a felicitar a nuestra primera concursante. Supongo que sabes dónde está la salida.

Él sonrió de medio lado y ella deseó que aquella expresión no le resultase tan… tentadora.

Amanda su puso recta y lo dejó allí mientras salía al pasillo central e iba, sonriendo de oreja a oreja, hacia donde se encontraba Jackie Carson sin pensar en que Henry tenía la mirada clavada en ella.

No funcionó, pero lo intentó.

Henry no tenía de qué preocuparse.

La empresa de mudanzas llegó a la mañana siguiente y se llevó todo lo que iba a acompañarlo a la nueva casa de Irvine. El resto, las antigüedades y los muebles favoritos de su madre, fueron a un almacén porque Henry no había sido capaz de deshacerse de ello.

Lo mismo le había ocurrido con los recuerdos de Amanda. Los había apartado a un rincón de su mente donde no pudiesen torturarlo. No obstante, de vez en cuando se escapaba alguno cuando menos se lo esperaba para danzar por su mente, cosa que, de momento no había podido evitar.

Después de haberla visto la noche anterior, estaba más afectado de lo que había podido imaginar. Tenía en la mente su imagen con el pelo largo y suelto, con un vestido azul muy escotado, de manga larga y con la falda con vuelo. No había sido un vestido particularmente sexy, pero pegado al cuerpo de Amanda…

Había ido al centro de artes escénicas solo para molestarla y no había pensado en el efecto que aquello tendría en él. No obstante, se alegraba de haberlo hecho porque Candace Carey lo había tratado como antes de que todo se hubiese estropeado. Y, además, eso había fastidiado mucho a Bennett, así que tanto mejor.

Henry paseó por su nueva casa, evitando a los trabajadores de la empresa de mudanzas y a Martha y a su equipo. Se había pasado un par de horas en su nueva oficina, asegurándose de que Donna tenía la situación controlada allí y después había ido a casa, agradeciendo que fuese un trayecto bastante corto. Observó cómo los trabajadores metían muebles y montañas de cajas y agradeció tener que ocuparse solo de su despacho.

Subió las escaleras decidido a visitar la terraza que había en el tejado, a tomar el aire y disfrutar de las increíbles vistas, pero aspiró el olor de Amanda y frunció el ceño. Aunque fuese disfrazada, podía sentir su presencia en la casa y era muy difícil ignorarla. Henry sabía que, mucho después de que se hubiese marchado de allí, seguiría recordando su olor y eso le haría pensar en ella, pero no había manera de evitarlo.

Intentó dejar de pensar en Amanda y subió las escaleras dando saltos. Necesitaba su ordenador y buscar muebles por Internet. Las habitaciones de aquella casa eran enormes y con tan pocos muebles parecían todavía más grandes, casi había eco en la casa.

Se detuvo en el primer rellano, miró hacia el pasillo y hacia el salón, que tenía las puertas abiertas. Aquella casa de estilo español no tenía nada que ver con la de Beverly Hills, de estilo Tudor, y Henry tuvo que admitir en silencio que agradecía el cambio. El pasillo estaba cubierto de baldosas rojas, pero en las habitaciones el suelo era de madera. Había tantas ventanas que daba la sensación de estar siempre al aire libre.

La casa tenía forma cuadrangular y un patio central al que se podía acceder desde todas las habitaciones de la planta baja.

Se dirigió hacia la habitación principal, pero se quedó inmóvil en la puerta al ver a Amanda, inclinada sobre la cama, poniendo sábanas limpias.

Y él que había intentado evitarla…

Clavó la vista en la curva de su trasero y de sus pechos, que se marcaban en la camisa mientras estiraba las sábanas. Deseó volver a tocarla. Habían pasado diez años desde la última vez que había estado con ella, pero todavía recordaba la sensación en las palmas de las manos. Odió aquella peluca y quiso ver su pelo rubio y largo cayéndole sobre los hombros.

—Estúpida cama —murmuró ella.

Y Henry estuvo a punto de echarse a reír. ¿Cómo había pensado Amanda que podía hacerse pasar por una empleada de hogar? Era evidente que jamás había cambiado sus propias sábanas.

—¿Algún problema? —le preguntó.

Ella se quedó completamente inmóvil y después se giró muy despacio hacia él. Henry se puso tenso al verla apoyarse contra el poste de la cama.

Tenía a Amanda en su cama. Mirándolo. Su cerebro terminó de completar la fantasía, se imaginó quitándole la ropa bajo la luz de la luna y no a plena luz del día.

—Me ha sorprendido —le dijo ella, haciéndole volver al presente.

—Lo mismo digo yo —le contestó Henry, apartándose de la puerta y entrando en la habitación con toda naturalidad a pesar de que estaba muy tenso.

—Martha me ha pedido que hiciese su cama y estaba…

—¿Insultando a la cama?

Ella apretó los labios un instante.

—¿Cuánto tiempo ha estado ahí?

—El suficiente como para disfrutar del espectáculo.

Ella se subió las ridículas gafas, respiró hondo y frunció el ceño.

–En cuanto termine, me apartaré de su camino.

–No estás en mi camino –le dijo él, mirando a su alrededor.

Había una televisión enorme, una chimenea, un armario y una cajonera pegados a una pared y dos sillones que parecían muy cómodos delante de la chimenea, que en esos momentos estaba apagada. Unas puertas dobles daban al balcón que tanto le había gustado la primera vez que había visto la casa. Desde allí se podía ver el mar, aunque fuese a lo lejos. Pensó que allí también faltaban muebles. Se dijo que tenía que tomar el ordenador y ponerse manos a la obra. Tenía que alejarse de Amanda.

–Es una casa preciosa –comentó ella.

–Gracias. Eso pienso yo también.

–Aunque necesitará alguna silla para ese balcón si de verdad quiere disfrutar de las vistas.

–Estaba pensando justo en eso –admitió él.

–Tiene internet, ¿verdad?

Él sonrió.

–Sí. He subido precisamente para buscar el ordenador y ponerme a ello.

–Debería comprar una tumbona o dos, una mesa y sillas. Hay mucho espacio.

Él miró hacia el balcón y pensó que Amanda tenía razón.

–Buena idea.

Ella volvió a mirar la sábana que tenía en la mano y empezó a desdoblarla.

–Deja que te ayude –le sugirió Henry, sorprendiéndolos a ambos.

–No es necesario.

–Si lo fuese, probablemente no me habría ofrecido –le dijo él, acercándose a la cama y tomando una esquina de la sábana azul oscura para ayudar a Amanda a colocarla sobre el colchón.

Ella parecía nerviosa y a Henry le gustó verla así. Metió la sábana debajo del colchón y Henry la sacó un poco.

–No me gustan las sábanas demasiado tensas –le explicó, encogiéndose de hombros.

–De acuerdo.

Amanda se giró y tomó el edredón verde que había en una silla cercana y lo echó sobre el colchón como si se tratase de un paracaídas.

–Ya puedo sola, continúe con lo que tenga que hacer…

–¿Quieres deshacerte de mí?

–Está en su casa –le recordó ella.

–Cierto, pero ahora mismo está llena de extraños.

–Pronto se marchará todo el mundo –comentó ella mientras ponía las fundas a las almohadas y las colocaba contra el cabecero de madera oscura. Luego, tomó otra media docena de cojines y los puso sobre la cama también. Cuando hubo terminado, Henry esperó a que se girase hacia él.

–Supongo que estás deseando terminar el trabajo y marcharte.

–Es un trabajo temporal, señor Porter –le respondió ella, dirigiéndose hacia el baño principal–. Cuando usted esté aquí instalado mi trabajo se habrá terminado.

Al oír aquello, Henry se dio cuenta de que no quería que se marchase. La quería allí. En su casa. En su cama.

Se fijó en que el cajón de la mesita de noche estaba entreabierto. Miró hacia el baño y después se acercó a la mesita, abrió el cajón y se dio cuenta de que alguien había buscado en él. Fuese lo que fuese, Amanda no había podido encontrar nada allí. Henry se fijó en la caja de preservativos, se echó a reír y se dijo que al menos sabía que estaba preparado.

La siguió al baño y la vio desempaquetando una caja de toallas y colocándolas en las estanterías.

—¿Y a qué te dedicas cuando no estás haciendo esto?

Ella lo miró.

—Trabajo en el negocio familiar.

—Ah, ¿y qué tipo de negocio es?

—Hacemos un poco de todo.

Eso era cierto. La empresa de los Carey hacía lo mismo que la suya, aunque su principal negocio era el centro de espectáculos, las inversiones inmobiliarias y el restaurante de cinco estrellas que tenían en Laguna.

—¿Un poco de todo? ¿Y tú a qué te dedicas exactamente? —le preguntó, intentando ponerla a prueba.

—Depende. Trabajo en lo que sea necesario.

—Esa es una respuesta muy vaga.

Ella lo miró fijamente.

—¿Está escribiendo un libro?

—Si así fuese —le respondió él—, necesitaría más información.

–Y un tema más interesante –le dijo ella, terminando con las toallas, tomando la caja vacía y girándose hacia él.

–A mí este me parece interesante –le contestó Henry sonriendo al ver que la ponía nerviosa.

El día cada vez iba mejor.

Capítulo Seis

Mientras la observaba y la veía detrás de aquel torpe disfraz, a Henry se le ocurrió una idea.

–¿Quieres ver el motivo por el que he comprado esta casa?

Ella lo miró con cautela, pero él sabía que iba a ser incapaz de resistirse.

–Supongo que sí.

–De acuerdo. Sígueme.

Salió del dormitorio y atravesó el pasillo hasta llegar a una puerta cerrada tras la que había una escalera a la que el sol iluminaba desde arriba.

–Pensé que detrás de esta puerta había otra habitación –admitió ella.

–A mí me ocurrió lo mismo cuando vine a ver la casa por primera vez –le confesó él, empezando a subir, con Amanda pegada a sus talones.

Henry abrió la puerta que había en lo alto de la escalera y ambos vieron el cielo azul salpicado de nubes blancas.

Él retrocedió para dejarla pasar y, después, cerró la puerta.

–Esto es… fantástico –comentó Amanda, girando sobre ella misma.

–Así reaccioné yo también –le dijo Henry, mirando el patio que había en el tejado como si fuese la primera vez que lo veía.

Las baldosas azules del suelo hacían que pareciese que uno caminaba por agua. Había una pérgola cubierta por jazmines en flor procedentes de varios maceteros de terracota situados al pie de los cuatro postes y que hacían que el ambiente estuviese impregnado por un aroma dulce. También había un jacuzzi, que en esos momentos estaba cubierto, pero previsto para relajarse bajo las estrellas. Y había más flores que salpicaban de distintos colores el borde de la terraza y se movían con la brisa del mar. Después, una mesa de cromo y vidrio rodeada de sillas y una zona de bar con nevera y todo.

Amanda se acercó a un grupo de tumbonas y sillas que el anterior dueño había dejado allí, cubiertas por unos mullidos cojines azules oscuros con lunares blancos, en una zona que parecía un oasis.

—Es increíble —dijo, acercándose a la barandilla para disfrutar de las vistas.

—Sí —le respondió Henry, que en realidad no estaba admirando el paisaje, sino a ella.

—Desde aquí se puede ver hasta muchos kilómetros alrededor —susurró Amanda, como si estuviese hablando sola.

—Sí, por eso compré la casa —admitió él, acercándose también a la barandilla—. Cuando me marché de Los Ángeles, me di cuenta de que quería algo menos… cerrado. Y al subir a esta terraza supe que lo había encontrado.

—Es comprensible.

–¿Te ha ocurrido alguna vez? –le preguntó él–. ¿Ver algo y saber que tiene que ser tuyo?

Ella tardó un momento en responder.

–Sí, una vez.

–¿Y qué tal te salió?

Ella lo miró mientras se apartaba un mechón de pelo falso de los ojos.

–No salió bien. Que uno consiga lo que quiere no significa que vaya a poder conservarlo.

Henry supo que estaba hablando de ellos porque era lo mismo que había sentido él al conocerla. Nada más ver a Amanda, con dieciocho años y más bonita que nada en el mundo, había querido tenerla. Solo había podido pensar en ella, y no solo como mujer, sino como símbolo de todo lo que le había faltado en la vida.

Tras el fallecimiento de su madre, se había sentido muy solo. A pesar de que su padre había estado con él, Henry se había sentido solo porque Michael Porter siempre había sido más un mentor que un padre.

Y, de repente, había aparecido en su vida aquella mujer bellísima, divertida y amable, que lo había mirado como si solo tuviese ojos para él, y Henry había sentido que todo su mundo se tambaleaba y, al mismo tiempo, tenía una razón de ser.

–Pues yo pretendo conservar esto –le dijo, apartando los recuerdos de su mente.

–No me extraña –le dijo ella, apartándose de la barandilla–. Será mejor que vuelva al trabajo.

–Por supuesto –le respondió Henry, viendo que

se alejaba y dándose cuenta de que no podía dejarla marchar–. Me gustas más con tu pelo rubio, Amanda.

Ella se quedó inmóvil.

El sol la iluminaba de un modo que hizo que a Henry se le encogiese el corazón en el pecho. No pudo apartar la mirada de ella mientras se giraba lentamente hacia él. En su rostro había fastidio y aceptación, y a él le gustó ver que la había sorprendido.

La vio suspirar.

–¿Desde cuándo lo sabes?

–¿Pensabas que me habías engañado? –le preguntó él, acercándose varios pasos–. Me di cuenta desde el primer momento. Una peluca y unas gafas no son un disfraz.

Ella se mostró avergonzada.

–Pues he conseguido engañar a todos los demás.

–A mí, no –continuó Henry, acercándose más–. ¿Pensabas que no iba a reconocer tus ojos? ¿Que no iba a verte detrás de esa peluca negra?

–Si te soy sincera, no pensé que fuese a coincidir tanto contigo.

Él se echó a reír.

–¿Y qué tenías planeado, buscar información acerca de mí?

–Me sorprende que te sientas tan insultado, al fin y al cabo, es lo que tú haces, ¿no?

–¿A qué te refieres? –le preguntó él confundido.

Amanda se cruzó de brazos, inclinó la cabeza hacia un lado y lo miró fijamente.

—No sé cómo, pero estás consiguiendo información acerca de mi familia y de nuestros negocios.

Eso era cierto, no podía negarlo, pero no se había disfrazado para conseguirlo.

—No estoy admitiendo que lo haya hecho, pero, de ser así, tendría motivos, ¿no? Hace diez años tu hermano me acusó de todo tipo de estupideces y después se propuso destruir la empresa de mi padre.

—¿Cómo?

—Haciendo lo mismo de lo que tú me acusas —le respondió Henry—. Pagó para conseguir información y adquirió propiedades en las que nosotros estábamos interesados. ¿Te suena?

Ella cambió de postura, claramente incómoda, y Henry se alegró de haberle dado algo nuevo en lo que pensar. En realidad, todo aquello lo había empezado Bennett, él solo lo había continuado.

—¿Tanto te sorprende que yo haga lo mismo?

—No —admitió ella tras pensarlo unos segundos—. Supongo que no, pero, entonces, tampoco debería sorprenderte a ti encontrarme aquí, haciendo lo que pensaba que tenía que hacer.

—No estoy sorprendido —admitió él, en realidad, estaba disfrutando mucho—. ¿A qué has venido, a vengarte?

Ella se pasó una mano por la peluca y frunció el ceño.

—¿Y eso te extraña?

—Responde a mi pregunta —le pidió Henry sin apartar la mirada de ella.

—Está bien —espetó Amanda, levantando ambas

manos con exasperación–. Estoy aquí para intentar averiguar cómo consigues la información. ¿Contento?

–Sí –le contestó él–. No hay nada como averiguar que tu ex está husmeando por tu casa para tener un motivo por el que sonreír.

–Necesito saber con quién estás hablando –le dijo ella.

–¿Y por qué iba a decírtelo, Amanda?

–Por eso llevo esta ridícula peluca y estas gafas. Sabía que si te lo preguntaba directamente jamás me responderías –le respondió ella mientras se quitaba las gafas.

–Ya te he dicho que fue tu familia la que empezó hace diez años, Amanda. ¿No pensarías que se me iba a olvidar?

–No.

–Al menos, me conoces bien.

–Maldita sea, Henry…

–¿Ha funcionado? ¿Has conseguido encontrar lo que buscabas?

–No. Y lo sabes –admitió ella con disgusto–. ¿Lo tienes todo en la cabeza, o en un ordenador? No he encontrado ni un solo papel, ni una sola pista. Nada. Han sido unos días muy frustrantes.

–Ya lo veo –comentó él en tono divertido.

–No hace falta que disfrutes tanto –protestó ella.

–No lo puedo evitar. Has estado dos días trabajando como empleada doméstica. ¿Te ha gustado?

–Ha sido horrible –admitió Amanda suspirando–.

Te alegrará saber que Martha podría ser sargento o capitana o algo parecido. No se cansa nunca de trabajar.

Henry, que conocía bien a Martha, casi sintió pena por Amanda.

—Supongo que has estado a la altura, si no, se habría deshecho de ti.

—Me siento orgullosa —murmuró ella.

Henry deseó tocarla, pero supo que se apartaría, así que tuvo que controlarse.

—En fin, lo bueno de que me hayas descubierto es que puedo quitarme esta peluca. Sujétamelas —le pidió, dándole las gafas y quitándose también la peluca—. Qué gusto.

Se pasó las manos por el pelo, que cayó sobre sus hombros. Sacudió la cabeza y el viento enredo su melena rubia, haciendo que Henry desease enterrar los dedos en ella.

Era la mujer más bella que había conocido, pero, además, admiraba su inteligencia y aquella testarudez que la impulsaba a hacer cosas como disfrazarse y hacer de espía, y su capacidad de reírse de ella misma, como lo estaba haciendo en esos momentos.

—Si hubiese sabido que ibas a estar tanto en casa, no lo habría intentado —admitió—. Pensé que te pasarías todo el día en la oficina, como Bennett y mi padre.

—Solía hacerlo —le dijo él, devolviéndole las gafas—. Sobre todo, cuando tenía que luchar para que Bennett no nos hundiese. Entonces, me pasaba todo el día en el trabajo, oyendo cómo mi padre maldecía a los Carey.

—Qué bien —dijo ella—. Mi padre y Bennett tampoco hablaban muy bien de los Porter.

—Lo sé.

Sus familias habían estado en guerra durante años, ambas habían luchado ciegamente, dispuestas a no rendirse. Hasta que, tal y como Candace había dicho, la situación se había vuelto ridícula. Henry no había sido capaz de verlo hasta entonces, pero acababa de abrir los ojos.

Su empresa había superado hacía tiempo a la de los Carey y había crecido mucho más de lo que él jamás habría podido imaginar. Además, ya hacía años que Henry no sentía la necesidad de demostrar nada a nadie.

Así que había continuado con aquella guerra casi por inercia. Y, tal vez, porque le divertía saber que estaba volviendo loco a Bennett. También, porque sabía que eso implicaba que Amanda también estaba pensando en él.

¿Cómo era posible que la desease todavía más que diez años atrás? Por aquel entonces, solo había podido pensar en ella. En esos momentos, su mundo era mucho más amplio, lo mismo que el deseo que sentía por ella.

La vio manipular las gafas y suspirar.

—Dado que me voy a marchar sin la información que vine a buscar, lo mínimo que podrías hacer es contarme algo más.

—Está bien. Pregunta lo que quieras.

–De acuerdo –le dijo ella, apartándose el pelo con una mano y respirando hondo–. ¿Por qué viniste anoche a la audición?

Él la miró a los ojos y respondió con toda sinceridad.

–Para verte.

Las pupilas de Amanda se dilataron ligeramente. Henry no se habría dado cuenta de su sorpresa de no haber estado tan cerca de ella.

–Y mereció la pena. Estabas preciosa. Siempre lo estás –se corrigió–, pero anoche… más. Me encantó tu vestido.

Y al pensar en aquello volvió a desear tocarla y se preguntó si ella lo permitiría, si se pegaría contra su cuerpo como lo había hecho en el pasado, si también lo desearía como la estaba deseando él.

Para responder a aquellas preguntas, alargó las manos, la agarró con firmeza, pero sin hacerle daño, y la acercó a su cuerpo.

Ella echó la cabeza hacia atrás y lo miró a los ojos. No lo rechazó ni se apartó. Y Henry se lo tomó como una invitación y la aceptó. Sin cerrar los ojos, mirándola fijamente, inclinó la cabeza para besarla. Empezó despacio, con ternura, pero Amanda se inclinó hacia él y Henry profundizó el beso y la devoró como había deseado hacerlo durante mucho tiempo.

La apretó contra su cuerpo y ella lo abrazó por el cuello. Oyó que la peluca y las gafas caían al suelo, notó que Amanda separaba los labios y metió la lengua entre ellos.

La oyó gemir mientras sus lenguas se entrelazaban y le faltó la respiración. Su olor y su sabor lo llenaron. Amanda lo era todo para él, siempre lo había sido. Había intentado olvidarla, había intentado perderse en otras mujeres. Incluso se había casado en un conato de pasar página, pero nada de aquello había funcionado.

La deseaba más que nunca. Tenía que ser suya. Rompió el beso y la miró mientras intentaba recuperar la respiración.

—Ven —le dijo, tomando su mano y llevándola hacia una de las tumbonas.

—No —le respondió ella, retrocediendo.

Luego, se echó a reír y sacudió la cabeza.

—Vaya. Te he dicho que no, Henry. No voy a acostarme contigo. Sobre todo, ahora.

Él sonrió de medio lado.

—¿Quién ha hablado de acostarse?

—Cierto —le dijo ella, apartando la mano.

Y él se sintió vacío al perder el contacto de su mano.

—Ya no soy tan fácil de convencer, Henry.

—Nunca lo fuiste —la corrigió él, recordando los momentos que habían pasado juntos—. Nunca fuiste fácil en ningún aspecto, Amanda.

Ella asintió y después miró hacia el mar. Henry pensó que estaban muy cerca y muy lejos al mismo tiempo. Todavía tenía su sabor en los labios. Todavía tenía el corazón acelerado y el cuerpo encendido de deseo.

—Llevo diez años sin ti, Henry —le dijo ella en un susurro.

–Pero eso puede cambiar.

Amanda se giró a mirarlo y había añoranza en sus ojos.

–El sexo no solucionaría nada.

–Tal vez no tenga que hacerlo.

–Así es como reaccionáis los hombres –comentó ella, volviendo a reír.

–Cierto –admitió Henry, levantando las manos en señal de rendición–. Te deseo.

–Lo sé –le dijo ella–. Yo a ti también.

–Entonces…

–Todo se complicaría todavía más y no sé si sería capaz de soportarlo. Además, ¿cómo vamos a hacerlo en una terraza, a plena luz del día, con la casa llena de personas?

–Sería muy emocionante –murmuró él, y vio cómo Amanda se estremecía.

–Gracias por la oferta –le respondió, sacudiendo la cabeza–. Ahora que has descubierto mi plan, tengo que marcharme. Puedes decirle a Martha que Amelia ha dimitido.

–¿Tanto miedo te da quedarte?

–¿Miedo? No. Estoy cansada de intentar complacer a tu sargento –le respondió ella sonriendo.

–Es dura, pero tú lo eres todavía más.

–Tal vez ahora mismo no me sienta así –admitió–. Así que tengo que irme.

–En ese caso, será mejor que nos despidamos como es debido –le dijo Henry, volviendo a tomarla entre sus brazos y disfrutando de la sensación de tenerla cerca.

Pensó que había echado de menos aquello y que pasar un minuto más con ella no era suficiente. Necesitaba tocarla, probarla, tenerla, o no sabía si iba a ser capaz de soportar aquel tormento mucho tiempo más.

La besó todavía con más pasión que la primera vez, y se dejó llevar por la sensación. Intentó demostrarle con aquel beso lo que significaba volver a tenerla entre sus brazos.

Y ella permitió que su cuerpo se apoyase en el de él y le devolvió el beso, demostrándole que entendía lo que le quería decir, que ella quería lo mismo, que también lo necesitaba.

Y solo por eso pudo dejarla marchar, aunque le costó.

Henry levantó la cabeza y la miró, su expresión era de felicidad y se preguntó si la de él sería igual. Pasó las manos por sus brazos varias veces y se apartó de ella. Tuvo que hacer un esfuerzo por volver a respirar.

Vio cómo Amanda se recuperaba poco a poco del beso y, cuando pensó que volvía a estar tranquila, se agachó para recoger las gafas y la peluca. Se las tendió y notó el roce delicado de sus dedos al aceptarlas.

Ella se echó la melena rubia hacia atrás antes de volver a hablar.

–No voy a intentar mentirte diciendo que no me ha gustado, eso no tendría sentido.

Él se limitó a asentir.

–Pero, Henry, eso no cambia lo que ocurrió hace

diez años ni termina con la guerra que ha habido entre nuestras familias desde entonces.

–¿Y qué lo haría? –le preguntó él sin pensarlo.

–Sinceramente, no lo sé. Adiós, Henry.

Él la vio marcharse y no la siguió. ¿Para qué? Entonces, la puerta se cerró tras de ella y Henry se acercó a la barandilla y miró hacia el horizonte.

Solo.

Después de una larga y agitada noche, Amanda se levantó cansada, de mal humor y tan confundida que no se podía concentrar. Al mediodía, estaba delante del escritorio de su secretaria cuando apareció su hermano pequeño. Notó que ocurría algo antes de verlo llegar, oyó murmullos, vio a varias trabajadoras levantándose de sus sillas para verlo mejor, y Amanda solo pudo sonreír.

Justin Carey era muy alto, tenía el pelo castaño claro y algo largo, lo que le daba un aspecto rebelde, pero no descuidado. Nunca parecía estar recién afeitado y a sus brillantes ojos azules no se les escapaba nada. Como era el pequeño de la familia, se había pasado la vida observando a sus hermanos, a sus padres y al mundo que lo rodeaba, mientras mantenía las distancias con todo.

Los hombres de la familia Carey seguían vistiendo de traje y corbata, pero Justin había ido allí en vaqueros negros, unas botas Doctor Martens y una chaqueta de cuero de Armani. Y las mujeres casi se desmayaban al verlo pasar.

Para Amanda, su aspecto era el del rebelde de la familia, orgulloso de ser quien era. Y ella había aprendido a entender que le gustase estar apartado de los demás.

Se acercó adonde estaba ella, sonriendo, luego la abrazó y le dio un beso en la cabeza. Amanda se echó a reír y lo empujó a modo de broma, pero no consiguió hacer que retrocediese ni un centímetro.

–¿A qué debemos el honor de esta visita? –le preguntó–. Para empezar, has venido justo el día que no hay ninguna reunión familiar prevista.

–No es una casualidad –le respondió él sin dejar de sonreír–. Lo cierto es que he venido a hablar contigo, Mandy. ¿Tienes un minuto?

Ella lo acompañó hasta su despacho y, en vez de sentarse detrás del escritorio, se instaló en el sofá verde oscuro, haciéndole un gesto para que se colocase a su lado.

–Siéntate. ¿Quieres tomar algo? Tengo refrescos, agua y zumos.

Justin se echó a reír.

–No, gracias. ¿Y una cerveza?

–Siéntate, Justin –le pidió ella, sacudiendo la cabeza–, y cuéntame qué ocurre.

Él se quitó la chaqueta y la tiró a un extremo del sofá. Debajo llevaba una camiseta negra que se ceñía a su musculoso pecho.

–Está bien. El caso es que he estado evitando venir por aquí…

–Menuda novedad –comentó ella.

Justin se encogió de hombros.

–No tenía ganas de que papá me volviese a decir que tengo que ocupar mi lugar en la empresa.

Amanda lo comprendía, su padre jamás había entendido que Justin no quisiera alinearse con el resto de los Carey. De hecho, la situación lo enfadaba. Martin no entendía a su hijo pequeño, que era todo lo contrario que Bennett, el heredero perfecto.

Pero la diferencia entre ambos era que a Bennett le gustaba aquello y quería dirigir la empresa. Le gustaban los retos y siempre estaba buscando la manera de crecer todavía más. Serena tampoco había querido formar parte de la empresa, pero, al divorciarse, había accedido a participar y lo estaba haciendo lo mejor que podía.

Justin nunca había encajado allí. Había aceptado un empleo en una tienda de surf de la zona con dieciséis años. Tenía un máster en dirección de empresas como los demás, pero también había asistido a otro tipo de cursos. Y su padre no entendía que quisiese estudiar algo que no beneficiase a la familia.

Amanda cambió de postura en el sofá, se quitó las sandalias de tacón a patadas y se pasó las manos por los pantalones.

–¿Qué ocurre? –volvió a preguntarle a su hermano–. Nunca vienes por aquí, salvo que ocurra algo, así que suéltalo.

Él se echó a reír, pero fue una risa falsa.

–Eh, no seas así.

–Dime –insistió ella.

–Está bien –le dijo él, apoyando un brazo en el

respaldo del sofá y girándose hacia ella–, quiero hablarte de algo, pero antes necesito saber cómo va la jubilación de papá.

–Regular –admitió ella–. Mamá está enfadada porque papá no ha dejado de trabajar. Y Bennett también está muy tenso con la situación.

–Estupendo –murmuró Justin, pasándose una mano por el rostro.

–¿De qué se trata, Justin? ¿Necesitas ayuda? ¿Tienes algún problema?

Él se echó a reír y después se levantó del sofá.

–No te preocupes tanto, Mandy, estoy bien –le dijo–. Es solo que hay algunas cosas que me gustaría hablar con la familia, y quiero hacerlo en el momento adecuado.

Aquello despertó todavía más la curiosidad de Amanda.

–Pues lo cierto es que tal vez no sea el mejor momento para hablar ni con Bennett ni con papá, pero no sé cuándo lo será.

–Tienes razón –admitió Justin, metiéndose las manos en los bolsillos y mirando por la ventana, desde la que se veían jardines y varios edificios de oficinas.

–Así que no tienes mucho que perder si lo haces ahora, dado que nunca vas a encontrar el momento perfecto.

Él la miró y se quedó pensativo.

–Sí, pero si espero a que papá se retire de verdad, solo tendré que enfrentarme a Bennett.

–Si mamá no lo consigue, nadie va a conseguirlo

–le dijo Amanda, poniéndose en pie también y acercándose a él descalza.

Volvió a darse cuenta de lo alto que era. A pesar de que era dos años más joven que ella, Justin ya no era su hermano pequeño. Era un hombre con sus propios planes y deseos, que no se comportaba como el resto de los Carey. Aunque ella también tenía secretos.

Todavía quería saber cómo había hecho Henry para averiguar los movimientos de su empresa familiar, pero aquel día el tema era Justin y la frustración que había en su mirada.

–¿No me lo puedes contar al menos a mí? –le preguntó.

–Por supuesto que puedo –le respondió él–, pero no voy a hacerlo.

–¿Y por qué no?

Él se echó a reír y le dio un beso en la frente.

–Porque prefiero contároslo a todos a la vez.

Amanda lo golpeó en el pecho con el dorso de la mano y él fingió que le había hecho daño.

–Eso no es justo. Primero me dices que tienes algo que contar y, después, que no me lo vas a contar. ¿A qué has venido? ¿A torturarme?

–¿A torturarte? ¿Cómo le iba a hacer eso a mi hermana favorita?

Ella frunció el ceño.

–No le voy a contar a Serena que has dicho eso.

Justin se echó a reír.

–Anda, cálzate, te invito a comer.

Amanda suspiró, se puso las sandalias y señaló a su hermano con un dedo.

–Está bien, pero vas a tener que llevarme a algún sitio caro.

–No esperaba menos.

Salieron juntos, con el brazo de Justin alrededor de sus hombros y el de ella alrededor de su cintura. Y Amanda pensó que, fuese cual fuese el motivo de su vuelta, se alegraba de que estuviese allí.

Al menos casi consiguió olvidarse de Henry con Justin a su lado.

Capítulo Siete

A Henry le gustaba trabajar en casa. Habría algunos días que tendría que ir a la oficina, pero como estaba muy cerca, no le importaba.

–¿Estás trabajando o pensando en ponerte a trabajar? –le preguntó Mick Haley desde la puerta de su despacho.

–Trabajando –le respondió él–, pero acabo de terminar algo. ¿Qué ocurre?

–He pensado que querrías repasar conmigo el nuevo sistema de seguridad –le respondió Mick, que iba vestido con vaqueros, un polo rojo y unas botas desgastadas.

–Por supuesto –le respondió él, poniéndose en pie–. ¿Por qué me miras así?

–Porque no estoy acostumbrado a verte sin traje, pensé que habías nacido con él puesto.

–Estoy en casa.

Se había puesto unos vaqueros negros, unas botas mucho más nuevas que las de Mick y una camisa azul remangada hasta el codo.

–Sí. Bueno, tengo que decirte que tienes una casa estupenda. Y las vistas no están nada mal.

–Son lo mejor de la casa –le confirmó él.

Mick salió al pasillo y esperó a Henry allí.

–El tema de la ciberseguridad está terminado. Todos tus dispositivos están protegidos.

–Bien.

Henry siguió a su amigo por el pasillo y saludó a Martha y a otra empleada al pasar por su lado. Como era normal, Amanda ya no estaba allí.

Se había pasado casi toda la noche pensando en ella, reviviendo el rato que habían estado juntos en el tejado, y había llegado a la conclusión de que no le importaba que hubiese ido allí a espiarlo. Además, no había averiguado nada. Aunque lo que sí le importaba era que la echaba de menos, después de haberla tenido cerca durante un par de días.

–Será mejor que prestes atención –le recomendó Mick, haciéndole volver al presente.

–¿Qué?

–Te estoy enseñando a encender y apagar las alarmas, así que deberías escucharme y dejar de pensar en esa chica.

–No hay ninguna chica.

–Como tú quieras, pero que sepas que no te creo.

–Limítate a enseñarme cómo funcionan las alarmas.

Mick se echó a reír.

–Está bien. Escúchame.

Mick le explicó cómo funcionaba todo el sistema y después le pidió que pusiese una contraseña y retrocedió para permitir que lo hiciera.

–Dime que no has puesto tu fecha de nacimiento –murmuró.

–No soy tan idiota –le respondió él, que había utilizado la del cumpleaños de Amanda, para acordarse de ella cada vez que entrase y saliese de casa.

Era probable que se tratase de una mala idea.

–Gracias por todo, Mick –le dijo cuando hubieron terminado.

–No vas a estar tan contento cuando veas la factura –le respondió este.

–Bueno, si uno quiere lo mejor, tiene que pagar por ello.

Y dado que él seguía queriendo a Amanda, se preguntó qué precio le pediría el destino.

–En fin –dijo Amanda suspirando–, supongo que no todos pueden ser buenos.

Su madre estaba sentada a su lado.

–No es la mejor cantante del mundo, pero se ha atrevido a venir. Yo no lo habría hecho.

–Ni yo, pero es que no sé cantar.

Después de un día muy largo y de la decepción de no haber sido capaz de sonsacar a Justin, se alegró de estar allí sentada.

–Además, *I Will Always Love You* es una canción muy difícil –continuó su madre.

–Cierto. Salvo que seas Whitney Houston o Dolly Parton.

–Hoy has visto a Justin, ¿verdad?

Amanda miró a su madre y se sintió culpable por no haber dicho nada antes.

–¿Cómo lo sabes?

–Ha venido también a casa, aunque tu padre no

lo sabe... No me ha contado mucho, pero parecía contento.

–A mí tampoco me ha contado nada –le dijo Amanda.

–Qué pena. Le preocupa decepcionar a su padre y le he dicho que no se inquiete por eso, que os hemos educado a los cuatro para que penséis en vosotros, en vuestra felicidad.

–Sí, gracias, mamá.

–Y, hablando de eso, estuvo bien ver a Henry el otro día, ¿verdad? A mí siempre me gustó Henry y a ti, también.

–Mamá...

–Han pasado diez años –continuó Candace, bajando la voz–. ¿Aún no eres capaz de hablar del tema?

–No quiero hablar de ello con mi madre.

–Yo también he tenido sexo, ¿sabes? –le dijo su madre.

–No quiero saber nada de eso –le respondió Amanda riendo.

–Tu padre y yo nos amábamos y teníamos una buena vida sexual.

–¿Estás hablando en pasado? –inquirió Amanda.

Candace se echó a reír y a Amanda le gustó verla así.

–Entonces, ¿no os vais a divorciar?

–No, aunque esté harta de él y de su maldito trabajo. Y tú estás empezando a hacer lo mismo que él. Ya nunca sales con tus amigas...

–Eso no es cierto –argumentó Amanda–. Estuve esquiando un fin de semana con Liz en Montana.

—Cariño, eso fue en febrero. Estamos en abril.

—He estado ocupada.

—A eso me refiero –insistió Candace–. Si no tienes cuidado, vas a terminar como tu padre, igual que Bennett.

—No me parece tan mal.

—Dado que estamos siendo sinceras, te diré que vi cómo te miraba Henry.

—Mamá…

—Y, lo que es más importante, cómo lo mirabas tú a él. Ambos habéis crecido y cambiado, y tal vez haya llegado el momento de volver a encontraros –le dijo Candace, poniéndose un pie–. Hazte un favor, cariño, y no olvides disfrutar de la vida.

Luego se inclinó y le dio un beso antes de girarse para salir del auditorio.

Amanda tenía en la cabeza todo lo que su madre le había dicho, pero fue capaz de reaccionar.

—¿Te vas a casa?

—No –le respondió Candace–. Voy a buscar a tu tía Viv para ir a tomar una copa con ella.

—¿Una copa?

—¿Hay algún club de *striptease* masculino por aquí? Lo tendré que buscar en Google…

Mientras se alejaba por el pasillo, Amanda la miró con incredulidad. ¿Cómo iba a ir su madre a un sitio así? Pero aquel era otro tema del que tampoco quería hablar con ella.

Así que se limitó a preguntarse si su madre tenía razón en todo lo que le había dicho. Se pasaba el día en el trabajo o en casa.

Suspiró.

O pensando en Henry y en el beso que se habían dado.

Se dijo que nunca había sentido algo parecido. Con nadie.

Su madre tenía razón en que ambos habían crecido y cambiado, pero no sabía si eso sería suficiente. Además, entre ellos ya no había nada. Un beso no significaba nada. Así que lo mejor que podía hacer era olvidarlo.

Veinte minutos después, Henry apagó la alarma, abrió la puerta y miró a la mujer que había al otro lado.

—¿Qué estás haciendo aquí, Amanda?

—Cállate —le dijo ella, abrazándolo por el cuello y besándolo.

Él la agarró con fuerza, le devolvió el beso y cerró la puerta. Luego, la apoyó en ella y, haciendo un esfuerzo por respirar, le dijo:

—Espera un momento. Espera.

Casi ciego de deseo, Henry marcó el código de la alarma y volvió con Amanda.

No le importaba por qué estaba allí. No quería saberlo. Solo la quería a ella.

Tomó su rostro con ambas manos y volvió a besarla apasionadamente.

Ella enterró los dedos en su pelo y después los clavó en sus hombros. Metió las manos por debajo de su camisa y lo acarició con desesperación.

Henry no la había esperado, pero pensó que no habría podido vivir sin ella ni un minuto más. Apartó los labios de los de ella y le mordisqueó la línea del cuello.

Ella echó la cabeza hacia atrás para ayudarlo y respiró con dificultad.

—Llevas demasiada ropa —le dijo en un susurro, empezando a desabrocharle la camisa.

—Pues vamos a arreglarlo —le contestó él.

Mientras Amanda luchaba con su camisa, él tiró de la camisa de seda de ella y ambos oyeron cómo los botones caían al suelo. Después, le desabrochó el sujetador de encaje azul. En cuanto sus pechos estuvieron libres, Henry no perdió ni un momento más.

Se los acarició y la vio apoyar la cabeza en la puerta. Después, bajó la boca a ellos y notó cómo Amanda se retorcía.

Henry bajó las manos al bajo de la falda negra y se la levantó hasta las caderas.

—Gracias por llevar puesta una falda —murmuró.

—De nada. Estás perdiendo mucho el tiempo.

—Entendido.

Se desabrochó los pantalones y un segundo después estaba disfrutando de su calor. La oyó gritar de placer y empezó a moverse dentro de ella.

Amanda se aferró a sus hombros, lo abrazó con las piernas por la cintura y lo ayudó a penetrarla más y más. Y cuando llegó al orgasmo, gritó y disfrutó de la sensación mientras todo su cuerpo se sacudía alrededor de él.

Entonces, enterró los dedos en su pelo y volvió a besarlo apasionadamente.

Sin aliento, Henry la sujetó contra la puerta y pensó que jamás podría volver a entrar o salir de casa sin recordar aquel momento. Había puesto el cumpleaños de Amanda como código para activar y desactivar la alarma y, después de aquello, jamás podría dejar de pensar en ella. Cuando por fin consiguió recuperarse un poco, la miró a los ojos y le dijo la única cosa que se le ocurrió:

—Qué bien que hayas venido.

Ella se echó a reír.

—Sí, yo también me alegro de que estuvieses en casa.

Él salió de su cuerpo y la ayudó a ponerse en pie. Sorprendentemente, Amanda seguía con los zapatos negros de tacón puestos. Mientras ambos intentaban vestirse de nuevo, Henry añadió:

—Si Martha hubiese estado aquí, le habría dado un infarto.

—Me había olvidado por completo de ella —admitió Amanda, dándose cuenta de que no podía abrocharse la camisa porque ya no tenía botones.

—Sí, le he dado una semana de vacaciones. La he mandado con su hermana a un hotel en La Jolla.

—Menos mal —comentó ella, pasándose las manos por el pelo.

No podía cerrarse la camisa y a pesar de haberse abrochado el sujetador, este no era más que un delgadísimo trozo de tela. La falda sí que estaba en su sitio, y se agachó a recuperar las braguitas.

Henry pasó una mano por su trasero y ella levantó la cabeza para mirarlo.

–Todavía no hemos terminado –le dijo él con voz ronca.

–No –admitió ella, incorporándose–. Ha pasado mucho tiempo, Henry, y estar contigo ha hecho que se me remueva todo por dentro.

–Sé cómo te sientes. ¿Te parece si lo intentamos ahora en horizontal?

Ella miró hacia las escaleras y luego a él.

–Tu dormitorio está muy lejos. No sé si vamos a llegar.

–Llegaremos –le aseguró él–. Antes o después.

Tomó su mano y ella lo siguió con piernas todavía temblorosas. Estaban subiendo las escaleras cuando Amanda se detuvo.

–Aquí.

–¿Aquí? –le preguntó él.

–¿Por qué no? –dijo Amanda, quitándose la camisa y el sujetador–. No quiero esperar más.

A él le brillaron los ojos con deseo.

–Estás escaleras son demasiado largas y estamos solos en casa, ¿verdad? –añadió ella.

–Verdad –le confirmó Henry, volviendo a acariciarle los pechos.

Amanda lo ayudó a sentarse en los escalones y se colocó a horcajadas sobre él.

Había ido allí casi sin pensarlo, movida por un deseo que se había cansado de ignorar. Se había pasado los diez últimos años pensando en él y no quería seguir así. Habían hablado, se habían besado y había podido comprobar que ambos seguían deseándose.

Le bajó la cremallera de los pantalones vaqueros y lo acarició hasta que lo oyó gemir y vio cómo echaba la cabeza hacia atrás.

Entonces, se colocó encima de él muy despacio y se preparó para otro orgasmo.

Henry era el único hombre del mundo con el que se sentía así. Había intentado convencerse de que había idealizado la noche que habían pasado juntos, pero lo cierto era que estar con él seguía siendo increíble, mucho mejor que diez años antes.

Amanda se dejó llevar completamente hasta que ambos llegaron juntos al clímax.

Capítulo Ocho

Amanda se quedó tumbada sobre él, con sus cuerpos todavía unidos, y oyó su propia respiración. El intenso anhelo que había tenido dentro se había calmado, afortunadamente, porque no había sabido si habría podido aguantar a hacerlo con Henry una vez más. Se dio cuenta de que se sentía relajada y feliz. En esos momentos, le encantaba la vida.

–¿Estás viva? –le preguntó él.

–Sí, pero me parece que no puedo moverme –le respondió Amanda, haciendo un esfuerzo para levantar la cabeza, apoyar la cabeza en el pecho de él y mirarlo.

–Bien –le dijo Henry sonriendo–. Si ahora mismo fueses capaz de subir las escaleras corriendo, me harías sentir muy mal.

Ella se echó a reír y sacudió la cabeza.

–No te preocupes.

Él se quedó en silencio un instante.

–¿Qué estás haciendo aquí, Amanda?

–A mí me parece obvio.

–Sí, pero ¿por qué?

–En realidad, no lo sé –admitió, golpeándole el pecho suavemente con los dedos mientras intentaba ordenar sus pensamientos–. Estaba en la audición…

–¿Y qué tal?

Amanda puso los ojos en blanco.

–La señora era agradable, pero ha intentado cantar una canción de Whitney Houston y no ha salido bien.

–Vaya.

–Sí –dijo ella suspirando–. Estaba hablando con mamá y…

–¿Te ha mandado aquí tu madre? –le preguntó él con sorpresa, riendo–. Voy a tener que enviarle unas flores.

–Muy gracioso. No, no me ha enviado ella. Solo me ha hecho pensar.

–¿Y?

–Que he pensado qué quería y ha resultado que te quería a ti.

–Me alegra oírlo.

Ella hizo una mueca y se movió de encima de Henry para sentarse en las escaleras. Ambos volvieron a colocarse la ropa y, cuando hubieron terminado, Amanda lo miró a los ojos.

–No estoy diciendo que lo acepte todo, ni que haya olvidado lo que ocurrió hace diez años…

–Yo tampoco.

–Y todavía quiero averiguar de dónde sacas la información.

–Me parece natural.

–Pero, dicho eso, te he echado de menos.

Él alargó la mano y le metió un mechón de pelo detrás de la oreja, luego pasó los dedos por su mandíbula y bajó por la garganta.

–Yo también te he echado de menos.

Amanda respiró hondo y suspiró.

–¿En qué nos convierte eso?

–¿En un par de locos?

Amanda se echó a reír.

–Puedo vivir con eso.

–Vamos a tener que hacerlo –añadió Henry, poniéndose en pie y tendiéndole una mano.

Ella la aceptó y se levantó también.

–Todavía quiero probar en horizontal –le dijo él, dándole un beso en los labios–, pero antes necesito comer. ¿Y tú?

–Me parece buena idea. ¿Tienes vino?

Henry empezó a bajar las escaleras.

–Sí.

Atravesaron el recibidor de la mano, como dos supervivientes de un naufragio. Justo antes de entrar en la cocina, Amanda vio algo brillante en el suelo: uno de los botones de su camisa.

La situación había avanzado mucho. Ella, también.

Prepararon unos sándwiches, tomaron una bolsa de patatas fritas de la despensa y bebieron vino blanco frío. Amanda tenía tanta hambre que aquel picnic improvisado en el suelo de la cocina, ya que la mesa y las sillas no habían llegado todavía, le pareció una comida en el restaurante Carey.

Había ido allí movida por un impulso, o eso había pensado, pero lo cierto era que se había dejado llevar por un sentimiento que llevaba ahí casi toda su vida. Durante años, había intentado no recordar a Henry porque no ganaba nada haciéndolo, pero, allí, con él, era como si todos los años que habían estado separados no fuesen nada.

–¿En qué piensas? ¿Estás arrepentida?

–No –le respondió ella, sacudiendo la cabeza y dando otro sorbo a su copa de vino–. Sería más fácil decir que sí, que ha sido un error, pero no es lo que siento.

–Yo tampoco.

–Entonces, ¿qué estamos haciendo aquí?

–No lo sé –admitió Henry riendo y sirviendo más vino en ambas copas–. Aunque me parece que deberíamos hablar de ello. Todo ha ocurrido muy deprisa y… hace años que ya no llevo preservativos en la cartera.

Ella se echó a reír al recordar la noche que habían estado juntos diez años antes. Cuando, de repente, ya desnudos, Henry había empezado a buscar como un loco entre su ropa hasta encontrar la cartera, de la que había sacado un preservativo.

–¿Te parece divertido?

–No, solo estaba recordando…

–Sí, yo también me acuerdo.

–No te preocupes, tomo anticonceptivos. Y estoy sana.

–Yo también. También estoy sano, quiero decir.

Sin dejar de mirarla, añadió:

–¿Significa esto que la guerra se ha terminado?

–Eso es una cuestión mayor. Bennett y tú tendréis

que arreglar las cosas solos, pero, en lo que a mí respecta, supongo que prácticamente se ha terminado.

—¿Prácticamente?

—Bueno, todavía tengo muchas preguntas.

—Yo también tengo algunas.

—Sobre todo, necesito saber si Bennett tenía razón. ¿Me estabas utilizando para acercarte a mi familia?

Él la miró fijamente a los ojos.

—Ni siquiera tú te crees eso. Bennett te lo ha metido en la cabeza.

—Cierto. Cuando te marchaste de Italia, me lo repitió día tras día, durante meses, pero no me has contestado.

—Está bien. ¿Quieres oírmelo decir? No, no te utilicé. Estaba loco por ti.

Ella lo miró a los ojos y se dio cuenta de que le decía la verdad. Quería creerlo, porque eso significaba que no se había equivocado con él y, al mismo tiempo, si aquello era cierto, significaba que había perdido diez años de su vida estando enfadada sin motivo.

—¿Y tú? —le preguntó Henry.

—¿Yo, qué?

—¿Le dijiste a Bennett dónde íbamos a estar?

Él dejó escapar una carcajada.

—¿Por qué iba a hacer algo así?

—No lo sé.

—¿Cómo iba a querer que tu hermano mayor me sorprendiese desnudo?

—Entonces, ¿cómo lo supo?

–Tal vez no lo sabía. No sé si recuerdas que nos quedamos dormidos los dos y solo nos despertamos cuando Bennett empezó a gritar.

–Sí, lo recuerdo muy bien. Y a Bennett le gustaba salir con la barca temprano. Si no nos hubiésemos quedado dormidos, nos habríamos ido de allí mucho antes de que mi hermano llegase.

–Entonces, ¿piensas que fue solo un golpe de mala suerte? –le preguntó él.

–Si ni tú ni yo se lo dijimos, es probable.

–Qué cosas –murmuró Henry.

–Sí.

Amanda no podía dejar de mirarlo. Lo había echado de menos. Mucho.

–Entonces… si tú no habías hablado con Bennett. ¿Por qué no intentaste nunca ponerte en contacto conmigo? –le preguntó Henry.

–¿Por qué iba a hacerlo? –inquirió ella, poniéndose en pie–. Bennett me convenció de que me habías utilizado para hacerte un hueco en la empresa familiar. Además, tú tampoco te pusiste en contacto conmigo.

–Pensaba que habías avisado a tu hermano.

–Pues no fue así.

–Pero yo no lo sabía.

–Podías haberme preguntado.

–Y tú podías habérmelo dicho sin que yo te preguntase.

–Ya veo que esto no tiene solución –murmuró Amanda, dándole la espalda y agarrándose a la encimera de granito gris.

–No es fácil, ¿verdad? –le preguntó Henry en voz baja.

Ella lo oyó acercarse, pero no lo miró.

–No.

–Igual que antes –le dijo él, apoyando las manos en sus hombros–. El sexo solo complica las cosas.

Amanda giró la cabeza para mirarlo y se dio cuenta de que estaba tan disgustado como ella. Cuando Henry levantó la mano para acariciarle la mejilla, sintió una ternura que le caló hasta el alma y que estuvo a punto de romperla.

Lo había amado mucho y aquellos sentimientos, por mucho que hubiese intentado esconderlos u olvidarlos, seguían allí. Podía seguir ignorando lo que le pedía su corazón o podía disfrutar del momento.

Pero ya se le había roto el corazón una vez y no quería que le volviese a ocurrir.

Iba a levantar los brazos para abrazarlo por el cuello cuando él la abrazó por la cintura.

–Es complicado, pero merece la pena –le dijo Amanda.

–Tal vez deberíamos dejar de hablar y ponernos a practicar.

–Sí.

Tal vez no tenían por qué resolverlo todo aquella noche. Tal vez podían limitarse a estar juntos en ese momento. Esa noche no tenían por qué ser enemigos. Amanda estaba sonriendo cuando Henry la besó suavemente, alejando de ella la sensación de disgusto… por el momento.

Capítulo Nueve

Un rato después, metidos en el jacuzzi de la terraza, se dedicaron a disfrutar del cielo y de las estrellas.

Henry la miró de reojo y pensó que estaba todavía más guapa que diez años antes. Por aquel entonces, se había sentido tan atraído por ella que no había visto nada más y esa noche sentía lo mismo. Rellenó su copa de vino blanco y la vio dar un sorbo y lamerse los labios.

—Como no dejes de mirarme, vas a ponerme nerviosa —susurró Amanda.

—No quiero ponerte nerviosa —le dijo él—, aunque me guste verte temblar.

—Probablemente, más tarde —le contestó Amanda—. Este lugar es increíble.

—Sí, lo es.

—Podría pasarme aquí todas las noches, disfrutando de las vistas.

Henry sonrió.

—Yo también estoy disfrutando de las vistas.

Amanda dio un sorbo a su copa y suspiró.

—Eres más romántico de lo que recordaba.

—He tenido tiempo para aprender a apreciar lo que tengo cuando lo tengo.

–¿Y a mí me tienes? –le preguntó Amanda.

–Esta noche, sí.

Le deparase lo que le deparase el futuro, esa noche era feliz.

–Nunca había visto tantas estrellas –admitió ella sonriendo.

–Aquí no hay contaminación lumínica –comentó Henry, mirando hacia arriba–. La última vez que vi tantas estrellas estaba en Irlanda.

–Qué envidia –le dijo Amanda, mirándolo–. Yo no he estado nunca.

Él quiso decirle que la llevaría, pero no lo hizo porque no sabía cuánto iba a durar aquello.

–Me alojé en un castillo, en el condado de Mayo, y allí, a muchos kilómetros del pueblo, sentí que había conectado con… algo. Sentí que todo era posible.

–Estamos juntos después de muchos años –le dijo Amanda, volviendo a mirar las estrellas–. Así que, tal vez, todo sea posible.

Henry puso un brazo alrededor de ella y la atrajo hacia su cuerpo. Entonces, pensó que ojalá tuviese razón.

Al final, durante aquella noche tan larga, consiguieron ponerse en horizontal.

Y Henry tuvo que admitir que le gustaba. Con Amanda tumbada a su lado, en la cama, clavó la vista en el techo y observó cómo bailaban las sombras de los árboles bajo la luz de la luna.

La vio salir de la cama y que empezaba a vestirse.

–No tienes que marcharte –le dijo, sorprendiéndose a él mismo.

Después de su breve matrimonio, ninguna mujer había pasado toda una noche con él, pero con Amanda era diferente.

Siempre lo había sido.

Mientras se ponía la camisa e intentaba cerrársela lo máximo posible sin los botones, Amanda le respondió:

–Gracias, pero debería irme.

Él se levantó también de la cama y se puso los pantalones vaqueros sin molestarse en abrochárselos.

–Volverás –le dijo él, y no era una pregunta.

–Sí, volveré.

Henry asintió y le acarició los brazos. No quería dejarla marchar. Estaba sintiendo demasiado, pero no podía evitarlo.

–Pero supongo que eres consciente de que voy a continuar.

–¿De qué estás hablando exactamente?

–Del edificio que has comprado, Henry –le respondió ella–. Todavía quiero saber cómo has conseguido hacerte con él antes que yo.

Él suspiró. Si le contaba la verdad, aquello se terminaría en ese momento. No obstante, aunque tal vez fuese lo mejor, Henry quería más. Más noches como aquella. Así que decidió guardar el secreto.

–No sé por qué me atraes tanto, siendo tan testaruda.

–Un insulto y un cumplido en la misma frase –comentó Amanda sonriendo–. Impresionante.

Él sonrió también, había conseguido evitar responder.

–¿Qué tenías pensado hacer con él? ¿Por qué era tan importante para ti? –le preguntó.

–¿Acaso importa ahora?

–Compláceme.

Ella respiró hondo y se encogió de hombros mientras se subía a los zapatos de tacón.

–Está bien, aunque ya no importe. Ese edificio está muy cerca del centro de artes escénicas. Al otro lado del aparcamiento.

–Lo sé.

–Quería unir ambos edificios.

Henry no se había imaginado aquello. Sorprendido e intrigado, le preguntó:

–¿Por qué?

Amanda sonrió.

–Porque el centro es estupendo, pero la zona de restauración es muy pequeña, solo hay una cafetería.

–Cierto.

–Así que tenía planeado poner en el otro edificio varias tiendas elegantes y un pub.

Él se echó a reír. Amanda cada vez lo sorprendía más. La familia Carey era todo sofisticación.

–¿Un pub?

–Sí. Y es probable que Bennett hubiese reaccionado igual que tú.

Él se quedó pensativo, no le gustaba que lo comparasen con Bennett.

–Habría sido perfecto –continuó Amanda entusiasmada–. El pub ofrecería un lugar en el que tomar una cerveza antes o después de una actuación. Además, en él podrían actuar nuevos talentos. También me hubiese gustado montar allí un buen restaurante, habría sido…

–Estupendo –terminó Henry en su lugar, sintiéndose culpable.

–Sí –admitió Amanda en voz baja–. Habría sido estupendo y Bennett habría tenido que…

–¿Qué?

Ella volvió a suspirar.

–El idiota de mi hermano habría tenido que admitir, en voz alta, que sé lo que hago.

Henry jamás habría imaginado que Amanda estuviese buscando el reconocimiento de su propia familia.

–Pero eso ya no va a ocurrir.

–Encontraré otra manera –le respondió ella con firmeza.

Y Henry la creyó, pero se sintió como un cerdo por haberle quitado aquella oportunidad. Él ni siquiera quería el edificio. Solo había querido enfadar a Bennett. Como en otras ocasiones, se había conformado con aquello, pero en esos momentos ya no le parecía suficiente.

Podía disculparse, pero no serviría de nada.

Como si le hubiese leído el pensamiento, Amanda le advirtió:

–No quiero una disculpa.

–De todos modos, debería pedirte perdón.

—No, no te molestes.

—Entonces, ¿qué quieres?

—Ya me lo has preguntado antes.

—Por favor, Amanda.

—Está bien —le dijo ella, tomando aire y mirándolo a los ojos—. Quiero saber si estoy cometiendo un error al estar aquí.

—No —le respondió Henry al instante.

—Bueno, esa es tu opinión —le dijo Amanda sonriendo y sacudiendo la cabeza.

—Cierto, pero sigue siendo la verdad.

—Eso espero. Todavía tengo que pensarlo. Buenas noches, Henry —se despidió, dándole un beso en la mejilla.

Él la acompañó hasta la puerta y después, activó de nuevo la alarma. Utilizando la fecha de su cumpleaños. Entonces, la noche y el silencio lo envolvieron y Henry tuvo demasiado tiempo para pensar.

Durante toda la semana siguiente, Amanda pasó más tiempo en casa de Henry que en la suya propia. Se dijo que era porque estaba cerca de su trabajo, y porque no tenía sentido que ambos fuesen hasta la casa de ella en Laguna, pero, en realidad, era consciente de que había más motivos.

Estaba empezando a sentir algo por él y no quería dejarse llevar por sus sentimientos. No podía confiar en él ni tampoco en ella misma.

Hablaron del pasado, de lo que habían hecho durante los últimos años y a pesar de que Amanda sabía que debía ser cauta, porque no estaba segura de poder sobrevivir si Henry volvía a fallarle, lo cierto era que lo amaba todavía más que diez años antes.

Ambos estaban recelosos, aunque ella odiase admitirlo. Hablaban de trabajo, pero solo de manera superficial. No se contaban en qué estaban trabajando en esos momentos ni cuáles eran sus planes. Podían hablar del pasado, pero el futuro era incierto e iban día a día.

Ella no le hablaba a Henry acerca de sus ideas porque no estaba segura de que este no volviese a traicionarla y, al parecer, él sentía lo mismo.

Estaban juntos, pero con un muro en medio que los separaba. Estaban tan ocupados protegiéndose que no podían romper ese muro y Amanda ni siquiera estaba segura de que debiesen intentarlo.

Después, estaba su familia. Nadie sabía lo que había entre Henry y ella, y Amanda sabía que, si Bennett se enteraba, se pondría furioso. Así que lo mantenía en secreto. Como si estuviese avergonzada de lo que estaba haciendo. ¿Y si lo estaba?

–¿En qué estás pensando? –le preguntó Henry en voz baja, en la oscuridad, y ella se puso tensa.

–Me estoy preguntando qué hacemos aquí, Henry.

Él sonrió. La única luz de la habitación era la procedente de la luna, que entraba por las puertas del balcón, y Henry estaba muy guapo.

–Ahora mismo, estamos descansando para después volver a hacer el amor.

Ella tuvo que sonreír a pesar de todo, pero no pudo apartar las dudas de su mente.

–Quiero decir que no sé a dónde va a llegar esto.

Henry se sentó, parecía tenso.

–No pretendo que me pidas que me case contigo ni que me hagas promesas, así que te puedes relajar.

–De acuerdo –le respondió él con cautela–. Entonces, ¿qué quieres, Amanda?

Ella no podía pensar estando con él en la cama, teniéndolo tan cerca, así que se puso en pie y empezó a andar por la habitación. Se detuvo delante de la chimenea.

–Si estuviese encendida y hubiese un perro tumbado delante, la habitación sería perfecta.

–Un perro –repitió él–. ¿Es en eso en lo que estabas pensando?

–No –admitió ella, respirando hondo y volviendo a acercarse a él–. Nadie sabe lo nuestro. Nos escondemos como si fuésemos niños, como si tuviésemos miedo a que nos sorprendiesen haciendo algo malo. Yo no le he contado a mi familia que nos estamos viendo.

–¿Por qué no?

–Antes de que te responda a eso, quiero saber si tú se lo has contado a alguien.

–No.

–En ese caso, puedo hacerte la misma pregunta. ¿Por qué?

Él la miró fijamente.

–Porque solo nos afecta a nosotros.

–No –lo contradijo ella–. Esa es la respuesta fácil. Para los dos.

Henry se pasó una mano por el rostro.

–Tal vez –admitió, apartando las sábanas y poniéndose también en pie–. ¿Y tú? ¿Por qué no quieres que lo sepa tu familia? ¿Te da vergüenza?

–No, no me da vergüenza –le aseguró ella–, pero tampoco me siento cómoda con el tema.

Henry se acercó a ella y Amanda retrocedió un par de pasos porque si lo tenía tan cerca su cerebro iba a dejar de funcionar.

–Supongo que, en el fondo, no confío en ti –le dijo con toda sinceridad–. Odio decirlo y me gustaría poder cambiarlo, pero si no somos capaces de hablarnos con sinceridad, esto no tiene sentido.

Él suspiró y la miró como si quisiese tocarla, pero mantuvo las distancias.

–Tienes razón –murmuró, sacudiendo la cabeza–. A mí tampoco me gusta, pero no confío en ti.

–Estupendo.

A Amanda se le hizo un nudo en el estómago al darse cuenta de que, sin confianza, no podrían tener un futuro juntos.

–Todavía tenemos muchos asuntos sin resolver, Amanda y, ahora mismo, no sé cómo hacerlo.

–Tal vez no sea posible.

Amanda era consciente de que tenía un problema enorme. Estaba enamorada de un hombre en el que no podía confiar.

–No te puedo hablar de mi trabajo porque tu familia ya ha intentado destruirme antes.

–Yo no soy mi familia.

–Formas parte de ella–replicó Henry–. Y también acabas de admitir que no confías en mí, así que no te muestres tan ofendida.

–Yo nunca te he traicionado, Henry –le recordó ella, enfadada–. Tú no puedes decir lo mismo.

–Tal vez no –admitió él–, pero respóndeme a esto. ¿Me defendiste delante de tu familia cuando todo se fue al garete?

–¿Cómo iba a defenderte, si te marchaste? Te marchaste. Sin hablar conmigo, como si no hubiésemos compartido nada.

–No tenía elección. Estaba en casa de tu familia y Bennett me echó.

–¿Y no te preguntaste cómo me sentí yo allí sola? No te tuve a mi lado para enfrentarme a todo.

–¿No me digas? Yo perdí a mi mejor amigo y a la mujer a la que amaba al mismo tiempo. Si piensas que para mí fue fácil, estás muy equivocada.

Se pasó una mano por el pelo y añadió:

–Además, que yo sepa, tú también querías que me marchase.

–Pero no te molestaste en averiguarlo, ¿verdad?

Al ver que Henry no respondía, la ira se convirtió en decepción y en un profundo dolor que hizo que Amanda desease estar sola.

–¿Por qué estamos haciendo esto, Henry? ¿Por qué estamos juntos ahora?

Él la miró a los ojos.

–Porque te he echado de menos, Amanda.

Eso alivió en cierto modo su dolor, pero no del todo. Tal vez no fuese posible.

Al menos, ella también podía admitir lo mismo.

—Yo también te he echado de menos, pero si lo único que podemos compartir es un pasado lleno de desconfianza, no hay nada entre nosotros.

Henry se quedó pensativo unos segundos.

—Podemos encontrar la manera de superarlo —le respondió en voz baja.

—De momento, no lo hemos hecho.

—¿Acaso lo hemos intentado?

Amanda pensó que tenía razón. Ambos se habían comportado con cautela, sin querer profundizar en su relación, o en lo que hubiese entre ambos. Ninguno de los dos había querido dar el paso necesario para acercarse al otro.

—No, tienes razón —admitió ella suspirando—. Y tal vez no debamos hacerlo. Tuvimos una oportunidad hace diez años y la perdimos. Quizás no podamos tener una segunda.

—¿De verdad piensas eso? ¿Después de esta semana?

Henry la agarró de los brazos con fuerza.

—¿Se ha terminado?

Ella sintió calor por todo el cuerpo, pero pensó que no era suficiente. Jamás lo sería. Hacía falta amor, confianza, un futuro.

—Estamos bien juntos, Amanda.

—Estábamos —lo corrigió ella, sacudiendo la cabeza y mirándolo a los ojos—. Tuvimos una oportunidad, pero pasó. Ahora, solo tenemos sexo.

—Un sexo estupendo.

—Cierto.

Era maravilloso, pero…

—No es suficiente, Henry. Para ninguno de los dos.

Amanda vio cómo su mirada se volvía fría y desinteresada de repente, como si tuviese delante a una persona extraña. Henry se estaba apartando y ella tenía que aceptar que lo estaba perdiendo. Otra vez.

—¿Sabes qué? —le dijo él, bajando las manos y cruzándose de brazos—. Que tienes razón.

La miró a los ojos.

—Yo lo quiero todo de ti, Amanda —añadió—, pero no sé si puedo confiar en ti. Y tampoco puedo dártelo todo de mí por el mismo motivo.

Amanda le había dicho la verdad y él había hecho lo mismo y el dolor era tan intenso que tuvo que hacer un esfuerzo inmenso para no ponerse a llorar. Porque no quería llorar delante de él. Al menos, podía evitarse semejante humillación. Levantó la barbilla, sacó fuerzas de flaqueza y se recordó que había querido, al menos, sinceridad. Lo que no había esperado era que le doliese tanto.

—La verdad duele —admitió, obligándose a sonreír a pesar de que era lo último que le apetecía hacer—, pero es más fácil vivir con ella que con mentiras.

Henry dejó escapar una amarga carcajada.

—A mí no me parece nada fácil.

—No lo es —admitió ella.

Se dio la media vuelta, se acercó a la silla más cercana, tomó sus pantalones y se los puso. Después, se puso también la camisa y se la abrochó. Todo ello sin mirar a Henry. Metió la ropa interior en su bolso marrón, se puso recta y, por fin, se giró hacia él, que seguía donde lo había dejado, con la mirada clavada en la de ella como si aquella fuese la última vez que lo hacía. Y tal vez lo fuese.

–Me marcho –anunció–, pero si lo nuestro se ha terminado… Me gustaría que me dijeses una última verdad.

Él asintió.

–Quiero saber cómo averiguaste que me interesaba el edificio que hay cerca del centro de artes escénicas.

Él se pasó una mano por la cara y después se frotó el cuello. Amanda supo que no le iba a gustar la respuesta, así que se preparó para oírla. Aun así, le costó creerla.

–Por Serena.

–¿Qué? –inquirió, sorprendida, a pesar de que sabía que su hermana y Henry habían estado en contacto–. ¿Fuiste agradable con ella, fingiste ser su amigo, solo para utilizarla? ¿Cómo pudiste hacerle algo así?

–¡No! Tu hermana me cae bien. No tengo muchos amigos, pero Serena es uno de ellos. Jamás la he utilizado. Jamás he intentado obtener información de ella. No espero que me creas, pero es la verdad. Me has dicho que querías saber la verdad.

–Sí.

Pero no había pensado que la verdad le sentaría como una puñalada en la espalda.

Él se dio la vuelta y luego volvió a mirarla.

–La verdad es que un día comí con Serena y esta mencionó que estabas muy emocionada con la compra de ese edificio. Ibas a comprarlo, pero todavía no le habías contado qué planes tenías para él, y estaba muerta de curiosidad.

–Y tú utilizaste aquello. La utilizaste para hacerme daño.

–Sí –le respondió Henry mirándola a los ojos–. Lo admito, aunque no quería hacerte daño solo a ti, sino también a Bennett.

–Cómo no –exclamó ella–. Después de diez años, sigo siendo la moneda de cambio entre ambos. Eso me hace sentir mucho mejor.

–Fue solo un negocio, Amanda.

–No –replicó ella–. Quisiste hacerme daño.

Él hizo una mueca, como si estuviese conteniendo una respuesta.

–Esto ya dura demasiado tiempo –continuó Amanda–. Bennett y tú lleváis demasiado tiempo enfrentados, conmigo en medio, como si fuese la soga de la que ambos tiráis.

–No se trata de eso.

–¿No? –inquirió ella–. ¿Si yo no estuviese, seguiríais enfrentados después de diez años?

Henry no respondió y ella tomó su silencio como una respuesta positiva. Aunque ya lo había sabido. No obstante, no pudo evitar que le doliese. Miró a Henry y vio en él todo lo que quería… y a un hombre en el que no podía confiar.

¿Qué clase de broma era aquella? ¿Cómo era posible que Henry hubiese llegado a su vida dos veces, y que lo hubiese perdido las dos? Con el corazón encogido por el dolor, parpadeó con fuerza para no ponerse a llorar. Tendría tiempo de hacerlo cuando ya no estuviese allí.

—No sabía para qué querías ese estúpido edificio.

—No, solo sabías que lo querías y eso te bastó.

—Maldita sea, Amanda, intenta ponerte en mi lugar.

—Tú lo compraste para hacerme daño, Henry, digas lo que digas —le respondió ella en tono gélido—. Y, ¿sabes lo que es peor? Que utilizaste a Serena para actuar contra nuestra familia. Le sonreíste, te hiciste su amigo y la utilizaste.

Él se pasó ambas manos por el rostro y volvió a rascarse la nuca.

—Soy su amigo —insistió—. Y no la utilicé. Utilicé una información que ella me dio libremente.

—Dale las vueltas que quieras, Henry, pero lo cierto es que eres un cretino.

—No es la primera vez que me lo dicen.

—En ese caso, deberías preguntarte el motivo.

Amanda sintió que tenía que marcharse de allí si no quería ponerse a llorar. Henry le había roto el corazón y no quería que lo supiera.

—El amor no debería ser tan duro, Henry.

—¿Quién ha hablado de amor? —le preguntó él.

—Yo, pero no me estabas escuchando —le respondió Amanda, pensando que no tenía que haber dicho aquello.

—Amanda...

Ella hizo como si no lo hubiese oído, se colgó el

137

bolso del hombro y fue hacia la puerta del dormitorio. Una vez allí, lo miró por encima del hombro. Él no se había movido. Su gesto seguía impasible y tenso, sin traicionar ni uno solo de sus pensamientos ni de sus sentimientos.

¿Por qué se sentía ella tan mal, si él no estaba haciendo nada en absoluto para detenerla?

–Adiós, Henry.

Capítulo Diez

Durante los siguientes días, Henry tuvo la sensación de que el mundo había cambiado. Al menos, su mundo había cambiado.

El amor.

¿Por qué había tenido que hablar Amanda de amor justo antes de marcharse? ¿Lo amaba? Se frotó el pecho con la mano, pero eso no alivió el dolor que tenía allí.

Había vivido diez años sin Amanda, no era posible que fuese tan complicado volver a hacerlo, pero no conseguía concentrarse en nada. No le importaban las nuevas fusiones, los contratos pendientes ni las reuniones con los abogados. Nada le importaba.

No había imaginado que volvería a tener a Amanda en su vida, en su cama, pero, después de haberla perdido de nuevo, le costaba hasta respirar. Acababa de darse cuenta de que llevaba años echándola de menos. Ese era el motivo por el que no se había sentido completo, por el que no se había sentido satisfecho con su vida.

El vacío con el que había sobrevivido durante tanto tiempo le resultaba, de repente, insoportable.

Y la culpa era toda suya.

Lo peor eran las noches. A pesar de que Martha vivía con él, en el piso de abajo, la casa estaba demasiado vacía. Se había acostumbrado a tener a Amanda a su lado. La oscuridad parecía magnificar su soledad. Incluso había pensado en la sugerencia de Mick de comprar un perro.

—¿Se puede saber qué te pasa?

Henry miró a Mick con el ceño fruncido.

—¿A qué te refieres?

—A que no eres tú —le respondió su amigo—. Llevo quince minutos hablándote y estabas en Marte o algo parecido. Te prometo que he visto a Donna tomar la grapadora y he pensado que te la iba a estampar en la cabeza.

Henry volvió a fruncir el ceño y miró hacia la puerta cerrada de su despacho. Pensó en su secretaria, que estaba al otro lado. Donna era una mujer tranquila, imperturbable. O eso había pensado él hasta entonces.

—Entonces, tal vez sea mejor que lo dejes estar.

—Podría hacerlo, pero eso no sería divertido —le respondió Mick—. ¿Qué ha pasado con esa mujer?

—¿Por qué tiene que haber siempre una mujer? —le preguntó Henry.

—Excelente pregunta —admitió su amigo—. Los hombres llevan siglos preguntándoselo.

Henry se puso en pie, se metió las manos en los bolsillos y caminó con la energía que había acumulada en él desde que Amanda se había marchado. No sabía qué hacer con ella. Solo había conseguido repasar en su cabeza una y otra vez la última discusión que habían tenido y preguntarse si había habido algún modo de evitarla. ¿Podía haber impedido que Amanda se marchase? ¿Debía haberlo hecho?

Era evidente que Amanda se había sentido traicionada cuando él había admitido que había utilizado la información que Serena le había dado. Y seguro que a esas alturas ya había hablado con su hermana y que él había perdido a una amiga también.

–¿Cómo voy a confiar en ella? –inquirió, mirando a Mick–. Es una Carey.

–Ah, Amanda. Tu Amanda.

Ya no era su Amanda y Henry se arrepintió de haberle hablado a su amigo de lo ocurrido entre ellos diez años antes. Por otra parte, no tenía tiempo de ponerlo al día en esos momentos.

–Se ha fastidiado todo –murmuró, girándose a mirar por la ventana.

Las vistas no lo tranquilizaron. Tampoco lo había hecho subir a la terraza la noche anterior. Veía a Amanda en todas partes de la casa. La llevaba en su alma y en su corazón.

–Ya sabías quién era cuando te metiste en esto –comentó Mick.

–Sí, pero con eso no me estás ayudando.

–¿Qué ha pasado?

Henry le hizo un resumen y terminó diciendo:

–Es cierto que utilicé lo que Serena me había contado contra su familia, pero ¿acaso es culpa mía que me lo contase?

–No.

–Deja de darme la razón –protestó.

Seguía estando tan enfadado como cuando Amanda se había marchado de su casa varias noches antes. La pregunta era con quién estaba más enfadado, si con ella o con él mismo.

Volvió a ver su rostro, su mirada cuando él había admitido que había utilizado la información que Serena le había dado. Su gesto de traición, de dolor. Y, como siempre que le ocurría, intentó apartarlo de su mente. Decidió que estaba más enfadado consigo mismo que con Amanda, pero eso tampoco lo ayudó.

—Está bien —añadió—. Tal vez no debería haber utilizado la información que Serena me dio, pero estoy seguro de que, de haber estado en mi lugar, Bennett habría hecho lo mismo.

—De acuerdo. ¿Y Amanda también habría hecho lo mismo?

—¿Qué?

Mick sacudió la cabeza.

—Estás furioso por lo que ha ocurrido con Amanda, pero echas la culpa de tus actos a Bennett. Así que te pregunto si Amanda también habría utilizado esa información contra ti.

Henry lo pensó y no supo cuál era la respuesta. O sí, porque conocía a Amanda. Estaba decidida a demostrar su valía delante de su familia, pero no habría utilizado a otra persona para conseguirlo.

Así que Henry imaginó que aquello lo convertía a él en un imbécil. Y lo que era peor, acababa de darse cuenta de que sí que confiaba en Amanda, pero ya era demasiado tarde.

—No —admitió por fin—. No habría hecho lo mismo.

–Bien.

Mick se puso en pie, se acercó a donde estaba la cafetera y se sirvió una taza.

–Así que, en resumen, tú estás en guerra con Bennett y Amanda es la víctima.

Henry frunció el ceño, pero no contradijo a su amigo porque, en cierto modo, tenía razón.

–Pero sigue siendo una Carey –murmuró en su propia defensa.

–Y tú un Porter, ¿no? –le respondió Mick, dando un sorbo a su taza de café–, pero estás permitiendo que esto se te escape de las manos.

–¿Solo a mí? ¿Y Bennett, qué?

–Tú no puedes controlar a Bennett, solo a ti mismo. Así que, si quieres continuar con la guerra, adelante. Si no… si Amanda está por encima de la guerra que tienes con su hermano, para.

¿Era tan sencillo? ¿Sería tan fácil terminar con algo que, durante años, había formado parte de su vida? ¿Estaba preparado para hacerlo?

Por amor.

En los últimos días había pensado mucho. Después de lo ocurrido en Italia tanto tiempo atrás, había habido una parte en él a la que no lo había sorprendido. Había tardado mucho en comprender el motivo, pero ya lo conocía y en esos momentos la pregunta era si esa era la razón que le impedía conseguir lo que quería.

Se remontaba a su niñez, por supuesto. Y eso era lamentable incluso para él. Permitir que las decisiones de sus padres guiasen las suyas décadas después no tenía mucho sentido, pero cuando su madre había fallecido, Henry había sido testigo de cómo su padre la culpaba de haberlos dejado. Había tratado su muerte como una traición personal, como si su esposa hubiese fallecido para fastidiarlo y, de algún modo, Henry había absorbido aquella lección.

Incluso de adulto, siempre había una parte en él que estaba esperando a que lo abandonasen. Así que cuando le habían arrebatado a Amanda diez años antes, se había quedado destrozado, pero no sorprendido. Y esa ocasión era parecida. Había entrado en la relación con cautela. ¿Para protegerse? ¿Para esconderse? Fuese cual fuese el motivo, era contraproducente y no merecía la pena seguir con ello.

Tal vez hubiese llegado el momento de dejar atrás el pasado.

–¿Cómo paro una guerra que ha durado tanto tiempo?

–Eso lo tienes que averiguar tú, Henry –le respondió Mick–. Puedes hacerlo.

Su cerebro empezó a funcionar y a Henry no le gustó lo que estaba pensando. Mick tenía razón. Amanda había tenido razón. Llevaba tanto tiempo luchando contra Bennett que aquella guerra ya formaba parte de él, pero ¿merecía la pena?

Por amor.

Frunció el ceño y pensó en Amanda, en lo que había habido entre ellos, o en lo que podría seguir habiendo. Se preguntó si Candace Carey tenía razón al decir que era ridículo continuar con aquello después de diez años. ¿Habría llegado el momento de pasar página?

Él ya había demostrado que era tan bueno o mejor que Bennett Carey, ¿no? Aquello le hizo fruncir el ceño todavía más. ¿Por qué se comparaba con Bennett? ¿Porque este había sido su amigo? ¿Porque lo había traicionado? En cualquier caso, él había traicionado a Amanda, así que no era mejor que Bennett.

—Hazte una pregunta —le sugirió Mick—. ¿La amas?

Henry solo lo miró.

—Sí —añadió Mick, conteniendo una sonrisa—. La amas, pero todavía no lo has reconocido.

¿Tenía razón su amigo? ¿Estaría enamorado, pero sería demasiado cobarde como para admitirlo? Tenía mucho en lo que pensar. Tenía mucho a lo que enfrentarse. Tenía que encontrar una manera de salir de aquel embrollo en el que se había metido, pero no podía hacerlo con Mick delante.

Así que decidió empezar por terminar aquella reunión. Señaló el informe que Mick le había entregado.

—De acuerdo, vamos a hablar de esto. Bennett Carey está planeando comprar una empresa de seguridad. ¿Para qué?

Mick se encogió de hombros y dio otro sorbo a su café.

—Ni idea, pero se va a llevar una decepción.

—¿Por qué?

—Porque esa empresa no puede competir con la mía —le respondió Mick sonriendo.

Henry sonrió también.

—Por supuesto que no. Así que deja que la adquiera él, yo no la necesito, te tengo a ti.

Mick se encargaba de pagar para conseguir información y averiguar qué se proponían los Carey.

Cuando Henry había empezado a luchar contra ellos, no había tenido poder suficiente para hacerles daño, pero al hacer que Porter Enterprises creciera, había encontrado pequeños caminos para ir haciendo incursiones. Para volver loco a Bennett. Siempre había alguien dispuesto a hablar: secretarias, asistentes, mozos que se ocupaban de distribuir el correo, pero con la experiencia de Mick todo era más fácil.

—Tendré el siguiente informe para el viernes próximo —le dijo este.

—No, ya hemos terminado —le dijo él, sacudiendo la cabeza.

—¿En serio?

—Sí.

Henry se puso en pie.

—He terminado, Mick. Tienes razón, si quiero que termine le guerra tengo que empezar yo.

Mick se levantó también y asintió.

—Me alegra oírlo. Ya has desperdiciado suficiente tiempo con esto.

Henry se echó a reír.

—Si era lo que pensabas, ¿por qué no me lo has dicho antes?

—Porque eres mi amigo. Si era importante para ti, yo tenía que apoyarte.

Henry pensó que así era, que eso era tener un

amigo que estaba ahí cuando lo necesitaba. Le tendió una mano a Nick y, cuando este le dio la suya, le dijo:

—Gracias.

—Buena suerte –le deseó Mick mientras se diría hacia la puerta–. Y cuéntame cómo termina todo.

Henry también estaba deseando averiguarlo.

Recordó que Amanda le había hablado de amor. Recordó el efecto que había tenido en él esa palabra, el golpe que se había llevado su corazón. Y lo mucho que le había hecho pensar durante los últimos días.

¿Amaba a Amanda?

Por supuesto que sí. La había amado siempre.

Y había llegado el momento de hacer algo al respecto.

Unos días después, Amanda estaba en otra reunión familiar a la que Justin tampoco había asistido. Estuviese donde estuviese su hermano pequeño, le deseaba que se lo estuviese pasando mejor que ella. El resto de la familia sí que estaba allí: su padre, que estaba golpeando la mesa con impaciencia; Serena, que estaba comprobando su cuenta de correo, sonriendo; Bennett, enfadado, como de costumbre. Solo faltaba Candace.

Y ella se sentía… en otro lugar. Desde donde estaba, mirando a su familia, era consciente de repente de que llevaba demasiado tiempo intentando complacerlos a todos.

Le encantaba su trabajo y se le daba bien, pero

no sabía cuándo había decidido que tenía que impresionar a Bennett, al que nadie cuestionaba. Ella se merecía el mismo trato que su hermano.

Miró a Serena. Desde la última noche con Henry, había estado intentando decidir si debía contarle a su hermana lo que este había hecho o no. Al final, había decidido no decirle nada para no hacerle daño. En el fondo, había creído a Henry cuando este le había dicho que no había pretendido utilizarla.

En ese caso, debía preguntarse también por qué, si lo creía con respecto a aquello, le costaba tanto confiar en él. En todo caso, al igual que diez años antes, Henry no la había llamado, no había ido a verla, no había hecho el menor esfuerzo por hablar con ella ni de aclarar las cosas. Así que parecía evidente que ella estaba enamorada y él solo la deseaba físicamente.

—Papá —dijo Bennett—, ¿qué haces aquí?

—¿Y dónde quieres que esté? —le preguntó Martin a su hijo mayor.

—No lo sé —replicó Bennett—. ¿Jubilado? ¿Con mamá?

—Yo también estoy aquí —anunció Candace, entrando en la habitación con un vestido rosa y zapatos de tacón a juego.

Se sentó dejando un asiento libre entre ella y su marido y Amanda suspiró. Al parecer, sus padres seguían peleados por el tema de la jubilación.

—Bien —dijo Bennett—. Empieza tú, Serena, ponnos al día.

Serena empezó a hablar, pero Amanda no la estaba escuchando. En su lugar, estaba recordando que Henry la había acusado de sentirse avergonzada de él, de que le había ocultado su relación a su familia. ¿Por qué? Tenía treinta años y tomaba sus propias decisiones, ¿acaso le importaba que su familia no las aprobase?

Era gracioso que hubiese necesitado asistir a otra reunión familiar para darse cuenta de que, además de ser una Carey, también era Amanda. E iba a vivir su vida como quisiese. Con aquella idea en mente, interrumpió a su hermana.

–Lo siento, Serena, pero necesito decir algo.

–¿Hay algún problema con el festival? –le preguntó Bennett.

–Hay vida fuera del trabajo, Bennett –le contestó ella a su hermano y vio como su madre aplaudía.

Sonrió a su madre y volvió a centrarse en su hermano. Se puso en pie y se giró hacia él.

–No. Se trata de mí. Y de Henry.

–¿Porter? –preguntó Bennett–. ¿Qué pasa con Porter?

–He estado acostándome con él.

–¿Qué? –inquirió Bennett.

–¡Amanda! –exclamó su padre.

–Eso es maravilloso –comentó Serena.

–Bien por ti, cielo –dijo su madre.

Por extraño que fuese, Amanda se sintió más fuerte para continuar.

–Y no hemos dormido, precisamente.

Serena contuvo una carcajada, pero Bennett la fulminó todavía más con la mirada.

—¿En qué estabas pensando? Es el enemigo, Amanda —la reprendió, furioso.

Pero a ella no le importó. Ya no.

—Tal vez sea tu enemigo —le respondió—. Tú empezaste esta guerra, Bennett. Nos encontraste juntos, felices, y lo echaste de allí. No hablaste conmigo. Con ninguno de los dos. Solo reaccionaste dando por hecho que tenías la razón, como haces siempre.

—Espera un momento…

—No —lo interrumpió ella—. Espera tú. Esta ni siquiera es mi guerra, pero siempre acabo sufriendo yo.

—¿Por qué dices eso? —le preguntó su hermano.

—Por favor, Bennett, ¿es que no te das cuenta de que tu hermana está enamorada? —intervino su madre.

—¿Quién ha hablado aquí de amor? —preguntó Martin mirando a su esposa y a su hija, completamente confundido.

—¿Me puedes explicar por qué decidiste destruir a Henry? —le preguntó Amanda a Bennett—. ¿Por haber tenido la osadía de tocarme? ¿Porque me amaba?

Bennett apretó los dientes.

—Era mi amigo, Amanda, y se fue contigo a mis espaldas. ¿Qué esperabas que hiciera cuando os encontré…?

—¿Hablar conmigo?

—Estabas desnuda —le recordó Bennett—. Lo mismo que él.

—En ese caso, debías haberte marchado. Podías habernos dado un minuto y haber esperado un poco antes de reaccionar. En su lugar, te volviste loco.

—Tienes demasiado genio, Bennett —le dijo su madre.

Y él la fulminó también con la mirada.

—Deberíamos calmarnos todos —sugirió Serena en tono preocupado—. ¿Hacemos una pausa?

—No —le dijo Amanda—. He esperado demasiado tiempo para hablar de esto.

—Bien dicho —la alentó su madre—. Ya va siendo hora de que lo aclaremos.

—¿A ti te parece bien? —le preguntó Bennett.

—A mí, no —le contestó su padre.

—Lo siento mucho, papá, pero, por si no os habéis dado cuenta, soy una mujer adulta y con quién me acuesto es solo asunto mío.

—Tienes toda la razón, cariño —la apoyó su madre—. Yo me alegro de que Henry y tú lo hayáis arreglado después de tanto tiempo.

—Yo también —dijo Serena en voz baja.

—No lo hemos arreglado —continuó Amanda—. Gracias a esta guerra interminable, no podemos confiar el uno en el otro. Has ganado la guerra, Bennett, ya no estamos juntos.

—Entonces, ¿por qué te molestas en contárnoslo? —inquirió él.

—Ya no me intimidas, así que no te esfuerces. Os lo he contado porque voy a presentar mi dimisión, Bennett. No voy a seguir viviendo con tus normas. No voy a ser la moneda de cambio entre Henry y tú.

—A mí me dijo lo mismo hace un par de días, me alegra saber que también te lo ha dicho a ti.

Amanda miró hacia la puerta y vio a Henry allí,

mirándola a los ojos, con una expresión indescifrable en el rostro. Su corazón se aceleró al verlo. No importaba que hubiesen discutido, lo único que importaba era que estaba allí.

–¿Qué estás haciendo aquí, Henry? –inquirió Bennett–. Márchate.

–Bennett, cariño, siéntate –le pidió su madre.

–Candy… –dijo Martin.

–Escuchemos lo que ha venido a decir –le respondió ella.

–Muchas gracias, Candace –le respondió Henry antes de volver a mirar a Amanda–. Tienes toda la razón, Mandy. No merecías verte en medio de nuestras peleas.

Entró en la sala de reuniones y cerró la puerta tras de él. Buscó en el bolsillo interior de su chaqueta, sacó unos documentos y se los tendió a Amanda.

–¿Qué es esto?

Henry la miró a los ojos.

–Es la escritura del edificio que querías comprar. Puesta a tu nombre…

Ella se quedó boquiabierta.

–¿Por qué has hecho eso? –inquirió Bennett.

Henry suspiró.

–Porque ya es hora de que terminemos con esta guerra.

–Así, de repente –comentó Bennett.

–Por favor, hijo, cállate –murmuró Candace.

–Así, de repente –le dijo Henry–. Ambos llevamos años intentando hacernos daño. ¿Para qué? Los dos estamos aquí, tenemos éxito. ¿Por qué no poner fin a esta guerra?

—Se supone que debo creerte, ¿no? —le dijo Bennett.

—Haz lo que quieras —le respondió Henry—. Me da igual. No he venido por ti.

Miró a Amanda.

—He venido por ti, Mandy. Como tenía que haber hecho hace diez años. Y como te prometo que haré a partir de ahora.

Ella respiró hondo.

—Henry…

—No digas nada —la interrumpió él, tomando sus manos—. Por favor, permíteme que hable yo primero. Tengo tanto que decirte. Después, tú me dirás si quieres que me quede o que me vaya, y lo haré. Haré lo que tú quieras, Amanda.

Ella sonrió.

—Está bien.

Ninguno de los dos prestó atención al resto de los presentes en la habitación. Fue como si todos hubiesen desaparecido y solo estuvieran ellos en el mundo.

—Tengo que empezar por pedirte perdón, Mandy —le dijo él, mirándola a los ojos—. Siento haber dejado que Bennett me echase hace diez años. Siento no haberte llamado. Y siento no haberte dicho que te amaba.

Ella contuvo la respiración.

—Y siento haber comprado ese edificio.

Se giró a mirar a Serena.

–También tengo que disculparme contigo.

–¿Por qué? –le preguntó ella riendo.

Él sonrió también al darse cuenta de que Amanda no le había contado nada a su hermana. Por supuesto, había querido protegerla para que no sufriese. Amanda era así.

–La última vez que comimos juntos, Serena…

–¿Tú también comes con él? –inquirió Bennett.

–Como no te calles, Bennett… –le advirtió su madre.

Este cerró la boca, pero lo dijo todo con la mirada.

–Serena, tú me contaste los planes de Amanda y yo utilicé esa información para comprar el edificio.

Ella lo miró con sorpresa y con decepción, pero después pareció comprenderlo.

–No tenías que habérmelo dicho, Henry. Amanda no lo ha hecho.

–Tenía que contártelo. No quiero más secretos. Lo siento mucho, Serena. No te lo merecías.

Ella le sonrió.

–Te perdono, pero me debes una comida.

–Trato hecho –le contestó él, aliviado al comprobar que no había perdido a una amiga–. Gracias.

–Venga, todos amigos –murmuró Bennett–. Vamos a merendar.

–Suena bien –le respondió Henry sonriendo antes de volver a mirar a Amanda–. Quiero que te olvides de todo, menos de que te amo, Amanda, siempre te he amado. Y siempre te amaré, aunque me pidas ahora mismo que me marche de aquí.

—No voy a hacerlo —le dijo ella riendo.

—Menos mal —murmuró él—. Tengo algo para ti.

Henry se metió la mano en el bolsillo del pantalón y sacó una pequeña caja de terciopelo rojo. La abrió y apareció un anillo con un zafiro de corte cuadrado y diamantes.

—¿Henry?

—Cásate conmigo, Amanda. Ven a vivir a mi casa, formemos una familia.

Serena suspiró.

Amanda se echó a reír y lo miró con asombro. Henry pensó que era buena señal.

—Y tengamos un perro también —añadió—. Tú misma dijiste que hacía falta, para verlo hecho un ovillo delante de la chimenea.

—¿Un perro? —murmuró Bennett.

—Cállate, Bennett —le pidió Amanda y Henry se echó a reír—. ¿Qué clase de perro?

—Uno del refugio —le dijo él—. Encontraremos uno que necesite ser rescatado, como tú me rescataste a mí.

La miró a los ojos y le susurró, para que solo lo oyese ella:

—Cásate conmigo y confía en mí, porque yo te voy a amar durante el resto de mi vida.

Ella tomó su rostro con las manos y le respondió:

—Yo también te amo, Henry. Y confío en ti. Confío en que, juntos, podemos construir una vida.

Lo besó y después se echó hacia atrás y le dijo:

–Te advierto que lo quiero todo: el matrimonio, los hijos, el perro, el trabajo.

–Suena perfecto –le confirmó él.

–Y lo quiero todo contigo, Henry.

–¿Eso es un sí?

–Sí.

Amanda levantó la mano izquierda y él le puso el anillo.

–Te prometo que no te arrepentirás –le dijo él, dándole un beso.

Y mientras la familia de Amanda reaccionaba de diferentes maneras, desde el aplauso de Serena a los murmullos de Bennett, Henry y Amanda empezaron a construir un futuro juntos,

DESEO

MAUREEN CHILD

EL AMOR SIEMPRE VUELVE

Capítulo Uno

—Así es como lo hemos hecho siempre, Serena.

Candace, la madre de Serena Carey, estaba en el umbral de la puerta del despacho, mirándola.

—Estás haciendo tantos cambios que no sé cómo va a salir todo. Dios sabe que no quiero interferir...

«Pero vas a hacerlo», pensó Serena. Todos los años, el Carey Center celebraba una fiesta para recaudar fondos para sus asociaciones benéficas, para los niños. Era el evento más importante del año y los invitados acudían desde todos los rincones del país.

Hasta aquel año, Candace Carey había estado al mando, pero, en teoría, le había cedido el testigo a Serena hacía seis meses. En aquellos momentos, parecía que la matriarca se estaba arrepintiendo.

—Mamá —dijo Serena con mucha paciencia—. Todo está controlado. Tienes que confiar en mí.

Candace entrelazó los dedos y empezó a andar arriba y abajo por el despacho con elegantes pasos.

—Por supuesto que confío en ti, Serena. Sin embargo, no me habías comentado que fueras a hacer tantos cambios. Música, comida, flores... Todo ha cambiado y no sé si es lo correcto —comentó mientras se retorcía las manos ligeramente.

—Los cambios no siempre son malos, mamá —comentó—. Por ejemplo, esas mechas color canela que llevas en el cabello son fabulosas.

Candace se animó un poco y se pasó una mano por el elegante cabello corto.

—Estás tratando de hacerme la pelota, lo sé. Se te da muy bien, pero, cariño, esa fiesta es el evento más importante del año. Esos niños cuentan con el dinero que podamos conseguir de nuestros benefactores…

Serena se puso de pie, rodeó el escritorio y tomó las manos de su madre entre las suyas.

—¿De verdad crees que si las flores son diferentes la gente no dona su dinero a obras benéficas?

—La tradición también cuenta, sabes… —replicó su madre sin responder la pregunta—. Por ejemplo, siempre hemos contratado a los Swing Masters para que se ocupen de la música y…

—Mamá… los Swing Masters tienen más de setenta años ya…

—¿Y qué tiene eso que ver?

El tema de la edad era un asunto espinoso, dado que los padres de Serena también se estaban aproximando rápidamente a los setenta. Sin embargo, decidió no arredrarse.

—Mamá, están jubilados. Solo se reúnen para tocar en la fiesta benéfica.

—Exactamente.

Serena apretó suavemente las manos de su madre y luego se las soltó.

—La nueva orquesta puede tocar los temas de siempre, pero también música más moderna. Creo que a los invitados les gustará.

—No estoy yo tan segura…

Serena abrazó a su madre y sonrió.

—Confía en mí.

—Claro que confío en ti, pero tantos cambios a la

vez… –murmuró Candace sacudiendo levemente la cabeza–. ¿Y también has contratado un fotógrafo itinerante?

–Sí y te va a encantar –le aseguró Serena tratando de contener su impaciencia.

Solo llevaba dos años trabajando en el Carey Center, por lo que sabía que se iba a tener que ganar el respeto y la confianza de su familia.

Cuando era una niña, Serena nunca se había sentido interesada en tener una carrera. En realidad, jamás había sabido lo que hacer con su vida. Lo único que había deseado siempre había sido encontrar el amor y una familia propia. No había tenido mucha suerte. En aquellos momentos, su matrimonio estaba roto y estaba intentando descubrir qué era exactamente lo que quería para su vida. Estaba aprendiendo poco a poco a hablar por sí misma y a reafirmarse. A lo largo de toda su existencia, Serena se había limitado a dejarse llevar sin oponerse porque, en realidad, nada le había importado lo suficiente como para presentar batalla.

Se estaba enseñando a mantenerse firme porque, en aquellos momentos, no había nada que le importara más que construir una vida para su hija y para sí misma. Trabajar para la familia estaba bien, pero hacerse su propio hueco en el mundo de los negocios era duro. Adoraba a su familia, pero no estaban acostumbrados a ver cómo ella daba su opinión. Comprendió que aquello había sido culpa suya por haberse mostrado siempre tan conformista. No obstante, seguía prefiriendo la paz y la serenidad, algo que nunca había podido experimentar con los Carey.

El pensamiento la hizo sonreír. No se podría decir nunca que su familia fuera tranquila. Serena no los cambiaría por nada del mundo. Lo que tenía que hacer era saber manejarlos y, por fin, lo estaba aprendiendo.

Aún le costaba expresar lo que pensaba, aunque estaba mejorando. En aquellos momentos, estaba consiguiendo abrirse camino. Y nadie le había prometido nunca que aquello sería fácil.

—Será divertido, mamá. El fotógrafo tiene unas ideas estupendas y una reputación fantástica. A los invitados les va a encantar.

Al menos, eso esperaba Serena. Su propio futuro dentro del negocio familiar dependía del éxito de aquel evento. Había realizado cambios porque, en su opinión, la fiesta resultaba demasiado seria, sin brillo. Aunque la gente seguía asistiendo, a Serena le parecía que la fiesta debería ser más… divertida.

—El fotógrafo va a ir andando entre la gente, tomando fotos al azar y luego, las proyectaremos sobre dos pantallas que se colocarán frente a frente, a ambos lados del salón.

Serena había contratado al mejor fotógrafo de Orange Country en California. Confiaba en que cumpliera todo lo que le había prometido.

Candace se mordió el labio inferior. Serena siguió hablando. Cuanto más lo hacía, mejor se sentía.

—A todos los asistentes a la fiesta les encantará verse en las pantallas, al igual que ver a sus amigos y familiares. Y si alguien quiere adquirir una copia, podrán hacerlo directamente en la fiesta. Después del evento, todas las imágenes irán directamente a nuestra página web, lo que será una publicidad directa sobre lo bien que se lo ha pasado todo el mundo. Eso aumentará las donaciones para el año que viene.

Candace inclinó la cabeza hacia un lado y estudió a su hija durante un largo instante antes de volver a tomar la palabra.

—Veo que has pensado mucho en todo esto.

—Así es, mamá. Te prometí que no te defraudaría cuando me pediste que me ocupara de la fiesta. Va a ser espectacular.

Al menos, eso esperaba Serena. Si la fiesta era un fracaso, su familia no le dejaría olvidarlo nunca. Bennett, su hermano mayor, estaba cuestionando desde el principio todos los cambios que estaba realizando.

En cuanto a su madre… Candace se había ocupado del evento durante décadas. Solo le había cedido las riendas a su hija porque creyó a su esposo cuando él le prometió que iba a jubilarse. Sin embargo, dado que Martin estaba empezando a mostrarse reacio, Candace quería recuperar el control. Serena iba a mostrarse inflexible.

Aquello era algo nuevo para ella. Un psiquiatra gozaría tratando de encontrar sus motivaciones. No había sido capaz de hacer nada cuando el hombre que amaba le rompió el corazón. Prefería no recordar cómo se había quedado de brazos cruzados mientras él se alejaba de su lado.

Lo peor era que había permitido que el dolor le impidiera ver las carencias del hombre con el que se casó después. No le gustaba saber que había tardado una eternidad en enfrentarse a Robert. Cuando por fin lo hizo, consiguió el divorcio y la custodia de Alli. Aprendió que no tenía por qué seguir siendo el felpudo de nadie.

No estaba segura de si quería seguir en Carey Corporation durante el resto de su vida, pero allí era donde estaba en aquellos momentos. Iba a dejar su impronta para que todo el mundo se enterara de que Serena Carey ya no era una muñeca.

–Tengo algunas ideas sobre el *catering*…

Serena apretó rápidamente la mano de su madre y mintió. Se sentía un poco culpable, pero necesitaba un respiro.

–Sabes, igual que yo, que tengo una reunión con Margot Davis dentro de unos minutos para volver a repasar el menú.

–Ah, estupendo. Estaré encantada de ayudaros –dijo Candace.

–Creo que Amanda quería hablarte de uno de los actos del programa de *Sensación de Verano* –repuso Serena. Debería sentirse culpable por poner a su hermana pequeña de excusa, pero no fue así. Solo era una mentira piadosa, necesaria, por la que Serena terminaría pagando cuando viera a su hermana.

–Oh –replicó Candace. Sonrió–. En ese caso, voy a ver a tu hermana, pero me gustaría también repasar el menú de la fiesta contigo, Serena. ¿Te parece después de almorzar?

–Claro, mamá –respondió ella conteniendo un suspiro.

Cuando su madre se hubo marchado Serena rodeó su escritorio y tomó asiento. Hizo que la butaca de piel color crema girara y miró por la ventana. A lo lejos, se veía el océano Pacífico. En aquellos momentos, le habría gustado estar junto al mar, sintiendo cómo la brisa marina le peinaba el cabello y sin escuchar otro sonido que no fueran las olas del mar rompiendo contra la arena.

–Dado que no es así…

8

Se cuadró con la mesa y tomó el teléfono para llamar a Margot.

—Hola —dijo cuando ella respondió—. ¿Podrías venir aquí ahora para hablar sobre el menú? Sé que habíamos quedado esta tarde, pero me gustaría tenerlo bien decidido antes de que el resto de la familia lo vea.

—Por supuesto —contestó Margot—. Puedo estar dentro de media hora.

—Estupendo. Hasta ahora entonces.

Serena colgó y se aseguró de que todo estaba saliendo como debería. Tenía una estupenda orquesta, una maravillosa chef, una florista que iba a decorar el salón con gusto y elegancia… Lo tenía todo controlado. Nada podía salir mal.

Su asistente la llamó por el intercomunicador.

—¿Qué ocurre, Kelly?

—Un tal Jack Colton quiere verte.

Y así, en un abrir y cerrar de ojos, aquel día tan maravilloso dejó de serlo.

Serena frunció el ceño y dijo:

—Dile que me he ido a Tahití.

Si lo hubiera sabido con la suficiente antelación, aquello sería exactamente lo que habría hecho con tal de no volverse a encontrar con Jack.

El hombre del que había estado enamorada y con el que había esperado casarse. El hombre que la había abandonado. El hombre que seguía apareciéndosele en sueños, asegurándose de que ella se despertara caliente y deseosa, furiosa por el hecho de que, incluso dormida, Jack pudiera seguir afectándola de aquella manera. La respiración se le aceleró. Respiró profundamente y trató de calmarse. No lo consiguió. Solo pensar que él estaba al otro lado de la puerta… se echaba a temblar.

Con suerte, se marcharía al ver que ella no quería recibirlo.

Sin embargo, un instante después, la puerta del despacho se abrió y Jack se presentó frente a ella. A Serena no le sorprendió. Nada podía detener a Jack cuando estaba decidido a algo. Resultaba irritante y admirable al mismo tiempo. En aquel momento, Serena se inclinaba por considerarlo irritante.

Y cautivador, maldita sea.

No podía apartar los ojos de él. Parecía incluso más alto de lo que lo recordaba. Medía mucho más de un metro ochenta y tenía el cabello negro, algo largo, que se le rizaba por encima del cuello de la camisa. Sus ojos eran tan profundos y hermosos como un zafiro.

Jack le dedicó a Serena una media sonrisa. Cerró la puerta del despacho y, antes de meterse las manos en los bolsillos, las deslizó por los bordes de la americana del traje negro que llevaba puesto.

—Tahití ha cambiado, pero tú no. Estás tan guapa como siempre, Serena.

—¿De verdad? —replicó ella con una carcajada. Se negaba a permitir que él la engatusara—. ¿Hace siete años que no te veo y lo primero que me dices es ese cumplido tan manido?

—No es manido en absoluto. Sigues estando muy hermosa.

—Y a ti se te sigue dando igual de bien adular a la gente. No soy tonta, Jack. Con eso no vas a llegar a ninguna parte.

Él se encogió de hombros y esbozó otra media sonrisa que hizo que el ingenuo corazón de Serena diera un vuelco.

—No se trata de adulación si es sincero.

10

Serena se sintió muy enojada consigo misma. Habían pasado siete años desde la última vez que lo vio y, con solo una mirada, Jack había conseguido acelerarle el pulso a pesar del modo en el que terminaron las cosas entre ellos. Por aquel entonces, Serena había sido tan… tímida. No había sido capaz de decirle una sola palabra cuando él la abandonó. No había podido decirle que él le había arrancado el corazón ni había sido capaz de plantarle cara. Sin embargo, había cambiado. Ya no era la Serena que Jack recordaba. No significaba nada que su cuerpo estuviera teniendo una reacción desproporcionada.

–Vete, Jack.

–Pero si acabo de llegar…

Serena se puso de pie. No podía permanecer sentada cuando Jack seguía de pie, tan alto como un gigante. ¿Por qué no estaba cubierto de verrugas o granos? ¿Por qué tenía que estar tan guapo?

–¿Qué es lo que quieres, Jack?

–Bueno, gracias por preguntar –dijo él mientras se sacaba las manos de los bolsillos y recorría muy despacio la sala, como si tuviera todo el tiempo del mundo–. Este despacho refleja tu personalidad.

–Crees que me conoces, ¿verdad?

–Siempre lo he hecho –murmuró, provocando un escalofrío en Serena que ella se negó a reconocer. La estudió durante un largo instante antes de seguir hablando–. Aunque ahora… también hay algo diferente en ti.

–Vaya, que sorpresa –dijo ella con desprecio–. He cambiado en estos siete años. Vamos a ver. Matrimonio, un hijo, un divorcio, pasar a formar parte de la empresa familiar… Sí –añadió asintiendo firmemente–. Supongo que he cambiado.

–*Touché* –observó él mientras inclinaba la cabeza ligeramente, a modo de reconocimiento.

–Mira, Jack, no tengo tiempo para esto –afirmó ella–. ¿Por qué estás aquí?

–Directa al grano. Eso también es diferente. No recuerdo que te interesara la empresa familiar.

–Como ya te he dicho, he cambiado.

–Está bien, hablemos del motivo de mi presencia aquí. Para empezar, quiero reservar una mesa en la gala benéfica.

Aquello sí que fue una sorpresa. Hacía años que Serena no veía a Jack. La última vez fue la noche en la que ella le había confesado el amor que sentía por él. Jack se marchó del país a la mañana siguiente para «concentrarse en la cadena hotelera del Grupo Colton». O tal vez mejor para huir y esconderse de ella.

–¿Por qué quieres reservarla?

–¿Para apoyar a los niños necesitados? A mí me parece una buena causa.

–¿Ahora te interesa el altruismo?

–¿Eres tan dura con todos tus benefactores? –le preguntó él con una leve sonrisa.

–No. Tú eres especial. Has estado desaparecido siete años, Jack. ¿Cómo sabes lo de la fiesta?

–Por favor… La Gala Carey lleva siendo uno de los eventos más importantes del año desde hace más de treinta años. Y Bennett me dijo que seguía celebrándose.

–Por supuesto que te lo dijo –repuso Serena con una seca sonrisa.

Jack se echó a reír y se acercó un poco más.

–Sí, vine a verlo para decirle que voy a regresar a los Estados Unidos permanentemente.

–¿Es eso cierto?

–Sí –contestó Jack mirándola fijamente–. Tendré que ir a Europa por negocios, pero mi hogar estará aquí.

Genial. El hecho de que Jack se marchara a Londres hacía siete años ayudó mucho a Serena a olvidarse de él. Sabía que Jack estaba lejos de California y que no había posibilidad alguna de que se encontrara con él. Así consiguió apartarlo de sus pensamientos y de su corazón. Entonces, conoció a Robert y se casó con él, con lo que casi consiguió dejar de pensar en Jack…

Y, de repente, él volvía a casa. Dado que Bennett y él eran amigos, probablemente se encontraría con Jack en muchas ocasiones.

–Creo que cincuenta mil por una mesa en tu fiesta es una buena manera de anunciarlo.

Reservar una mesa entera era muy generoso por su parte, pero Serena no estaba dispuesta a facilitarle las cosas. Era tan propio de Jack Colton presentarse así y esperar que todo saliera tal y como él deseaba…

En aquella ocasión no se iba a salir con la suya.

–Efectivamente, ese es el precio para una mesa completa, Jack, pero ya es muy tarde. Solo faltan dos semanas para la fiesta.

Jack entornó la mirada. Serena estuvo a punto de sonreír. Solo a punto.

–¿Me estás diciendo que el precio de la mesa ha subido?

Serena sonrió con ganas en aquella ocasión. Estaba a punto de descubrir lo mucho que Jack deseaba presentarse en la fiesta.

–Setenta y cinco mil.

El silencio se extendió entre ambos durante unos segundos antes de que Jack asintiera.

–Está bien, Serena. Tienes razón. Es tarde y es para una buena causa.

–Por supuesto.

Tuvo que admitir que aquello la sorprendió. Jack ni siquiera había pestañeado cuando ella decidió subir el precio. ¿Significaba eso que quería impresionarla? ¿Era aquello parte del plan o simplemente deseaba tanto volver a la vida que había abandonado que el precio no era obstáculo alguno?

Jack dio un paso al frente y la miró fijamente.

–En ese caso, reserva una mesa para el Grupo Colton. Haré que mi asistente personal te haga llegar el dinero esta misma tarde.

Serena se sentó de nuevo en su silla y lentamente, como si él no la afectara, cruzó las piernas.

–Te reservaré la mesa en cuanto hayamos recibido el dinero.

–¿Acaso no confías en un viejo amigo? –preguntó él con una seca carcajada.

–¿Es eso lo que somos?

Serena lo miró a los ojos y pensó en todas las cosas que podía decir. Que nunca habían sido amigos. Que lo que había habido entre ellos era tan tórrido y apasionado que era como tratar de vivir en el sol. Que se habían convertido en amantes a las pocas horas de conocerse y que no se habían separado hasta que ella había pronunciado aquellas dos fatídicas palabras. Que Jack había hecho pedazos la confianza que había entre ellos cuando le rompió el corazón y la abandonó. Serena le podría haber dicho todo eso y mucho más, pero prefirió guardar silencio.

–¿Amigos? Claro, si eso es lo que quieres, por supuesto.

–Tengo muchos amigos.

–Qué raro –susurró eso–. Yo también –añadió dando otro paso al frente–. Entonces, ¿qué hacemos?

El corazón de Serena palpitaba con fuerza. De repente, empezó a costarle respirar, pero, a pesar de todo, siguió mirándolo a los ojos.

–Nada, Jack. No vamos a hacer nada.

Él volvió a meterse las manos en los bolsillos del pantalón y comenzó a pasear por el despacho. Observó las fotos enmarcadas y Serena sintió como si él estuviera examinando su vida. No le gustó.

–Eso no es cierto, Serena –dijo Jack por fin mientras se volvía para mirarla–. Tal vez no seamos amigos, pero, por el momento, vamos a trabajar juntos.

–¿De qué estás hablando?

–Como te he dicho, he estado hablando con Bennett sobre una idea que he tenido y que nos podría ayudar a ambos a crear verdaderas expectativas sobre las donaciones.

–¿Expectativas? –repitió Serena con una seca carcajada mientras se apartaba el rubio cabello del rostro–. La gala ya levanta suficientes expectativas por sí misma. Los Carey llevamos ocupándonos de nuestras fiestas y eventos mucho tiempo. No creo que necesitemos ninguna idea que tú puedas darnos.

Aparentemente, su hermano mayor sí que lo pensaba. ¿Cómo era posible que todos los miembros de su familia pensaran que era incapaz de organizar la fiesta y conseguir que esta fuera un éxito? Parecía que Bennett había empezado a meter las narices donde no lo llamaban y estaba animando a Jack a que hiciera lo mismo.

–No lo desprecies tan rápidamente, Serena –insistió

él–. Al menos, podrías escuchar la propuesta que tengo para ti antes de descartarla. Lo que te voy a proponer va a hacer que todo el mundo hable de la fiesta. Te ayudará a recaudar mucho más dinero de lo habitual.

Serena tenía que admitir que sentía curiosidad. Si la fiesta recaudaba más dinero que nunca mientras ella estaba al mando, su familia tendría que admitir que estaba haciendo bien su trabajo. Por fin podría poner su sello en Carey Corporation y convencería a la familia, incluso a sí misma, de que era capaz de hacer lo que se propusiera. Desgraciadamente, para ello, tendría que trabajar con Jack Colton.

No. Tendría que encontrar otro modo de demostrarle a su familia lo que era capaz de hacer.

–Vaya, resulta fascinante que Bennett y tú queráis ayudarme –dijo ella mientras se levantaba y rodeaba el escritorio–, pero no es necesario, muchas gracias.

Jack cruzó los brazos sobre el amplio torso y separó los pies como si fuera a entrar en batalla. Perfecto. Si eso era lo que quería, Serena estaba dispuesta a proporcionársela.

–A Bennett le gusta mi idea. Y mucho –señaló él.

–Bennett no está al mando.

Jack arqueó una ceja.

–Deberías decírselo a él.

–Lo haré –le prometió ella.

–Genial –dijo Jack mientras dejaba caer los brazos para meterse de nuevo las manos en los bolsillos–, pero, primero, deja que te cuente la idea para que sepas a lo que te estás oponiendo.

Serena le dedicó una mirada de desaprobación. Lo único que quería era que Jack se marchara. Sin embargo, sabía perfectamente que no sabría qué decirle a su hermano Bennett si Jack no le contaba todos los detalles de su extraordinaria idea.

—Está bien. Cuéntame esa idea tan brillante.

Él levantó un dedo.

—Yo no he dicho que sea brillante. He dicho que es una buena idea. Además, beneficiará a Carey Corporation y al Grupo Colton. Te proporcionará a ti más donaciones y más dinero para los niños desfavorecidos. De eso se trata, ¿no?

—Está bien. Tú dirás —observó ella con un suspiro.

—Voy a regalar estancias en los hoteles del Grupo Colton en una rifa que tú vas a celebrar.

—¿Cómo has dicho? ¿Regalar habitaciones de hotel? ¿Rifa? ¿Y ese es tu estupendo plan?

Jack frunció el ceño antes de responder.

—No se trata solo de habitaciones de hotel. Estamos hablando de estancias en hoteles de cinco estrellas. Voy a donar doce estancias de una semana en cualquiera de mis hoteles, aquí o en Europa. El ganador elegirá su favorito, por supuesto. Y en esas estancias está todo incluido. Hasta los billetes de avión.

Atónita, Serena pensó en lo que él le estaba ofreciendo y tuvo que admitir que Jack tenía razón. Aquella clase de premio atraería más gente. Por tener la oportunidad de ganar una de las doce estancias en un hotel de cinco estrellas en cualquier lugar del mundo, la gente estaría dispuesta a comprar muchos boletos de una rifa.

—¿Y serían doce semanas para un único ganador o habría doce ganadores?

Jack se encogió de hombros.

—Eso depende de ti, dado que estás al mando —comentó con cierta ironía—, pero yo creo que tener doce ganadores atraería más donaciones.

Serena se puso a pensar. Tenía que admitir que Jack tenía razón. Aquel era un premio espectacular. Sabía que atraería muchas donaciones, lo que supondría más dinero para la fundación y más niños que recibirían ayuda. Era una buenísima idea.

Maldita sea.

—Es cierto que doce ganadores crearían más… expectativas. ¿Y qué sacas tú de todo esto, Jack? —añadió mirándole muy fijamente.

Jack se acercó un poco más a ella, pero Serena se mantuvo firme. Después de todo, no era tan atractivo… Bueno, sí, sí que lo era, pero no tenía que permitir que Jack supiera lo que pensaba.

—Me he pasado varios años renovando nuestros hoteles —le dijo mirándola a los ojos—. Hemos recuperado de nuevo la reputación que perdimos hace ya un tiempo. Quiero que todo el mundo piense que los hoteles del Grupo Colton son los únicos en los que merece la pena alojarse. Y creo que este es un buen lugar para empezar a hacerlo.

—¿Y no se te ha ocurrido poner anuncios en la televisión, la radio o en Internet?

—¿Qué puedo decir? Me gusta el toque personal. Además, Bennett quiere que trabajemos juntos para planearlo y hacer que todo esto nos beneficie a ambos.

—Que trabajemos juntos —repitió ella.

—¿Algún problema?

—¿Y por qué iba a haber algún problema? —mintió ella. De hecho, había tantos problemas…

—Excelente. ¿Cuándo quieres que empecemos a trabajar?

—Me pondré en contacto contigo cuando haya hablado con Bennett.

No se estaba negando a decirle la verdad. Simplemente estaba… posponiendo lo inevitable. ¿Trabajar con el hombre que le había roto el corazón? No era una adolescente. Podría hacerlo perfectamente. Sobre todo por los niños, pero… Bennett debería haberlo hablado con ella antes de comprometerse a nada con Jack.

–Está bien. Él tiene mi número. Llámame cuando quieras hablar –dijo Jack mientras se dirigía hacia la puerta. Cuando llegó, se dio la vuelta para mirarla–. Me ha gustado verte, Serena. Sabía que sería así.

Ella no respondió. Aparentemente, Jack no esperó a recibir respuesta porque, en ese mismo instante, abrió la puerta y se marchó.

Otra vez.

Capítulo Dos

Al entrar en el despacho de Bennett, Jack admitió que su reunión con Serena había ido mucho mejor de lo que había esperado. Su amigo estaba al teléfono, por lo que Jack tuvo unos instantes para curiosear.

El despacho de Bennett era tan diferente del de Serena que parecía imposible que estuvieran en el mismo edificio. Era más grande que el de su hermana, más luminoso y con mejores vistas. La decoración era minimalista, moderna, muy impersonal. No había nada en toda la estancia que le recordara a su amigo. Seguramente Bennett había contratado a alguien que se lo decorara y no se había preocupado de darle un toque personal. Aquello era muy propio de Bennett.

–Veo que sigues vivo.

Jack se dio la vuelta y vio que Bennett estaba colgando el teléfono.

–Estoy un poco magullado, sí, pero respiro.

–¿Estaba yo en lo cierto? –le preguntó Bennett mientras se recostaba en su butaca–. ¿Te ha sangrado para reservarte una mesa?

–Ya te digo. Me ha sacado setenta y cinco mil.

Bennett soltó una carcajada.

–Esa es mi hermana. Alégrate, Jack. Va a ser para una buena causa.

–No me importa el dinero.

–En ese caso, el tiempo te ha cambiado.

Jack se sentó en una de las butacas que estaban al otro lado del escritorio y miró a su amigo. Bennett era una de las pocas personas con las que había mantenido el contacto cuando se fue del país hacía siete años, abandonando a Serena.

Jack no había tenido elección. No podía darle a Serena lo que ella quería. Todo lo que sabía del matrimonio le había demostrado que era una cárcel hasta que uno de los presos conseguía lograr su libertad. En aquel momento, el amor no formaba parte de su léxico y no estaba seguro de que lo fuera en el presente. ¿Qué era el amor sino un concepto efímero que iba y venía con la misma facilidad que la brisa del mar?

Por eso, había tenido que marcharse. Sabía que le había hecho mucho daño, pero si se hubiera quedado y hubiera fracasado ante el futuro que ella tenía pensado para ambos, Serena habría sufrido aún más. Había vuelto porque había hecho por fin lo que tenía que hacer. Se había demostrado a sí mismo que era mejor hombre que su padre. Había demostrado que podía salvar al Grupo Colton del daño que le había infligido su padre. Tal vez también era mejor que su progenitor en muchas otras cosas. Tal vez podía tener una relación sin estropearlo todo.

No había regresado por Serena, pero no podía evitarla ni ignorarla. Jack había vuelto a casa para siempre y Bennett era su mejor amigo, así que no podría evitar ver a Serena. Sin embargo, siete años eran mucho tiempo y los dos habían cambiado mucho. Ella había seguido con su vida. Jack no podía culparla. Tenía una hija y se había divorciado de un imbécil que no se la había merecido más que Jack.

Por ello, a pesar de que había deseado con todo su

ser tomar en brazos a Serena, no lo había hecho. Había perdido ese derecho y, a juzgar por la recepción que ella le había dado, tampoco sería bienvenido. No obstante, había esperado que la recepción de ella fuera mucho más gélida. ¿Había cambiado tanto que era capaz de esconder sus verdaderos sentimientos? En el pasado, Serena había sido como un libro abierto, pero, aquel día, le había dado la impresión de que había millones de pensamientos cruzando su cerebro y no había podido ni leer uno solo de ellos.

Sin embargo, no podía evitar desearla. Aquella sensación en particular no había desaparecido por completo.

–Sí –dijo pensativo–. Las cosas han cambiado. He hecho muchos cambios en la empresa, me he librado de toda la madera podrida y ahora el Grupo Colton es más grande y fuerte que nunca.

–¿Tu madre sigue contenta con su nuevo marido? –le preguntó Bennett.

–Sí. John es estupendo para ella. La trata como a una reina y viven en un apartamento en París que a mi madre le encanta. Está feliz y asentada, con lo que yo puedo regresar a casa.

–Buenas noticias –afirmó Bennett mientras se dirigía hacia la barra del café–. ¿Quieres uno?

–Sí, solo –respondió Jack mientras se ponía de pie y se acercaba a su amigo–. Serena no se ha puesto muy contenta de verme.

Bennett levantó una mano.

–No. Ya te lo dije hace siete años. Nada de detalles.

Jack se echó a reír y tomó el café que su amigo le ofrecía.

–¿En serio? ¿Han pasado ya siete años y sigues sin

querer saber lo que ocurrió? La mayoría de los hermanos se muestran mucho más protectores con sus hermanas.

—Claro que soy protector hacia ella —le aseguró Bennett, aunque sacudía la cabeza al mismo tiempo—. Sin embargo, aprendí la lección con Amanda hace diez años. Por lo tanto, cuando Serena y tú rompisteis, yo di un paso atrás.

—Fuera por la razón que fuera, yo te lo agradecí.

—Demonios, no lo hice por ti —comentó Bennett riendo—. Lo hice por mí. El lío entre Amanda y Henry Porter podría haber tenido otro resultado si yo no me hubiera implicado. Sin embargo, para que lo sepas, eso no significa que lo haría otra vez.

Jack estudió a su amigo durante un largo instante antes de responder.

—Comprendido.

—¿Crees que será un problema trabajar con ella?

—No —mintió Jack—. En absoluto. Mientras esté aquí —añadió, cambiando repentinamente de tema—, ¿qué te parecería si hiciéramos un paquete entre mi hotel y tu restaurante?

—¿Quieres decir además de los premios que estás ofreciendo para la fiesta?

—Sí. Esto no tiene nada que ver con la fiesta. El hotel Colton Dana Point va a reinaugurarse a finales de mes. He estado reformando…

—Sí, he visto a los albañiles cuando iba a trabajar.

—Así es. Pues ya casi han terminado. Están dando los últimos toques de decoración, sobre todo en la *suite* del ático —comentó Jack antes de darle un sorbo a su café y acercarse a la ventana.

La vista era bonita, pero había demasiados edificios

para su gusto. Por eso él había instalado su cuartel general en Newport Beach, donde podía observar el mar desde su despacho.

Cuando vivía en Europa, había disfrutado de las vistas del Atlántico, pero el Pacífico era su hogar. Observándolo, recordaba lo lejos que había llegado y cuántas cosas le quedaban aún por conseguir. Jack se había jurado que llevaría la empresa familiar a lo más alto y no pararía hasta que lo hubiera conseguido. Había visto cómo su padre había estado a punto de destruir el modo de vida de su madre y de él. Por eso, Jack jamás volvería a confiar el bienestar de su madre a o el suyo propio a nadie.

—Se me había ocurrido que podríamos ofrecer descuentos en tu restaurante para nuestros huéspedes y que tú hicieras lo mismo en tu restaurante. Así ganamos los dos.

—Sabes que el restaurante Carey es un negocio de cinco estrellas.

—También lo es mi hotel. ¿Qué quieres decir?

—¿Estás considerando un acuerdo que sea permanente?

—En realidad, no había pensado tan lejos. Lo veo más bien como un periodo de pruebas. Estoy pensando que podemos ofrecer una estancia de una noche en nuestro hotel y una cena para dos en tu restaurante. Tu restaurante está en Laguna, muy cerca de mi hotel, así que nos vendría estupendamente a los dos. Y tal vez así, de ese modo, los dos consigamos clientes que no conseguiríamos de otro modo.

—Es una idea interesante —admitió Bennett—. ¿Por qué no hablamos sobre ella durante el almuerzo?

—¿En tu restaurante?

–¿Acaso conoces alguno mejor?

–Bueno –dijo Jack–. He estado fuera siete años. Tal vez ahora haya uno mejor.

–Te aseguro que no lo hay –afirmó Bennett sonriendo.

–Justo lo que quería escuchar.

–Solo hay un tema sobre el que no hablaremos: Serena.

Jack ni siquiera quería pensar en Serena en aquel momento, así que aquella petición le parecía de lo más razonable. Además, lo que había entre Serena y él debería quedarse entre ellos.

–De acuerdo –afirmó secamente.

–¿Qué me estás contando? –preguntó Amanda en voz muy alta. Serena le indicó a su hermana que se callara.

Observó detenidamente el Carey Center Pavilion y luego miró a Amanda.

–¿No puedes bajar la voz?

Probablemente no serviría de nada, dado que la acústica del pabellón era tan excepcional como la de la sala de conciertos. Mientras que este era el buque insignia del Carey Center, el pabellón se alquilaba para recepciones de boda, reuniones familiares y, en aquella ocasión, para la gala anual. La sala en sí misma era enorme, con el mismo estilo decorativo que la sala de conciertos: cristal, pan de oro y reluciente suelo de madera de roble sobre el que se reflejaban las luces de las arañas como si fueran joyas. Las paredes contaban con ventanales que prácticamente iban del suelo al techo y que permitían que se disfrutara de las vistas de los jardines que rodeaban el edificio. Y en aquel momento, la primavera estaba en todo su apogeo, con los árboles llenos de flores y las rosas comenzando a salir.

La noche de la gala, los ventanales se abrirían para permitir que el aire de la noche transportara los aromas del jardín al pabellón, lo que daría otra nota romántica a la noche. Durante la fiesta, parte del pabellón se utilizaría para bailar mientras que las mesas ocuparían el resto del espacio. Habría sillas por todas partes para que los invitados pudieran sentarse cuando quisieran, aunque lo normal era que la gente deambulara, charlara y bailara toda la noche.

Aquel día, había ido con Amanda para contarle sus planes y explicarle los cambios que había decidido realizar. Por supuesto, ni las flores ni las mesas estaban aún colocadas, pero en su mente lo veía todo exactamente como estaría la noche de la fiesta.

—No ha venido a verme a mí y, por el amor de Dios, baja la voz.

—¿Que baje la voz? —repitió Amanda, riendo, mientras salía al jardín—. Pero dime por qué está aquí.

—¿Cómo lo voy a saber? —replicó Serena mientras seguía a su hermana al exterior. Se sentía nerviosa, acelerada como los latidos de su corazón—. Amanda, fue tan raro levantar la mirada y verlo allí, en la puerta. ¿Lo peor de todo? Dice que se va a mudar a California permanentemente.

—Ya, bueno. Lo que yo quiero saber es qué aspecto tenía.

—¿De verdad? —preguntó Serena asombrada—. ¿Eso es lo único que quieres saber? ¿El aspecto que tiene?

—Claro, ya sabes que soy muy superficial.

Serena dejó escapar un suspiro de exasperación.

—¿Cómo crees tú?

—Probablemente estupendo.

—Bingo.

De algún modo, Jack se había puesto aún más guapo en aquellos siete años. Cuando estaban juntos, a Serena le había parecido el hombre más guapo que había visto en toda su vida. Resplandeciente sonrisa, hermosos ojos… Al verlo en su despacho había pensado que era todo eso y mucho más.

Y eso le molestaba tremendamente.

—Es una pena que no se haya quedado cojo o algo así —musitó Amanda.

Serena sonrió. Resultaba agradable saber que su hermana pensaba igual que ella.

—Justo lo que había pensado yo, pero no. Desgraciadamente no es así. Ha vuelto y ahora dice que solo va a ir a Europa para viajes de negocios.

—Bueno… —comentó Amanda mientras se sentaba en uno de los bancos del jardín—. Pero solo que se haya venido a vivir aquí no significa que tengas que verlo.

—Es uno de los mejores amigos de Bennett —afirmó ella sentándose también.

—Cierto.

—Y ha reservado una mesa entera en la fiesta.

—Vaya, pues eso dice mucho. Se ha gastado cincuenta mil dólares solo para verte.

—No solo para verme —le corrigió Serena—. Y, en realidad, fueron setenta y cinco mil. Le he cobrado extra. No debería haberlo hecho, pero…

—¿Pero qué dices? —exclamó Amanda encantada—. Deberías haberle cobrado más aún.

—Gracias. El problema es que va a estar ahí, en la fiesta. En mi vida. Volviéndome loca.

–Ya no estás enamorada de él, ¿verdad?

–Por supuesto que no. Sería una completa idiota. Me dejó en el momento en el que le dije que lo amaba –dijo. No había dicho ni una palabra más. No había luchado ni le había obligado a que le dijera por qué se marchaba. Se había quedado allí, totalmente inmóvil y lo había aceptado. Sin embargo, ya no era esa mujer callada y tímida–. Me olvidé de él. Me casé con Robert. Tuve a Alli. Seguí con mi vida, así qué, ¿por qué demonios iba a seguir sintiendo algo por Jack?

–No deberías.

–Exactamente –dijo asintiendo con firmeza e irguiendo la espalda.

Hacía mucho que había renunciado al hombre al que había amado tan desesperadamente. Incluso recordar sus sentimientos de entonces la avergonzaba. Había estado tan segura la noche que le dijo que lo amaba… tan convencida de que él le diría esas mismas palabras y que podrían planear un futuro juntos…

Sin embargo, no había ocurrido nada de eso.

En las profundidades de los ojos azules de Jack vio inmediatamente la distancia que surgió entre ambos y comprendió que aquello no iba a tener el final de cuento de hadas que tan desesperadamente había deseado. Él la besó, le dijo que él no podía ser lo que ella deseaba y se marchó rápidamente. Serena se había quedado destrozada y, en consecuencia, se había casado con el primer imbécil con el que se había encontrado. Robert O'Dare había sido un esposo terrible, pero, al menos con él había descubierto que tenía agallas. Tenía que darle a Jack las gracias también por eso.

Desde entonces, no lo había vuelto a ver hasta el día en el que apareció en su despacho. No quería recordar la oleada de calor que se había apoderado de ella al verlo. Aparte de la esporádica aparición en sus sueños, Jack había sido invisible para ella durante siete años. Había estado casada con un hombre que había hecho que su vida fuera un infierno y tenía una hija. Alli era la luz de su vida. Básicamente, en aquellos siete años, Serena había visto cómo su vida ardía y se desmoronaba. Entonces, la había reconstruido de sus propias cenizas y, por fin, se encontraba en el camino que ella había elegido.

No necesitaba ni quería que Jack Colton volviera a entrar en su vida y lo desequilibrara todo de nuevo.

–¿No te pusiste muy nerviosa cuando lo viste?

–No.

–Ya –dijo Amanda mientras se miraba su manicura–. No me lo creo ni por un instante.

–Bueno, pues podías fingir que sí y ayudarme a mí también a fingirlo.

–¿Y de qué sirve eso? –le preguntó Amanda mientras le daba un fuerte abrazos y la miraba a los ojos–. Las dos sabemos que Jack Colton es tu kryptonita, así que lo mejores que es lo admitas y que te prometas que vas a ignorarlo.

–Pues a mí no me suena mucho mejor... ¿Cómo puede ser bueno decir que sí, que aún me afecta, pero que no voy a hacer nada al respecto?

–Porque en ese caso es solo tu fuerza de voluntad contra la atracción sexual.

–Ya… Entonces, ¿debería ignorar esa atracción tan bien como lo hiciste tú con Henry?

Amanda frunció el ceño.

–Es diferente.

–Claro.

El mes anterior, Henry Porter, el amor perdido de Amanda mucho tiempo, apareció de repente después de diez años desaparecido. Y como un imán y un trozo de metal, los dos se unieron de nuevo a pesar del pasado. En aquellos momentos, estaban comprometidos.

Serena se alegraba por su hermana, pero Amanda tenía razón. Las situaciones de ambas no podían ser más diferentes. Luchar contra una atracción sexual iba a suponer un esfuerzo continuo, dado que Jack y ella se iban a ver con frecuencia. Sería lo más difícil que había tenido que hacer en toda su vida. Sin embargo, no podía fallar. No podía arriesgarse a que su vida pudiera quedar destruida de nuevo por un hombre que sabía muy bien qué teclas debía tocar.

—Está bien, la situación es diferente, pero a mí me parece que Jack ha venido para quedarse —añadió Amanda—, así que vas a tener que encontrar la manera de enfrentarte a él.

—¿Tú crees? —comentó Serena mientras se ponía de pie—. Solo porque haya vuelto a los Estados Unidos no significa que vayamos a vernos. Aunque sea amigo de Bennett. ¿Cuánto tiempo pasa Bennett con sus amigos? Le obsesiona más el trabajo que a papá.

—Hablando de papá —la interrumpió Amanda—, aunque eso no significa que haya terminado de hablar de este tema. Mamá vino a verme esta mañana después de dejarte a ti.

Serena suspiró.

—Siento habértela mandado, pero ya me había *ayudado* bastante a mí…

—En realidad, no hay ningún problema. Bueno, casi ninguno. Lo que ocurre es que mamá dice que papá ya no quiere ir de viaje a San Francisco.

–Y supongo que mamá no se lo ha tomado bien.

–Podríamos decir que no –afirmó Amanda–. Mamá dice que se va a marchar sola y que se va a alojar en un hotel diferente al de siempre para que, si papá decide seguirla, no pueda encontrarla.

–Esto está empezando a parecer un culebrón.

–¿Empezando dices? –le preguntó Amanda–. Si papá no cumple pronto su promesa de jubilarse, no sé qué va a ocurrir.

–Genial. Todo esto es genial.

–Sinceramente –dijo Amanda–. Yo no debería estar contenta, pero lo estoy. Al menos significa que tendremos tres días de paz.

–¿Tú crees? Lo único que significa es que será papá el que nos esté dando la tabarra y no mamá.

–Tienes razón –afirmó Amanda con un suspiro–. Está bien, volvamos a hablar de Jack.

–No. Ya he terminado de hablar de Jack. Lo que había entre nosotros terminó hace siete años. No hay nada que lo pueda cambiar. Tengo mi trabajo, mi casa y, sobre todo, tengo a Alli. Estoy bien. Me gusta mi vida tal y como está y no necesito que Jack forme parte de ella.

–¿Significa eso que nunca vas a estar con otro hombre?

–¿Cómo son mis experiencias con los hombres? –preguntó Serena–. Jack me dejó. Robert se casó conmigo para utilizarme. ¿Te parece a ti que yo debería buscarme otro hombre? No. Sería una locura. Además, me gusta estar sola. Soy madre. Yo tomo las decisiones que conciernen a Alli y no tengo interés alguno en permitir que un hombre forme parte de eso.

–Está bien –dijo Amanda mientras se ponía de pie. Colocó las manos sobre los hombros de su hermana y la miró a los ojos–. Mira, cielo… Necesitas más que Alli y tu trabajo. Siempre ha sido así. Siempre soñabas con ser esposa y madre…

–Lo sé, pero las cosas cambian.

Aquello era cierto. Nunca había querido formar parte del competitivo mundo de los Carey, pero allí estaba ahora, ocupando su lugar en el negocio familiar. Y se le daba muy bien su trabajo. Estaba encontrando su lugar. Si eso había cambiado, ¿qué más era posible?

–No. Siempre quise una familia, lo admito. Sin embargo, hace un par de meses me di cuenta de una cosa.

Amanda suspiró y sonrió.

–Está bien, cuéntame la epifanía que te va a convertir en una virgen vestal.

Serena soltó una carcajada.

–Eso de ser virgen dejó de ser una posibilidad hace mucho tiempo. Lo que he descubierto es que no necesito otro hombre en mi vida porque ya tengo familia.

–Cielo…

–No, escúchame. Trabajando en la empresa familiar, te tengo a ti, a mis hermanos, al menos cuando Justin se molesta en aparecer, y a mis padres, por muy irritantes que puedan ser.

–Pero eso no es lo mismo que tener tu propia familia. Yo estaba muy ocupada con el negocio familiar, ¿te acuerdas? Entonces, Henry regresó a mi vida y me di cuenta de lo que me faltaba.

–Me alegro de que Henry y tú estéis juntos de nuevo y que os espere un final feliz –comentó Serena con sinceridad–, pero eso no es para mí –añadió. Amanda abrió la boca para hablar, pero Serena la interrumpió–. No te preocupes por mí. Estoy bien. En realidad, soy feliz. Por primera vez en mi vida, estoy trabajando en

32

mi propia felicidad. He descubierto que se me da bien mi trabajo, tengo mi propia familia y, lo más importante, tengo a Alli.

Su hija era lo único bueno que había surgido de su breve y triste matrimonio. Su ex había resultado ser un hombre horrible que solo se había casado con ella para poder acceder a la riqueza de la familia Carey. La había engañado casi desde el principio, aunque ella se había mantenido totalmente ignorante a lo que estaba ocurriendo. Estaba tan cegada por lo que creía que Robert y ella eran que había pasado por alto todas las señales que, con el paso del tiempo, se fueron haciendo tan evidentes.

Cuando descubrió la verdad, ya estaba embarazada. Con la ayuda de Bennett, se divorció de Robert y consiguió que él firmara un documento con el que renunciaba a todos sus derechos sobre la niña. Entonces, Serena comenzó a construirse una vida para su hija y para ella.

En aquellos momentos, su vida era perfecta y solo podría ser mejor a medida que ella fuera más fuerte. ¿Por qué iba a querer arriesgarlo todo?

—Entonces, ¿lo que me estás diciendo es que te vas a dedicar exclusivamente al trabajo y a tu hija?

—¿Tan malo te parece?

—No, pero es precisamente de lo que te quejabas tú siempre. De cómo papá y Bennett solo se centraban en su trabajo.

—Sí, pero…

—Además, lo de contar con que Allie te haga feliz aparte del trabajo le pone a ella mucha presión, ¿no te parece?

—Sí, pero yo no estoy haciendo eso.

—Todavía no —dijo Amanda—. Sin embargo, al final,

si no tienes otra vía de escape además del trabajo, lo harás.

Serena frunció el ceño y miró al frente. Tal vez su hermana tenía razón. Podría ocurrir. Sin embargo, no a ella.

–Creo que, de vez en cuando, podrías divertirte un poco. Está bien que Jack haya aparecido de nuevo, pero si no quieres volver a empezar con él...

–Y no quiero.

–Está bien. Lo que te estoy diciendo es que te busques un hombre. Que salgas. Que tengas una vida plena.

–Para empezar, ya tengo una vida plena. Además, ¿desde cuándo te crees tú tan firmemente que tener un hombre significa tener una vida plena?

–Yo no. Lo que te estoy diciendo es que eres tú la que siempre lo había pensado.

–Y eso fue lo que me llevó a Robert. Ahora se ha terminado –dijo ella mientras echaba a andar hacia el pabellón–. ¿Podemos seguir con otra cosa?

–¿Puedes tú? Buena pregunta –musitó Amanda.

Efectivamente, era una buena pregunta.

Capítulo Tres

–No me puedo creer que estés haciendo esto.

Bennett Carey levantó la vista de los papeles que tenía esparcidos sobre el escritorio.

–No veo por qué no. Es un complemento excelente para la gala. Si Carey Corporation fuera dueña de excelentes hoteles, los ofrecería también –añadió mirándola fijamente–. La idea es buena y lo sabes. Jack consigue una publicidad excelente para sus hoteles y nosotros conseguir más donativos para la causa. Trabaja con Jack para prepararlo todo a tiempo.

Serena miró fijamente a su hermano. Claro que trabajaría con Jack, pero eso no significaba que no fuera a protestar ante Bennett por lo que había acordado con él sin ni siquiera advertirla a ella.

–¿No te parece que deberías habérmelo consultado?

–¿En serio? –le preguntó Bennett mientras arrojaba el bolígrafo sobre la mesa y la miraba con impaciencia–. Hace siete años, Serena. Has estado casada y te has divorciado. Tienes una hija. ¿Estás tratando de decirme que aún no te has olvidado de Jack Colton?

–Yo no he dicho eso. Mírate tú. Sigues furioso con Henry Porter y de eso hace diez años y él ahora está comprometido con Amanda.

Bennett la miró con reprobación.

–Y, por supuesto que me he olvidado de él. Simplemente no quiero trabajar a su lado.

–Pues supera eso también.

–Me siento profundamente conmovida por tu preocupación, hermano –dijo ella con ironía.

–Claro que me preocupo –dijo él–. Te estás comportando como si no pudieras llevar a cabo tu trabajo por un pequeño conflicto.

–¡Ja! ¿Que no puedo ocuparme de mi trabajo? ¿Desde cuándo? No has recibido ninguna queja sobre el trabajo que estoy haciendo, ¿verdad?

–No, por supuesto que no.

Serena asintió y dio un paso al frente.

–Y, sin embargo, lo primero que me dices es que no puedo llevar a cabo mi trabajo por un pequeño conflicto.

–No he dicho que no pudieras llevarlo a cabo, sino que te estás comportando como si no pudieras llevarlo a cabo. Hay una gran diferencia.

–Está bien. Lo que yo te quiero decir es que, simplemente, no creo que sea necesario importar conflictos.

Bennett sonrió.

–Muy bueno. Mira, Jack es un buen tipo. Vosotros habéis tenido vuestros problemas. Bien. Ya está. Esta idea es buena para las dos empresas. Haz que se haga realidad, Serena. Después de todo, no querrás que Jack piense que no puedes estar con él, ¿verdad?

Serena no se había parado a pensar en aquel detalle.

–Eso es un golpe bajo, pero veo lo que quieres decir. Está bien. Me ocuparé de ello, pero si vuelve a surgir algo como esto…

–Te lo advertiré. Estamos de acuerdo.

–Eso es lo único que quiero.

Bueno, no todo, pero bastaría por el momento.

Aquella tarde, Serena recogió a Alli de la guardería de la empresa y se la llevó consigo al Carey Center para las audiciones de *Sensación de Verano*. Todos los años, el Carey Center albergaba una serie de conciertos de verano que eran muy populares. Sin embargo, en aquella ocasión, se iba a añadir un nuevo elemento. Iban a celebrar audiciones para un concurso que se llamaba *Estrellas de Verano*. Todas las actuaciones se grabarían y se subirían a la página web del Carey Center, donde el público podría votar por sus favoritas. Al final del concurso, el ganador tendría la oportunidad de brillar durante una noche durante la serie de conciertos de verano.

La respuesta del público había sido abrumadora por lo que, en aquellos momentos, tenían audiciones todas las noches. Como ocurría en todos los concursos, había personas que sobraban en un escenario y otras que habían nacido para ser estrellas. Incluso Serena se había sentido atrapada por la magia y los sueños que acompañaban a las audiciones todas las noches.

Sentarse allí con su familia y ver cómo las personas perseguían sus sueños era… maravilloso.

–¿Puedo yo cantar también, mamá?

Miró a su hija y sonrió, observando sus enormes ojos azules. Era increíble que solo estar con Alli pudiera mejorar inmediatamente un mal día.

–Claro, cielo. Cantaremos en el coche cuando volvamos de camino a casa, ¿de acuerdo?

Alli agarró con fuerza su muñeca y realizó una serie de saltos junto a Serena mientras avanzaban por el pasillo central del auditorio para sentarse junto a su familia. A mitad de camino del pasillo central, la esperaba Candace, sonriendo alegremente a su única nieta.

–¡Yaya! –gritó Alli muy contenta al verla. Se soltó de Serena y echó a correr a los brazos de su abuela.

–Hola, chiquitina –dijo Candace mientras se agachaba para tomar a la niña en brazos–. Serena, me alegro mucho de veros aquí. Esta noche tenemos un par de actuaciones muy prometedoras. Me muero de ganas por escuchar tu opinión.

–Claro, mamá –comentó ella. Mientras Alli y Candace charlaban animadamente, Serena se sentó detrás de Amanda y se inclinó hacia ella para susurrarle al oído–. Lo siento…

Amanda se dio la vuelta para mirarla y miró a su madre, que estaba dando vueltas con la niña en brazos. Entonces, sonrió a Serena.

–No tienes razón alguna para lamentarte –murmuró–. En realidad, le cedí el tema de las audiciones a mamá.

–¿Lo dices en serio?

–Claro. Tengo tanto que hacer para organizar las actuaciones de *Sensación de Verano*… Además, uno de nuestros colaboradores habituales está pidiendo que mejoremos la compensación que reciben…

–¿Quieren más dinero? –preguntó Serena muy sorprendida. Los artistas que actuaban en el Carey Center eran algunos de los mejores pagados del país.

–No, no. Quiere comida y picoteo en el salón dedicado a los artistas. Picoteo antes de la actuación y una cena caliente después. Y no se trata de una cena cualquiera. Quieren que la proporcione el restaurante Carey.

–¡Vaya, qué exigente! Pero tiene buen gusto. Nuestro restaurante es maravilloso.

–Cierto, pero te aseguro que nunca he tenido que negociar un solomillo en un contrato –suspiró Amanda–. Aparte de todo eso, tengo un flamante prometido con el que me gustaría pasar el tiempo. Bueno, sea como sea, mamá tuvo un par de buenas ideas para la competición de *Estrellas de Verano* y está deseando tener algo que hacer porque papá está volviéndola loca, así que se lo cedí.

–¿Y se le da bien?

–¿Hablas en serio? Está encantada –dijo Amanda mirando a su madre–. Ya está trabajando con el diseñador de la página web para que ponga las actuaciones *online*. Mañana se va a reunir con los expertos para organizar las votaciones. Sinceramente, Serena, mamá está haciendo un trabajo espectacular.

Serena no supo por qué aquello le sorprendió. Candace Carey había criado cuatro hijos y había ayudado a su esposo a construir el centro y a convertirlo en lo que era en aquellos momentos. Solo porque quisiera jubilarse y vivir aventuras no significaba que fuera incapaz de hacer el trabajo.

–Estupendo entonces. No tengo que sentirme culpable por habértela endilgado.

–En absoluto. Solo he venido esta noche para estar con ella en la primera audición, pero no parece que me necesite.

Como si quisiera demostrarlo, Candace se dirigió al escenario para hablar con el pianista y el cámara para regresar de nuevo a su sitio con Alli de la mano.

–Esta bien, chicas. Estamos listos para nuestro primer competidor de esta noche –dijo mientras miraba su tableta–. Se llama Jacob Foley, guitarrista, y su hermana Sheila, cantante. Los escuché antes y son maravillosos.

Serena llamó a Alli para que se sentara a su lado. Se sentó a la niña en el regazo.

–Vamos a escuchar la música –le susurró al oído.

–¿Van a cantar? –preguntó la niña mientras aplaudía.

–Eso esperamos, cielo –comentó Amanda desde la fila anterior.

–Callad ya –les recriminó Candace a sus hijas con una dura mirada. Luego, le guiñó un ojo a la pequeña Alli antes de centrar la mirada en el escenario.

Instantes después, un foco iluminó el escenario con una suave luz azul. Un hombre con una guitarra y una mujer, algo más joven y que llevaba un violín, se colocaron en aquel punto y comenzaron a tocar una alegre tonada celta. Serena automáticamente comenzó a seguir el ritmo con los pies mientras que la pequeña Alli aplaudía. Cuando la mujer dejó de tocar el violín y empezó a cantar, fue algo mágico. Serena se vio completamente atrapada por la música y al mirar a su madre vio que no era la única. Al terminar la actuación, todos aplaudieron a rabiar.

–Maravillosos –dijo Amanda.

–¡Simplemente maravillosos! –repitió Candace con alegría–. Me muero de ganas de ver la actuación en la página web. Estoy segura de que conseguirán cientos de votos.

–Mamá, estoy tan impresionada contigo al oírte hablar de páginas web.

–¡Gracias! –exclamó Candace con una sonrisa–. En realidad, no es tan difícil como había pensado. Después de todo, yo no tengo que diseñarlas. Solo tengo que decirles lo que quiero a los que lo hacen.

—Es genial, mamá. En serio.

Candace miró a Amanda con sorna.

—Sí, estoy segura de que estás encantada, querida. Te has librado de tu mamá y, además, lo está haciendo bien.

Amanda hizo un gesto de protesta.

—Bueno, eso de que me librado de ti es un poco fuerte.

—¿Pero exacto?

—Mamá…

Serena se sintió obligada a defender a su hermana, pero Candace soltó una carcajada.

—Venga ya, relajaos un poco las dos… Sé perfectamente cuándo os estoy incordiando, pero ha merecido la pena porque estoy divirtiendo mucho con mi nuevo trabajo.

—Me alegro —dijo Amanda—. Y de verdad que me estás ayudando mucho, mamá. Entre el *Sensación de Verano* y planear la boda, apenas tengo tiempo para ver a Henry —añadió mientras en el escenario lo estaban preparando todo para la siguiente actuación.

—Eso no lo podemos consentir, ¿no os parece? —comentó Candace. Entonces, se volvió para mirar a Serena—. ¿Y tú, cielo? He oído que Jack Colton ha vuelto.

—Mamá, en serio… ¿Tú también?

—¿La yaya también qué? —preguntó Alli.

—Que yo soy también un poco entrometida, cielo —respondió Candace mientras golpeaba suavemente la nariz de la pequeña—. ¿Y bien, Serena?

—¿Y bien qué? —replicó Serena muy molesta—. Fue a ver a Bennett y tenía una idea para la gala. Por eso, vino a verme a mi despacho y no hay nada más que decir. ¿No deberías ir a ver cómo va la siguiente actuación?

–Hay tiempo –respondió Candace guiñándole el ojo a Amanda–. ¿Vas a volver a verlo?

–¿Sobre la gala? Claro que sí. Por cualquier otra cosa, ni hablar –afirmó Serena. Bajó la cabeza y besó suavemente a Alli en la mejilla–. ¿Qué te parece, Alli? ¿Quieres que, de camino a casa, paremos a comprar un helado?

–¡Síí! –exclamó Alli. Se puso de pie inmediatamente y comenzó a saltar de alegría.

–Que os divirtáis, chicas –comentó Serena levantándose también. Estaba encantada de poder escapar para no hablar más sobre Jack–. Nosotras nos vamos a casa.

–En ese caso, parece que llego justo a tiempo para acompañarte al coche.

Serena sintió que el alma se le caía a los pies. Se dio la vuelta lentamente y se encontró cara a cara con Jack Colton, que iba acompañado de Bennett.

–Este lugar es más espectacular de lo que recordaba –dijo Jack mirando a su alrededor antes de centrarse de nuevo en Serena.

–Vaya, gracias –dijo Candace–. Me alegro de volver a verte, Jack. ¿Habéis venido Bennett y tú a ver las audiciones?

–Por supuesto –respondió Bennett mientras tomaba asiento–. Quiero asegurarme de que no estás sintiéndote totalmente abrumada por el trabajo que Amanda te ha cedido tan amablemente –añadió frunciendo el ceño a su hermana. Ella le respondió sacándole la lengua.

–No estoy abrumada. Estoy estupendamente.

–Bien, bien –dijo Bennett. Se sacó el teléfono móvil del bolsillo y lo encendió–. Jack no ha venido para ver las audiciones. Ha venido para… –se interrumpió y miró a su amigo–. ¿Para qué has venido?

–Me pareció que sería buena idea –replicó él sin dejar de mirar a Serena–. No había estado en este lugar desde hacía años, así que, cuando me dijiste que venías, pensé que podría acompañarte.

–Pues eso –comentó Bennett. Inmediatamente, se puso a comprobar su correo.

Serena no se creía lo que había dicho Jack ni por un instante. Sin embargo, tampoco podría haber sabido de antemano que ella estaría allí. ¿Qué estaba tramando Jack? Y, más importante aún, ¿por qué le importaba?

–Bueno, Alli y yo nos marchamos –anunció–. Que disfrutéis de las audiciones –añadió mientras tomaba a Alli de la mano y echaba a andar.

–Te acompaño –dijo Jack.

–Gracias, pero no es necesario –replicó ella sin detenerse.

–¿Cómo te llamas? –le preguntó Alli.

Jack sonrió a la pequeña.

–Me llamo Jack, bonita. Y tú eres Alli, ¿verdad?

–¿Me conoces? –le preguntó la niña muy sorprendida.

–Claro que sí –dijo Jack sonriendo a Serena–. Tu mami y yo llevamos mucho tiempo siendo amigos.

–Me gustan los amigos –musitó Alli con lo que a Serena le pareció una provocadora sonrisa.

Jack parecía gustarles a las mujeres de todas las edades. En consecuencia, Serena apretó el paso esperando que Jack captara la indirecta y las dejara en paz. Por supuesto, no fue así.

–Nosotros podemos ser amigos también –dijo. La niña le dedicó una sonrisa.

–Bueno, todo eso está muy bien –comentó Serena secamente–, pero no es necesario que nos acompañes, Jack. Alli y yo estamos perfectamente, ¿verdad, cielo?

–¡Vamos a ir a comprar un helado!

Serena suspiró.

–A mí me encanta el helado –dijo Jack.

–¿Quieres venir con nosotras? –le preguntó Alli.

–Me encantaría, si a tu mamá le parece bien.

–Porque somos amigos.

–Y los amigos toman helado –musitó Serena sabiendo que había perdido la batalla. Miró a su hija y sonrió. Sabía que no había manera de negarse. Alli había decidido que Jack iba a ser su nuevo amigo–. Está bien. Vamos.

Jack sonrió. Alli celebró la decisión de su madre bailando alegremente y Serena se preguntó cómo era posible que hubiera perdido el control de aquella situación.

En realidad, Jack no había esperado pasar tiempo con Serena y su hija, pero no iba a quejarse.

En la pequeña heladería había unas mesas redondas, incómodas y minúsculas sillas y un suelo de baldosas blancas y negras. Sin embargo, los helados estaban deliciosos.

Y la compañía lo era aún más.

–Vosotras dos debéis de venir aquí con frecuencia –comentó–. La dependienta sabía perfectamente cuál era el helado favorito de Alli.

–Nuestro apartamento está muy cerca de aquí, así que sí –dijo Serena–. Venimos con frecuencia.

—¡Está muy bueno! —comentó Alli mientras daba otro lametazo a su helado.

Jack sonrió a la pequeña y luego miró a Serena. Se tomó el tiempo con ambas. El cabello rubio le llegaba a los hombros y los ojos azules eran tan profundos como los recordaba. Ella llevaba un vestido rojo oscuro de manga larga de falda ceñida y unos zapatos de tacón de color rojo. Cada vez que lamía el helado con la lengua, Jack sentía que aquel movimiento se hacía eco en su sangre.

No había regresado a los Estados Unidos por ella, pero tenía que admitir que le había gustado mucho volver a verla. Una parte de su ser había pensado que no volver a verla no tendría importancia alguna y que siete años era tiempo más que suficiente para enfriar los sentimientos que había albergado hacia ella. Había pensado solo en regresar a casa. En volver a ser parte de todas las cosas.

Sin embargo, tras ver a Serena, tras hablar con ella, tenía que admitir que aún había… fuego. Y deseo.

Solo con ver sus ojos, su sonrisa, aunque esta estuviera dirigida a su hija… Serena podía intrigarlo con una mirada y aquello era algo que no había esperado en absoluto. Tampoco sabía qué hacer al respecto. En el pasado, lo único que Serena había deseado era enamorarse, tener una familia y ser feliz. Y lo había querido con él.

Hacía siete años, todos aquellos sueños le habían parecido a Jack una cadena perpetua. Cuando ella lo miró con aquellos enormes ojos azules y le dijo que lo amaba… Le faltó tiempo para marcharse de la ciudad. No se sentía orgulloso de lo que había hecho, pero no había podido hacer otra cosa. No solo por su propio bien, aunque era consciente de la impresión que sus actos habían dejado en Serena y en todos los demás. También por el bien de ella. Habría sido un esposo terrible para ella y no había tenido interés alguno por ser padre. Por lo tanto, lo que ella había querido en aquel momento no estaba escrito para los dos como pareja, por lo que había sido mejor que se marchara para que Serena no hubiera perdido el tiempo haciéndose fantasías sobre ambos.

Tal vez no había manejado la situación de la manera correcta, pero sabía que había hecho lo que debía. Además, había salvado la empresa de su familia, a su madre y a Serena. Sin embargo, Serena de algún modo se había convertido en… mucho más de lo que era cuando la dejó.

La joven Serena había estado llena de sueños y planes, pero la Serena de la actualidad era una mujer fuerte. Sus ojos seguían siendo hermosos, pero había en ellos sombras de dolor. Era madre y, cada vez que miraba a su hija, Jack veía como aquella mirada se suavizaba y él comprendía que, fuera lo que fuera lo que le había ocurrido en aquellos siete años, aquella niña ocupaba por completo el corazón de su madre.

–Y entonces –dijo Alli mientras golpeaba las patas de la silla con los pies–, grité porque mi zapato mágico se me ensució, pero la señorita Ellen me lo limpió.

–¿Zapato mágico? –preguntó Jack al darse cuenta de que se había perdido la mayor parte de lo que, aparentemente, había sido una historia muy larga.

La niña asintió y volvió a darle otro lametón al helado.

–Mami dice que los zapatos mágicos te hacen feliz.

–Ah… –dijo. Entonces, miró a Serena–. ¿Mágicos?

–Unas botas de ante gris son mis zapatos mágicos –respondió ella mientras lamía delicadamente el helado. Jack se preguntó si ella sabía el efecto que aquel gesto estaba produciendo en él.

Se rebulló en el asiento para aliviar su incomodidad y se concentró en la conversación que estaban teniendo Serena y su hija. Nunca había pasado mucho tiempo en compañía de niños, pero aquella era encantadora.

–La mamá de Erin está tan contenta que hizo galletas y las llevó hoy al colegio.

–Vaya, un día muy nutritivo –dijo Serena secamente–. Galletas y helado.

–Sí, y tal vez lleve más mañana. Erin dice que va a tener un nuevo papá y que su madre canta en casa todo el tiempo. Y que hace montones de galletas y de otras cosas buenas.

–¿Y quiere ella un nuevo papá? –le preguntó Jack.

–Sí. El otro se marchó, como mi papá, pero mamá dice que estamos bien porque estamos perfectamente las dos solas, pero yo creo que me podría gustar tener un papá como el que va a tener Erin.

Serena miró a Jack rápidamente, como si esperara ver compasión en sus ojos. Sin embargo, él no se lo concedió. En vez de eso, la miró fijamente a los ojos y dejó que ella viera el fuego que ardía en su interior. Como respuesta, un destello de aquel mismo fuego iluminó los ojos azules de ella. Durante un instante, las miradas de ambos se cruzaron y Jack experimentó una calidez que no había creído que pudiera volver a sentir. Cuando ella volvió a lamer el helado, estuvo a punto de soltar un gemido.

Entonces, ella apartó la mirada y se centró en su hija.

–¿Cuándo voy a tener yo un nuevo papá?

–Bueno, no lo sé, cielo –respondió Serena evitando mirar a Jack. Él sabía que Serena deseaba estar en cualquier otro sitio en aquel momento.

Sin embargo, él se estaba divirtiendo.

–El nuevo papa de Erin le hizo un castillo en el jardín –comentó Alli mientras observaba a Jack de soslayo–. ¿Sabes tú hacer un castillo?

–No sé. Nunca lo he intentado.

–Estoy segura de que podrías –musitó Alli.

–Nosotras no tenemos jardín –le recordó su madre.

Alli suspiró y miró a Jack.

–Tenemos un tejado.

Serena soltó una carcajada.

–¡Eres una pequeña traidora! ¡Te encanta el jardín que tenemos en el tejado!

La niña sacudió la cabeza con tristeza.

–Pero no tiene castillo.

Jack soltó una carcajada.

–Vaya, es buena.

–No tienes ni idea –dijo Serena.

–Ahora que has vuelto, ¿dónde te alojas?

–En la casa.

–¿De verdad? ¿No la vendiste cuando te marchaste del país?

–No. No vendí la casa. Supongo que siempre imaginé que regresaría en algún momento.

La casa familiar de los Colton estaba al borde de un acantilado en Laguna. Llevaba allí casi cien años. La había construido el bisabuelo de Jack porque su esposa siempre había querido vivir en un lugar en el que pudiera ver el mar desde su dormitorio. Por supuesto, la casa había ido creciendo y expandiéndose sobre una enorme finca y se había convertido prácticamente en un lugar emblemático.

–Deberías venir alguna vez y ver lo mucho que ha cambiado.

–Claro. ¿Por qué no?

–No tenemos por qué ser enemigos…

–¡Porque somos amigos! –exclamó Alli.

–Exactamente –afirmó Jack, sonriendo a la pequeña.

Serena suspiró y sacudió la cabeza.

–Deja de engatusarla.

–¿Es eso lo que estoy haciendo? –preguntó Jack.

–¿Tienes jardín? –le preguntó Alli.

–¡Alli! –le espetó Serena a su hija–. Jack no te va a construir un castillo en su jardín, ¿sabes?

–Pero podría hacerlo si quisiera…

Jack admiraba la actitud inflexible de la pequeña, pero Serena cambió de tema rápidamente.

–¿Te resultó extraño volver aquí a California, a la casa familiar?

–No del todo. Volver a la casa está bien, pero admito que no sabía cómo iba a ser encontrarme contigo.

–¿Acaso te preocupaba?

–Yo no diría eso, más bien me interesaba.

Serena pareció sentirse agradada por aquella admisión.

–Eso es algo muy agradable.

–¿Qué mamá? ¿Es Jack agradable?

–En este momento sí que lo está siendo.

–Porque somos amigos.

–Eso es, cielo –dijo Serena mientras tomaba una servilleta para limpiarle la boca a la niña.

49

Jack observó a madre e hija y sintió… algo. No estaba seguro de querer identificar aquel sentimiento ni de pensar más allá, por lo que lo dejó pasar y se concentró en controlar las respuestas físicas que sentía hacia Serena.

–Me gusta Jack –comentó Alli.

–Vaya, gracias –contestó él sonriendo–. Tú también me gustas a mí.

–Vaya, eso es genial. Somos todos amigos –suspiró Serena–. Ahora, señorita, ya nos hemos tomado el helado y creo que ya va siendo hora de que nos vayamos a casa.

Alli inclinó la cabeza hacia un lado.

–¿Puede venir Jack?

Tal vez debería construirle a la niña un castillo en su jardín. La pequeña estaba ganándose a su madre en el nombre de Jack y nadie podría haberlo hecho mejor. Miró a Alli y sonrió. Un instante después, miró a su madre.

–En realidad, tenemos que hablar de muchas cosas sobre la fiesta –sugirió.

–Pero no esta noche –replicó Serena–. Y no en mi casa. ¿Qué te parece mañana?

Al ver la irritación que se había reflejado en el rostro de Serena, Jack solo pudo decir:

–Mira, tal vez no queramos trabajar juntos, pero vamos a hacerlo. Es bueno para ambos. Para nuestras empresas. Así que hagámoslo bien.

–El Jack Colton que recuerdo era impulsivo y siempre tomaba decisiones repentinas, le gustaba vivir en el filo –dijo Serena–. ¿Cuándo te has vuelto tan razonable?

–Cuando crecí. Ocurre –añadió suavizando el tono

de su voz y mirando a Alli–. Incluso a los que nos resistimos. Si así es como me viste hace tantos años, ¿qué te hizo pensar que yo sería un buen esposo?

—Bueno, supongo que yo tampoco había crecido en aquel momento –le espetó ella tranquilamente.

Capítulo Cuatro

Cuando Alli y Serena entraron en el ático en el que vivían en Newport Beach, lo primero que Serena pensó fue en dar las gracias por tener un ama de llaves. No era la primera vez que lo pensaba. Desde que contrató a Sandy Hall cuando Alli era solo una recién nacida, Serena había tenido muchas ocasiones para apreciarla. El espacioso apartamento estaba siempre impoluto y Sandy estaba siempre encantada de cuidar de Alli.

En el momento en el que abrió la puerta, Alli echó a correr hacia la cocina, donde sabía que la esperaban la leche y las galletas. Serena pensó en detenerla, dado que acababa de tomarse un helado, pero un día con más azúcar del recomendable no le haría ningún daño. Se dirigió al salón y, tras dejar el bolso sobre el sofá de color rosado, se sirvió una copa de vino en el bar. Después, salió con la copa a la terraza y disfrutó de la brisa mientras observaba el océano. Fuera cual fuera el estado de ánimo en el que se encontrara al llegar a casa, aquella vista siempre lograba tranquilizarla. Y, aquella noche, la necesitaba más que nunca.

Pensó en el momento en la heladería en el que había sentido aquel… vínculo con Jack, un vínculo que sentían la mayoría de los padres cuando sus hijos se mostraban encantadores, molestos o… Sin embargo, Jack y ella no eran los padres de Alli. No estaban juntos. Aquello no iba a volver a ocurrir. Nunca. Un momento de debilidad era suficiente para prevenirla para siempre.

O al menos eso esperaba.

Si Jack solo estaba allí por negocios, ¿por qué se había ido a tomar un helado con Alli y con ella? Además, ¿por qué se mostraba tan amable con Alli? ¿Acaso estaba tratando de utilizar a su hija para conseguirla a ella? ¿Sería capaz de hacer algo así? Se imaginaba al Jack de antaño haciéndolo, pero, tal y como él había señalado, los dos habían cambiado mucho en los últimos siete años. Así que, básicamente, se quedaba con la duda. ¿Qué era lo que estaba tramando?

No había manera de saberlo. Incluso cuando eran pareja, a Serena le había costado mucho predecir lo que él iba a hacer a continuación. Si hubiera podido hacerlo, jamás le habría dicho que lo amaba y se había sometido a tamaña humillación.

–No –musitó en voz baja–. Esta vez va a ser diferente porque yo soy diferente. Ya no soy la mujer tímida, tranquila y confiada que era entonces. Y, en cierto modo, se lo debo a él.

Si Jack no hubiera salido huyendo, Serena no se habría enamorado tan fácilmente de Robert, que había resultado ser un ser despreciable y mentiroso. Sin embargo, si no hubiera sido así, no habría tenido a Alli, por lo que le debía a Jack eso también. Y Alli lo compensaba todo.

Había tenido que luchar por ella, enfrentarse a Robert y hacer que saliera de sus vidas. Esa había sido la primera vez que se había sentido segura de sí misma. Saber que estaba haciendo lo correcto la había convertido en una mujer sin miedo, capaz de luchar por su hija. Aquella experiencia la había templado. Le había hecho crecer. Por eso, por extraño que pareciera, una vez más tenía que darle las gracias a Jack.

Sin embargo, nada de todo aquello significaba que estuviera dispuesta a volver a confiar en él.

—Prepárate, Jack...

Al día siguiente, Jack estaba en su despacho, finalizando los planes para el nuevo hotel del Grupo Colton. Había comprado un edificio en Florencia, que había sido en el pasado un lugar grandioso y lo estaba transformando en la joya que sería al cabo de seis meses. Estaba teniendo algunos problemas con el contratista. El hombre estaba utilizando la barrera del idioma como excusa para los malentendidos que había entre Jack y él. Sin embargo, eso no iba a durar mucho tiempo. Jack acababa de organizarlo todo para que su jefe de proyectos, que hablaba italiano, fuera y lo pusiera todo en orden. Si el contratista no era capaz de realizar el trabajo tal y como Jack lo quería, sería despedido. Jack no había convertido su empresa en una de las cadenas hoteleras más exclusivas de todo el mundo sin utilizar la mano dura.

Cuando terminó con el tema de Florencia, abrió el correo y vio que tenía un mensaje de Serena. Inmediatamente, sintió como las imágenes de ella llenaban su pensamiento. Nunca habría imaginado que una heladería podría estar tan llena de tensión sexual y dudaba que pudiera volver a contemplar un helado de chocolate sin pensar en cómo Serena había lamido delicadamente la gélida golosina.

Frunció el ceño y se incorporó en la silla para poder centrarse en el correo. Era mejor así.

Jack, tenemos que pensar en la logística necesaria para regalar los billetes de avión además de las estancias en tu hotel. También necesito saber si te vas a ocupar de todo esto con tu asistente personal o tengo que hacerlo yo.

Serena.

Jack se reclinó sobre su butaca y la hizo girar para poder mirar por la ventana mientras su mente no dejaba de pensar. Tanto si ella lo sabía como si no, aquel correo le había dado la excusa perfecta para evitar enredarse más con los Carey y la fiesta.

No le importaba el gran regalo que había planeado, lo que sí le importaba era tener que trabajar con Serena para conseguir que ocurriera. Estaba seguro de que era muy buena en su trabajo porque, fuera familiar suyo o no, Bennett no habría permitido que dirigiera su propio departamento.

Sin embargo, trabajar con Serena iba a despertar recuerdos que estaban mejor en el pasado e iban a avivar fuegos ya extinguidos. En realidad, no era que no hubiera podido dejar de pensar en ella. Lo había hecho en algunas ocasiones, sí, pero había dejado atrás aquella relación hacía mucho tiempo. Además, el hecho de que Serena hubiera estado casada y en aquellos momentos estuviera divorciada y fuera madre soltera significaba seguramente que ella tampoco se aferraba al pasado. Entonces, ¿por qué se preocupaba? Por el maldito hormigueo que sentía cada vez que se acercaba a ella.

No podía distraerse. Jack necesitaba hacer aquello muy bien. Estaba poniendo mucha fe en Serena y en su fiesta benéfica. Si aquello salía bien, le reportaría la atención de los medios que el dinero simplemente no podía comprar.

—¿Estás teniendo dudas sobre este tema?

La voz de su asistente personal lo sacó de sus pensamientos y lo devolvió al presente. La miró y negó con la cabeza.

—No, Karen. Todo va a salir bien. La atención de los medios de comunicación nos compensará las perdidas que tendremos que afrontar por las estancias gratuitas de los premios.

Karen era una mujer de unos cincuenta años, felizmente casada, sincera y muy organizada. Solo llevaba con Jack tres semanas, pero él sabía que había llegado para quedarse a su lado. Ojalá la hubiera conocido antes.

—Ya le digo yo que sí —replicó Karen—. ¿Una semana cada mes durante un año en cualquiera de los hoteles que el Grupo Colton tiene en Estados Unidos o en Europa? Creo que voy a comprar yo uno de esos boletos.

Jack soltó una carcajada.

—¿Qué te parece si, en vez de eso, conciertas una cita entre Serena y yo para mañana? Quiero repasar los planes para esta… No quiero utilizar la palabra «rifa» porque suena a algo demasiado pequeño.

—Así es, pero el premio no lo es. Y lo más importante es que muchos niños recibirán ayuda con el dinero que se recaude en esa fiesta. Los Carey siempre han apoyado las causas infantiles y gracias a que usted haya ofrecido ese premio tan espectacular, este año será mejor que nunca.

—Espero que tengas razón —dijo Jack mientras tomaba su teléfono móvil—. Ocúpate de esa cita, ¿de acuerdo? Yo voy a llamar a Bennett para asegurarme de que estamos todos coordinados.

Karen asintió y salió del despacho. Jack marcó los números y se volvió para mirar el océano. Aquella panorámica era uno de los beneficios de tener su despacho justo frente a la playa. El Pacífico era muy manso comparado con el salvaje Atlántico, pero también significaba el hogar para él. Después de todo, había crecido en Colton House, con el sonido de las olas acunando sus sueños.

California lo llamaba y, probablemente, siempre lo haría. Se aseguró que, efectivamente, solo era California y nada más.

—Jack —dijo Bennett al otro lado de la línea telefónica.

—Hola. Quería que supieras que, por mi parte, está todo organizado. Tenemos a los de Marketing ocupándose de las imágenes de los hoteles Colton. Yo mismo se las llevaré a Serena.

—Oh, estará encantada.

—Sí, seguro —afirmó él recordando el momento en el que entró en el despacho de Serena y vio la expresión de su rostro—. Cuando me pasé por el auditorio anoche, le faltó abrazarse a mí. Qué vergüenza. Creo que lloró y todo.

—Sí, ya me acuerdo —comentó Bennett entre carcajadas.

—Te aseguro que no hay nada entre tu hermana y yo. Ya no. No ha habido nada desde hace años. No he vuelto para eso. Simplemente las cosas han salido así.

—Escucha, no es asunto mío lo que hagáis los dos —se apresuró a decir Bennett—. Confía en mí cuando te digo que aprendí por las malas a no meterme en la vida de mis hermanas.

—No hay nada en lo que te puedas meter, pero me alegra saberlo.

—¿Nada, eh? –le preguntó Bennett–. Y, sin embargo, al salir del auditorio, Serena y tú os llevasteis a Alli a tomar un helado.

—Parece que te enteras de muchas cosas, ¿no? –replicó Jack frunciendo el ceño.

—Eso siempre –admitió Bennett–. Y, para que lo sepas, lo que ocurra entre mi hermana y tú queda entre vosotros, pero no le hagas daño a Alli. Ella te está vedada.

—¿Esa es la opinión que tienes de mí?

—No he dicho eso –contestó Bennett–. Es tan solo una advertencia. Lo único que te estoy diciendo es que todos adoramos a esa niña, así que te pido que no la utilices para ganarte a Serena.

—No pienso utilizar a nadie, nunca lo hago. Y mucho menos a los niños –replicó Jack muy ofendido.

—En ese caso, no habrá ningún problema –repuso Bennett–. Tenía que decírtelo, tío. No quiero que Alli corra ningún peligro.

A medida que el escozor que le produjeron aquellas palabras fue desapareciendo, Jack empezó a comprender a su amigo y se apaciguó. Lo único que Bennett estaba haciendo era proteger a su familia. ¿Acaso no había hecho Jack lo mismo cuando se enfrentó con su padre para proteger a su madre?

—Sí, lo entiendo.

—Gracias.

—De nada. ¿Estás ocupado esta noche?

—¿Por qué?

–¿Te apetece que quedemos para cenar?

–Claro. ¿Qué te parece a las siete en el restaurante Carey?

–En Orange Country hay más restaurantes aparte del tuyo, ¿sabes?

–Ninguno es tan bueno.

Jack se echó a reír y asintió.

–Está bien. ¿Crees que me pondrán un buen solomillo?

–El mejor de toda California.

–Te tomo la palabra –comentó Jack con una sonrisa–. Hasta luego entonces.

Colgó el teléfono y se metió las manos en los bolsillos mientras observaba el incesante movimiento del mar. Ya estaba en casa, con su amigo. Su vida estaba allí. Era hora de convertirla en todo lo que deseaba que fuera.

Lo único que tenía que hacer era decidir lo que iba a hacer con Serena. Y se le acababa de ocurrir una idea que podría funcionar y que los pondría a ambos al mismo nivel.

Unos días después, Jack había encontrado el ritmo. La vida en California era muy diferente a la de Londres y no solo por el tiempo. Abrió las cristaleras de su dormitorio y salió a la terraza.

Tras tomar un sorbo de café, miró hacia el océano y escuchó cómo las olas se rompían contra la playa. El cielo tenía un profundo color azul sobre el que se deslizaban nubes blancas como velas sobre un mar interminable.

–Me alegro de haber regresado –se dijo antes de regresar al interior para iniciar el día.

El Grupo Colton estaba ascendiendo hacia el número uno de las cadenas hoteleras de todo el mundo y no se detendría hasta que no fuera así. No se podía permitir ninguna distracción, ni siquiera una que fuera tan tentadora como Serena.

Sacudió la cabeza y se centró en el trabajo, no en la mujer que estaba ocupando gran parte de sus pensamientos últimamente. Había pensado que iba a ir a visitar el hotel de Dana Point para ver cómo iban los decoradores y asegurarse de que todo estaba en orden para la gran inauguración, que tendría lugar dos semanas más tarde.

Se puso unos vaqueros negros, unas botas del mismo color y una camisa de vestir blanca de manga larga. Ya de camino hacia las escaleras, tomó una americana y se la puso. En ese momento, su teléfono móvil comenzó a sonar. Se metió la mano en el bolsillo para sacarlo y sonrió. Su día acababa de mejorar.

–Hola, Serena. ¿Me echabas de menos?

–En tus sueños –replicó ella.

Jack se echó a reír. Le gustaba aquella Serena, más segura de sí misma y más descarada, mucho más de lo que le había gustado siete años atrás.

Hacía días que no hablaban. Jack había querido que fuera ella quien lo llamara y parecía que por fin se había salido con la suya.

–Está bien, ¿en que puedo ayudarte? –le preguntó mientras bajaba las escaleras de la imponente Colton House.

Mientras él estaba en Europa, había tenido unos guardeses que se ocupaban de todo, y un jardinero que vivían en la casa de invitados. A Jack le había sorprendido lo mucho que le gustaba vivir en la casa de nuevo. No había podido venderla, porque, tal y como le había dicho a Serena, llevaba en la familia demasiado tiempo. Además, a pesar de que estaba construida para una familia muy grande y él vivía allí solo, le resultaba increíblemente acogedora.

–¿Cómo que en qué puedes ayudarme? –repitió Serena–. Supongo que recuerdas que tú y yo tenemos que trabajar juntos para organizar la estupenda idea que Bennett y tú habéis tenido, ¿verdad?

Jack sonrió y se dirigió a la puerta principal.

–Claro que me acuerdo. También me acuerdo de que no te interesaba demasiado.

–Interesada o no, ya aparece anunciada en nuestra página web, así que tenemos que ponernos a trabajar, Jack.

–Serena, ahora mismo voy de camino al hotel de Dana Point para ver cómo van las cosas y asegurarme de que todo va como se había previsto.

Tras salir de la casa, se dirigió al lugar donde estaba aparcado su BMW descapotable.

–Está bien –dijo Serena–. Necesito un listado completo de los hoteles que vas a ofrecer en esta rifa.

–Todos –dijo mientras abría la puerta del descapotable negro y se montaba–. Ya te lo dije.

–Lo sé, pero, por extraño que te parezca, decirle a los de Marketing que estás ofreciendo todos no va muy bien para publicidad. Me gustaría tener un listado completo de los hoteles, junto con descripciones y fotografías si es posible.

–Mira, en estos momentos voy de camino al hotel –comentó él mientras arrancaba el motor–. Cuando haya terminado allí, iré a verte. ¿Qué te parece si quedamos para almorzar?

–Creo que podemos trabajar en la sala de reuniones mucho más fácilmente.

Jack había esperado aquella respuesta. Sin duda, Serena iba a hacer todo lo posible para evitar que estuvieran a solas. Sin embargo, él no lo iba a consentir. Quería pasar tiempo con ella.

–Supongo que sí, pero, para entonces, estaré muerto de hambre. Podemos trabajar y comer al mismo tiempo.

Serena se tomó unos instantes para responder.

–Está bien. Nos reuniremos para almorzar. ¿Dónde?

–Hace siete años que no estoy por aquí, Serena. Tú eliges.

–Está bien. En La Ferrovia. Es un italiano que hay enfrente de nuestras oficinas.

–De acuerdo. Lo encontraré. ¿Dentro de dos horas?

–Allí estaré.

Cuando Jack cortó la llamada, hizo rugir el motor por la carretera y sonrió.

Veinte minutos más tarde, Serena aún se estaba preguntando cómo había podido convencerla Jack para que fueran a almorzar. Cuando entró en la sala de reuniones, se encontró con una pelea familiar. Suspiró y, de repente, se alegró de haber accedido a reunirse con Jack en terreno neutral.

Se sentó junto a Amanda y observó cómo Bennett trataba de actuar de arbitro en la última pelea de sus padres.

–Estás gastando demasiado tiempo en eso de las *Estrellas de Verano* –le decía Martin Carey a su esposa–. Candy, ya ni siquiera vienes a casa.

–Me sorprende que te hayas dado cuenta –replicó su madre–, dado que tú raramente estás allí.

–Pero cuando voy a casa, tú siempre estabas allí… hasta ahora.

–Ah, soy como el perro de la familia, ¿es eso? –le espetó ella–. Tengo que ir corriendo a saludarte a la puerta y llevarte las zapatillas.

–Yo no me pongo zapatillas…

–Eso es irrelevante –rugió ella–. Y yo tampoco soy un perro y no pienso quedarme sentada en esa casa tan grande tan solo con la compañía del ama de llaves esperando los valiosos momentos en los que te dignas a aparecer.

–Venga ya, Candy. Sabes que he estado teniendo muchas reuniones con clientes.

–Sí, papá –dijo Bennett–, pero yo podría haberme ocupado de eso.

–Estoy tratando de ayudar mientras tú te acostumbras a estar al mando –repuso su padre.

–¿Y cómo va a poder acostumbrarse si tú nunca le permites que esté al mando? –le preguntó Candace.

–Por supuesto que se va a acostumbrar –protestó Martin–. Solo le estoy ayudando.

–¿Cuánto tiempo llevan así? –le preguntó Serena a Amanda.

–A mí me parece una eternidad, pero en realidad poco más de diez minutos. Bennett está haciendo todo lo que puede, pero ni siquiera él puede hacer que papá se calle.

Totalmente cierto. Cuando Martin Carey se empecinaba en algo, tan solo podía hacerlo callar una explosión nuclear. Además, aunque no hacía más que decir que se quería jubilar, no lo hacía. Candace había hecho grandes planes para la jubilación de su esposo. Deseaba que los dos hicieran todo lo que habían pospuesto a lo largo de los años por la empresa y los hijos. Sin embargo, parecía que a Martin le estaba costando soltar las riendas y eso estaba volviendo loca a Candace.

–Papá –dijo Bennett, tratando de contener la tensión que había en su voz–, ¿qué te parece si os vais mamá y tú a hablar de todo esto a casa?

–No tenemos nada de qué hablar –dijo Candace mientras miraba a su esposo con desaprobación–, hasta que vuestro padre acceda a cumplir sus promesas.

Serena bajó la cabeza. Los hermanos llevaban mucho tiempo sufriendo las desavenencias de los padres. Bueno, todos los hermanos menos Justin, el más joven. Él nunca estaba presente cuando las chispas empezaban a saltar. Serena había defendido a Justin durante mucho tiempo porque ella también había intentado hacerse una vida fuera de la empresa. Ella había terminado uniéndose a la empresa familiar y, aunque eso no significaba que Justin también debería hacerlo, le parecía que estaría bien si él estuviera presente alguna vez para compartir aquellos momentos con sus hermanos.

–Ahora, tenemos que seguir con la reunión o posponerla –dijo Candace.

–Yo voto por la reunión –anunció Amanda tras mirar rápidamente el reloj que había en la pared.

–Está bien –dijo Bennett–. ¿Papá?

–Estoy de acuerdo.

Candace soltó un bufido, el sonido menos elegante que Serena había escuchado de su madre. Aparentemente, todos estaban al límite. Sinceramente, lo sentía por su madre. Lo único que ella quería hacer era disfrutar con su esposo. El hecho de que él escogiera la empresa por encima de ella no podía ser algo fácil de digerir.

Sin embargo, también entendía a su padre. Él había llevado la empresa hasta lo más alto. Era normal que le costara alejarse.

—Serena —dijo Amanda en voz muy alta para que todos pudieran escucharla—, ¿por qué no empiezas tú? ¿Está organizado el *catering*?

—Sí —contestó Serena aliviada por el cambio de tema. Abrió la tableta y les mostró la sección que tenía dedicada al *catering*—. Me reuní con Margot hace tres días y…

—Se suponía que nos íbamos a reunir antes para hablarlo —apostilló Candace.

—He estado muy ocupada, mamá.

—No hay excusa —dijo su padre—. Esta es una empresa familiar y la familia es la que toma las decisiones. Tu madre se merece un trato mejor por tu parte, Serena.

—No necesito que me defiendas, Martin —comentó Candace.

—Solo estaba tratando de hacer constar que Serena debería cumplir su palabra.

—Todo el mundo debería —musitó Candace.

Serena tomó la palabra rápidamente para evitar que sus padres se pusieran de nuevo a discutir.

—Está bien. Esta noche te pondré rápidamente al día, mamá. Margot tiene unas ideas estupendas para el menú. Vamos a poner la comida en varios puntos alrededor del pabellón.

—¿Crees que será suficiente? —le preguntó Bennett. Parecía preocupado.

—No. Por eso vamos a poner tiendas también en el jardín —respondió Serena mientras daba la vuelta a la tableta y les mostraba los diseños–. Los invitados podrán entrar y salir del pabellón sin quedarse sin comida en ningún momento.

–A mí me parece genial –dijo Amanda. Serena le dedicó una sonrisa de agradecimiento.

–¿Qué clase de comida? –preguntó Martin.

–Cosas fáciles de comer –respondió Serena–. En la gala nunca se sienta nadie para cenar. Sería posible con tantos invitados como esperamos. Por lo tanto, serán pequeñas tapas, bocados deliciosos. Os prometo que nadie se va a quedar con hambre.

–Me parece muy bien, querida –comentó Candace.

Serena habría agradecido aquellas palabras de su padre si no supiera que Candace las había dicho para irritar a su padre.

–Habrá cuatro bares –prosiguió mientras les mostraba el lugar donde estarían–. Dos en el pabellón y dos en el jardín. Nadie tendrá que esperar mucho tiempo para conseguir una bebida porque habrá camareros con bandejas de champán y aperitivos por toda la sala durante toda la noche.

Bennett asintió.

–Parece que está muy bien organizado.

–Gracias. También me he ocupado ya de las flores –añadió. Buscó de nuevo en la tableta y encontró los diseños–. Estos serán los arreglos básicos que habrá cerca del estrado donde se anunciarán los ganadores de las rifas y donde Bennett dará la bienvenida a todos los asistentes. Además, habrá jarrones sobre las mesas altas y algunos más por todo el pabellón y por el jardín.

–Me parece fantástico –dijo Amanda–. Me pregunto si a Celeste le interesaría ocuparse también de las flores de mi boda…

–No veo por qué no –afirmó Serena–. En realidad, es una idea estupenda. Te daré su número.

–Gracias. La llamaré después de la reunión.

–… que todavía no ha terminado –les recordó Bennett–. Estoy seguro de que todos estamos encantados con la boda de Amanda y queremos que tenga unas flores muy bonitas, pero, ¿podríamos seguir con lo que estamos ahora?

–Por el amor de Dios, Bennett –protestó Amanda.

–¿Qué te parece si nos cuentas cómo van los conciertos en vez de hablarnos de tus planes de boda, Amanda?

Serena se alegró de que toda la atención pasara a su hermana. Escuchó atentamente mientras ella explicaba los problemas que estaba tenido con algunos de los artistas habituales, entre los que se incluía un contrato de solomillos y patatas Hasselback con espinacas y queso.

–¿Qué es lo que están intentando hacer con eso? –le preguntó Bennett.

–Tratan de sacar más sin pedir más dinero.

–Bueno, pues a mí me parece muy hortera –comentó Candace–. Si no recuerdo mal, su actuación del año pasado distó mucho de ser estelar. Tal vez deberíamos plantearnos su presencia para el año que viene.

–No es mala idea, mamá –dijo Amanda.

–¿Ya no vas a hacer esto este años, ¿verdad, Candy? –le preguntó Martin, verdaderamente sorprendido.

Lentamente, Candace se volvió para mirarlo.

–¿Y tú estás pensando en seguir ayudando a Bennett?

Martin frunció el ceño.

–Pues eso –le espetó Candace antes de seguir hablando de las audiciones–. No tenía ni idea de que había tantos artistas con talento. Algunas de las actuaciones han sido maravillosas. Creo que al público le va a costar mucho decidir por quién votar.

–Tal vez yo debería echarle un vistazo al diseño de la página web –sugirió Martin.

–De ninguna manera –le espetó Candace. Los tres hermanos se prepararon para un nuevo inicio de las hostilidades.

–¿Ha tenido alguien noticias de Justin? –preguntó Bennett de repente, captando la atención de todos,

–Yo –contestó Candace mientras recibía una mirada de reprobación de su esposo–. Justin está en La Jolla por negocios. Eso me ha dicho.

–¿Por negocios? –repitió Bennett–. ¿Y qué clase de negocios tiene en una ciudad turística cerca de San Diego?

–Sabes muy bien que La Jolla es mucho más que una simple ciudad turística.

–Bueno, lo que tú digas –admitió Bennett apretando los dientes–. Es mucho más que una ciudad turística. ¿Y qué hace Justin allí?

–Pues no lo sé –respondió Candace–. Yo no interrogo a mis hijos.

–¿Se supone que eso significa algo? –quiso saber Martin.

–Probablemente –repuso Candace–. ¿Ha terminado ya la reunión? –añadió mientras miraba a Bennett muy fijamente.

–Dios, sí –afirmó Bennett–. Ya ha sido más que suficiente por un día. La semana que viene nos volveremos a reunir para repasar todo lo referente a la gala. Si alguien me necesita, estaré fuera todo el día porque voy a reunirme con un cliente.

–¿Qué cliente? –le preguntó Martin.

–Venga ya, Martin –protestó Candace.

–A ver quién llega primero a la puerta –susurró Amanda cuando sus padres comenzaron de nuevo a discutir. Se levantó y salió la primera.

Serena lo hizo inmediatamente después.

Capítulo Cinco

Jack supo el momento exacto en el que Serena entraba en el restaurante. El aire pareció electrificarse con su presencia cuando llegó.

Al ver que ella se acercaba a la mesa, Jack se levantó y sintió que el corazón se le aceleraba. Todos los nervios de su cuerpo restallaban y su sangre pareció hacerse más espesa y caliente cuando la miró. Serena iba vestida con una falda negra, los zapatos de tacón rojos que ya le había admirado la vez anterior y una camisa de seda azul con un profundo escote en uve. Llevaba el cabello recogido informal, que resultaba muy tentador. Sus ojos azules lo miraban fijamente.

–Hola, Jack.

–Serena –dijo inclinando ligeramente la cabeza. Se sentó después de que ella hubiera tomado asiento–. Me gusta el restaurante que has elegido.

–Te gustará más cuando hayas probado la comida.

Cuando la camarera se acercó para tomarles nota, Serena le dijo:

–Hola, Barbara. Yo tomaré lo de siempre. Y un té helado.

–Sin azúcar. Ya está apuntado –respondió la mujer. Entonces, miró a Jack–. ¿Sabe usted qué va a tomar?

Eso creía, pero desgraciadamente Serena no estaba en el menú. Jack la miró.

–¿Qué es lo de siempre? –le preguntó.

—Berenjena a la parmesana.

—Pues que sean dos —le dijo él a Barbara—, pero yo tomaré una cerveza.

—Vuelvo enseguida.

Serena apoyó los codos en la mesa.

—No veo la documentación que me ibas a traer.

Jack se echó a reír.

—Estamos en la era digital, Serena —dijo metiéndose la mano en el bolsillo de la camisa. Sacó un USB y se lo entregó—. Lo tienes todo ahí. Hoteles, fotografías, descripciones… Si necesitas algo más, mi asistente te lo proporcionará.

Serena tomó el USB y asintió antes de meterlo en su bolso.

—De acuerdo, muchas gracias. Tengo que decir que me lo podrías haber dado en mi oficina o haberme transferido los archivos.

—Cierto, pero, si lo hubiéramos hecho así, no estaríamos sentados en un restaurante que huele a gloria.

Serena sonrió. Jack sintió que todo su ser anhelaba extender la mano sobre la mesa y tocarla. Solo… tocarla. La fuerza de aquel deseo lo sorprendió. Verla y estar con ella despertaba sentimientos que había creído muertos hacía mucho tiempo. Entrelazó las manos para no dejarse llevar por un impulso.

—Juro que engordo solo con respirar aquí.

—Si estás buscando un cumplido, no es necesario —dijo él mirándola de arriba abajo—. Estás ahora mucho más guapa que hace siete años y eso es decir algo.

Serena lo miró muy sorprendida.

—Gracias, supongo. Pero no estaba buscando ningún cumplido.

—¿De nadie o solo mío?

–Solo tuyo –respondió ella con una sonrisa.

–Vaya –comentó él llevándose la mano al pecho–. Me das dado de lleno.

–¿Acaso estás tratando de decirme que tienes corazón?

–Claro que lo tengo –le aseguró él con una sonrisa. Lo sabía porque en aquel momento latía a toda velocidad en su pecho.

–Simplemente no lo usas.

–Otra vez me has dado –bromeó. Entonces, la miró durante un largo instante. Le gustó el modo en el que ella le devolvió la mirada sin apartar en ningún momento los ojos. Serena había cambiado mucho a lo largo de aquellos años, pero también lo había hecho él.

Lo único que no había cambiado era el modo en el que reaccionaba ante ella. No quería que prendiera de nuevo lo que había entre ellos y, sin embargo…

–No recuerdo que fueras tan descarada.

Serena no respondió hasta después de que Barbara les dejara sus bebidas sobre la mesa y volviera a macharse. Tomó un sorbo del té y volvió a dejarlo sobre la mesa.

–En los últimos años, he tenido que aprender muchas cosas. He aprendido a mantenerme firme, a perseguir lo que quiero. A hacer todo lo necesario para cuidar de Alli y de mí misma. Nada permanece igual. Tú deberías saberlo muy bien, Jack.

Serena se lamió los labios y Jack sintió que todo en él se tensaba dolorosamente.

–Estoy de acuerdo –dijo antes de dar un largo trago a su cerveza–. Lo has hecho muy bien. Por tu hija y por ti. No estoy diciendo que no me gusten los cambios. Solo los estoy… señalando.

–No tienen por qué gustarte.

–Pues me gustan –afirmó observándola atentamente.

–Gracias –musitó ella de mala gana.

–¿Ves? Ya nos estamos llevando estupendamente.

–Bueno…

Serena sacudió la cabeza. Jack deseó que ella llevara el cabello suelto para ver cómo la espesa melena rubia se movía con el gesto.

Le estaba sorprendiendo mucho cómo se sentía junto a Serena. Una sonrisa de ella le hacía arder por dentro. Los recuerdos se despertaban en su pensamiento y la veía de nuevo tumbada en la cama. En su cama. Serena riendo y girando mientras el viento de los acantilados le alborotaba el cabello y el vestido. Serena levantando el rostro para pedirle un beso y entrelazando los brazos alrededor de su cuello para aferrarse a él y pegarlo contra su cuerpo.

Aquellos recuerdos le hacían arder la sangre. Tenía que dejarlos marchar porque Serena ya no era la misma de entonces. Tal y como ella misma había dicho, había cambiado. Igual que él. Ya no permitía que fueran sus hormonas las que lo gobernaran. Había aprendido a controlar el deseo y solo lo liberaba cuando estaba seguro de que podía controlar la situación.

¿En aquel momento? No estaba seguro.

Serena cambió de tema.

–Me dijiste esta mañana que ibas al hotel de Dana Point. ¿Cómo van las obras?

–Está fantástico –respondió él. Estuvo a punto de darle las gracias por ayudarle a dejar de pensar en ella–. No me suele gustar demasiado lo que se les ocurre a los decoradores para los hoteles. Estábamos renovando un hotel en Chelsea. En Londres.

–Sí. Sé dónde está Chelsea –dijo ella riendo.

–Sí, claro. Lo siento. Bueno, cuando vi los diseños, me dio un escalofrío. Todo era blanco. Telas, cortinas, alfombras, muebles… Era como una pesadilla llena de algodón.

–¿Y cómo se les ocurrió eso?

–No lo sé. La decoradora que estaba al mando me dijo que quería dar una apariencia etérea para darles la bienvenida a los huéspedes en un mundo de relajación y calidez.

Serena soltó una carcajada. Jack no tardó en hacer lo mismo.

–Vaya, espero que no le hicieras caso.

–Por favor. Por supuesto que no. Llamamos a otra decoradora que mantuvo la dignidad del edificio, que era muy antiguo. Le hizo las mejoras que necesitaba para convertirse en el hotel más exclusivo de la zona. Míralo en el USB que te he dado. Ahí verás cómo terminó estando.

–Lo haré.

–Hay demasiados decoradores por ahí que se dejan llevar por ideas de modernidad y se olvidan que las modas van y vienen. Sin embargo, tengo que decir que la persona que he contratado para el Dana Point ha dado en el clavo. De algún modo, ha conseguido unir el ambiente de playa con el lujo de una manera que funciona realmente.

–Suena maravilloso.

–Lo es. Deberías venir a verlo.

De repente, el hecho de que Serena fuera al hotel resultó muy sugerente. Por supuesto, lo sería más tenerla en su casa. En su cama. Debajo de él. Encima.

La fascinación que estaba sintiendo iba profundizándose a cada minuto que pasaba. La atracción que sentía hacia ella era incluso más fuerte de lo que lo había sido en el pasado. Cuanto más tiempo pasaba con Serena, más la deseaba. Era una mujer fuerte y eso le gustaba. Segura de sí misma, lo que resultaba muy misterioso. No temía mostrarse tal y como era. Eso le volvía loco.

Además, tal y como le había dicho, era aún más hermosa de lo que lo había sido hacía siete años. Todos sus gestos lo atraían, le llamaban la atención y le cortaban la respiración.

Su imaginación se estaba desbocando. Y, cuanto más imaginaba, más le costaba respirar.

—Tienes un gesto muy raro —le dijo ella—. ¿En qué estás pensando?

—Tal vez no deberías hacer preguntas cuya respuesta no quieres saber.

—Bueno, no me has aclarado mucho —replicó ella mirándole fijamente.

—Pues deja que tu imaginación llene lo que no sabes.

—¿Estás seguro?

—¿Nerviosa?

—En absoluto.

Sí. Realmente le gustaba aquella nueva Serena. Tal vez debería ser él quien se pusiera nervioso.

Cuando les sirvieron el almuerzo, guardaron silencio unos instantes.

—Esto está buenísimo —dijo él por fin.

—Ya te lo dije. Amada y yo venimos aquí muchas veces.

—Veo por qué.

—¿Cuántos hoteles aparecen en el listado de ese

USB? –le preguntó Serena después de dar un sorbo de té.

–Todos.

–¿Y cuántos son exactamente?

–Treinta y cinco hoteles por todo el mundo y seguimos creciendo.

–Impresionante. Has estado muy ocupado estos últimos siete años.

–Así es.

Eso era decir poco. Los primeros años había estado trabajando prácticamente veinticuatro horas al día para reconstruir una empresa que su padre había permitido que cayera en la ruina. Con eso, su padre le había hecho saber a Jack que no le importaba en absoluto lo que le pasara a su madre o a él ni cómo vivirían. Por eso, Jack se había matado a trabajar para conseguir no solo enmendar los errores sino aumentar el número de hoteles. Por fin, el futuro de su madre estaba asegurado.

–¿No tenía el Grupo Colton veinte hoteles por aquel entonces?

–Sí. Reformamos primero los que teníamos para que volvieran a dar beneficios y luego empecé a comprar hoteles que estaban prácticamente destrozados y los convertí en la clase de establecimientos que hacen soñar a las personas.

–Y eso lo hiciste después del lío que dejó tu padre. Impresionante –dijo ella mirándolo con sorpresa…y tal vez con admiración.

Jack se tensó ligeramente. No le gustaba saber que los otros sabían lo que su padre había hecho. Jack había conseguido reflotar el negocio renunciando a todo lo que no fuera trabajo. Había huido de Serena cuando ella le dijo que lo amaba no solo porque no había es-

76

tado para el compromiso, sino también porque había visto lo que había ocurrido en su propia familia.

Lo que su padre llamaba amor había dejado a su madre llorando la mayoría de los días y el negocio familiar completamente arruinado. El amor no había significado nada para su padre, aparte de ser un arma que podía usar o una debilidad que explotar.

Por eso, Jack se había marchado. No solo porque no creyera en el amor, sino porque no sabía que hacer con él cuando se le ofrecía. Había estado convencido de que si seguía con Serena le habría terminado haciendo daño y no había querido eso para ella.

Además, para ser sincero, se había marchado porque sabía que, si quería salvar su negocio, su empresa, no tenía tiempo para dedicárselo a ninguna mujer. Ni siquiera a Serena.

La situación había cambiado. Tenía una empresa grande y de éxito. Su madre era feliz. Y su padre había desaparecido de tal manera que ni siquiera hablaba de él.

Y Serena… también era diferente. Más misteriosa. Más atractiva. Más… peligrosa para él. Aunque Jack insistía en que él también había cambiado, el amor seguía siendo algo ajeno a él. Un sentimiento que no sabía cómo manejar. Ni cuidar.

Sin embargo, se recordó que nadie estaba hablando de amor.

Serena lo observaba con la mirada entornada.

–Es imposible que te hayas ofendido porque sé lo que tu padre le hizo al negocio familiar.

–No estoy ofendido –respondió él–. Sin embargo, no me gusta recordar o saber lo que todo el mundo sabe. ¿Te gustaría que se hablara de ti?

–Por favor… ¿Acaso no te acuerdas cuando la familia Carey estaba constantemente en las noticias? ¿Mi abuelo teniendo una aventura con esa actriz y mi abuela tratando de atropellarlos con el Bentley en el exterior de Hollywood Bowl?

–Es cierto. Tu abuela dijo que lo único que lamentaba era no haber podido atropellarlos porque un desconocido se interpuso y apartó a la feliz pareja.

–Eso es. Mi abuela no era de las que perdonan –comentó ella con una sonrisa–. Cuando todo terminó, mi abuela hizo que llevaran al Bentley al desguace, lo convirtieran en un amasijo de hierros y lo colocaran en el jardín delantero de su casa. Después, hizo que el jardinero plantara rosales a su alrededor.

Jack soltó una carcajada. Serena también. Entonces, sacudió la cabeza y siguió hablando.

–Cuando mi padre se hizo cargo de la empresa después de que mi abuelo se fugara con la actriz, en el coche de ella, evidentemente, todo el mundo especuló con que fracasaría, dado que no era tan implacable como mi abuelo –comentó antes de tomar un poco de su berenjena–. Mi madre desafió a un reportero a que demostrara que mi padre no era implacable. Como no pudo hacerlo, se disculpó. Y por escrito.

–Las mujeres de tu familia sois tremendas –comentó Jack.

–Así es. Deberías tenerlo en cuenta –sonrió.

–Lo haré. Créeme.

–Me alegra saberlo. Ahora, sigamos –dijo mirando el techo–. Ah, mi divorcio resultó muy entretenido cuando los periódicos e incluso Internet publicaron una lista de las mujeres con las que mi esposo me había engañado…

–Eso es cruel…

–Ya te digo. Por supuesto, a mi abogado le resultó más fácil conseguir la custodia total de Alli para mí. Bennett pagó a Robert para que yo nunca tuviera que volver a verlo. Y el último cotilleo tiene que ver con Justin cuando abandonó la universidad. Ese fue importante. A los *paparazzi* les encantó la historia de la oveja negra de la familia.

Serena tenía razón. Ella sabía muy bien qué significaba la mala prensa, tal vez incluso más que él. Y nadie de la familia se había escondido. Simplemente habían seguido con su vida y les había importado un comino lo que dijeran los demás.

Sin embargo, Jack no terminaba de entender lo de Justin.

–¿Y por qué es lo de Justin tan importante? Mucha gente abandona la universidad y les va muy bien.

–No en la familia Carey –comentó ella antes de terminar su almuerzo–. Para mi padre, el hecho de que Justin abandonara la universidad fue el colmo. Además, el hecho de que los periodistas parecieran disfrutar con el fracaso de uno de nosotros empeoró aún más la situación. Creo que mi padre está convencido de que su hijo menor es un perdedor. Y no lo es. Simplemente Justin no es la clase de hombre a la que le gusten los libros y los horarios.

–Eso lo entiendo –dijo Jack con simpatía–, yo tampoco lo soy. Ir a la universidad fue para mí como una sentencia de cárcel. Me moría de ganas de terminar.

–Pero tú terminaste, ¿no? Te graduaste.

–Tuve que hacerlo –afirmó él tras dar un largo trago a su cerveza–. Tenías razón. Mi padre estuvo a punto de perder la empresa entera porque le importaba todo un comino. Mi madre perdió su hogar y eso fue suficiente para mí. Al viejo no le importaba nada, así que me tuve que asegurar de que mi madre estaba bien y de que nunca más tuviera que preocuparse de perder su casa.

–Dios, Jack… No sabía que había sido tan grave…

–Me alegro de saberlo –susurró él con una sonrisa a medias–. Me alegra saber que nadie se enteró de eso. Volviendo al tema, yo sabía que si quería salvar la empresa iba a necesitar un título en Empresariales. Y lo conseguí. Sudé durante todas esas clases porque sabía lo que me estaba esperando. Hace siete años, mi querido papá desapareció por fin y se llevó todo el dinero que pudo reunir. Por eso, yo me tuve que marchar. Centrarme en la empresa, en salvar lo que pudiera y en reinventar todo lo demás.

–No lo sabía.

–Yo no quise decírtelo.

–Lo entiendo, pero me gustaría que lo hubieras hecho.

–No habría cambiado nada, Serena. No podía darte lo que necesitabas de mí.

–Bueno, eso ya nunca lo sabremos, ¿no te parece?

Antes de que él pudiera responderle, Serena volvió a cambiar de tema. O, más bien, volvió al tema original.

–Estábamos hablando de Justin. La verdad es que Justin no tiene la ambición que tú tenías. Creo que aún no sabe lo que quiere para sí mismo a excepción que ha dejado muy claro que no quiere formar parte del Carey Center.

–¿Dónde está ahora?

–Me acabo de enterar que en La Jolla –respondió ella mientras apartaba el plato–. No viene a las reuniones familiares, evita las llamadas telefónicas y prácticamente se comporta con la familia como si fuera un fantasma. Las únicas con las que habla somos mi madre y yo. Y últimamente más con mi madre.

–¿Y qué opinión tiene Bennett de todo esto?

–Ya conoces a Bennett –respondió ella riendo secamente–. Él es todo reglas y horarios. No sabría qué hacer consigo mismo si alguien le dijera que tiene que improvisar.

Jack se echó a reír al escuchar la exacta descripción de su amigo. Reconoció también que hacía años que no disfrutaba tanto hablando con una mujer. En realidad, tal vez desde la última vez que la vio a ella.

–¿Le gusta París a tu madre?

–Sí, a mi madre le encanta París. Su apartamento, aunque por el tamaño que tiene es más que una casa, da a los Campos Elíseos. Todas las mañanas, abre las cortinas y contempla la ciudad más hermosa del mundo. Eso es lo que ella me cuenta.

–Está contenta entonces.

–Sí. Y no es solo París lo que le hace feliz, sino su nuevo esposo, John. Admito que, cuando empezó a salir con ella, hice que lo investigaran.

–Muy bien.

–Gracias por comprenderme.

–Jack, es tu madre. Sé lo mal que lo pasó con tu padre.

–Sí, lo pasó muy mal. Sin embargo, el marido que tiene ahora es maravilloso. Le hace reír, la lleva a bailar, le regala flores y disfruta de los largos paseos que ella da. Cree que mi madre es lo mejor que le ha ocurrido en la vida y se pasa los días asegurándose que ella es feliz.

—Es un final de cuento de hadas –musitó Serena–. El mundo necesita muchos más.

—Sí, creo que tienes razón.

Resultaba raro que él pensara así y mucho más que lo dijera. Sin embargo, los ojos de Serena le hacían perder el control.

—Nos hemos dejado llevar por los temas personales –comentó ella–. ¿Qué te parece si hablamos de negocios?

—Bueno, creo que tenemos mucho de qué hablar antes de echar mano de los negocios.

—¿Echar mano, dices? –repitió ella–. Pensaba que Bennett y tú erais iguales. Que los negocios eran lo más importante.

—La mayor parte del tiempo, pero me puedo tomar una tarde libre cuando estoy sentado frente a una mujer tan hermosa.

Serena soltó una carcajada. Jack se dio cuenta de que había echado de menos el sonido de su risa.

—Vamos, Jack. Esa clase de cumplidos es demasiado común. Demasiado fácil.

—¿Por qué estás dando por sentado que no significa nada?

Ella respiró profundamente.

—Porque los hombres no están haciendo fila para hablar conmigo. Porque tengo un espejo. Y porque siempre tuviste demasiado encanto.

—Gracias por lo que me toca… Creo.

Serena sonrió.

—No profundicemos mucho más hacia lo personal, ¿de acuerdo?

—No sé si puedo –admitió él–. Y eso me sorprende.

Serena lo miró fijamente. Jack se preguntó por qué

ella era mucho más atractiva cuando sospechaba de algo.

Barbara se acercó a la mesa para dejarles la cuenta y luego fue a atender otras mesas.

–Pues tendrás que intentarlo –dijo ella mientras sacaba el monedero. Jack se lo impidió.

–Yo te invito.

–No. No es una cita, Jack, sino una reunión de negocios.

–¿Quieres que sea una cita? –le preguntó sin poder contenerse. ¿Lo quería él?

–No he dicho eso. Y no. Ya te he dicho que debemos mantener las cosas entre nosotros a un nivel profesional.

–De acuerdo –dijo él mientras se sacaba la cartera también. Extrajo una tarjeta y la colocó sobre la cuenta–. En ese caso, vamos a medias.

–Estupendo –repuso ella haciendo ademán de sacar el dinero.

–No –le ordenó él sujetándole la mano–. No me refería a eso. Yo te invito a este almuerzo y tú pagas la cuenta de nuestra primera cita.

–Te aseguro que eso no va a ocurrir.

De repente, Jack sintió una profunda determinación de conseguir aquella cita con ella. Hacía siete años, había sido muy fácil. Serena no había ocultado en absoluto lo que sentía por él y estaba ansiosa porque estuvieran a solas. Las noches con Serena habían sido largas y llenas de pasión, una pasión que no había encontrado nunca con nadie.

Sin embargo, por mucho que la deseara, ¿debería volver a abrir esa puerta?

Una voz en el interior de su cabeza le susurraba que lo hiciera.

Estar con Serena de nuevo había despertado en él algo que había pensado que estaba muerto y enterrado. Jack no se sentiría satisfecho hasta que no hubiera pasado otra noche con ella.

Tenía que saberlo. Tenía que descubrir si el vínculo que habían compartido hacía tanto tiempo seguía ardiendo entre ellos. Tenía que saber que si aquella Serena nueva y segura de sí misma era aún más atractiva en la cama de lo que lo había sido hacía tantos años.

Serena tenía algo… que merecía la pena explorar. No sabía dónde podría conducirle y, en realidad, no le importaba.

Lo único que sabía era que tenía que poseerla.

—Recuerdas lo mucho que me gustan los desafíos, ¿verdad?

—Sí, pero yo no soy un premio en un carnaval, Jack. No soy algo que se gana. No soy el último desafío para ti y no pienso jugar contigo.

—Yo tampoco —dijo él. A excepción, por supuesto, de unos cuantos juegos específicos que solo se jugaban en el interior de un dormitorio.

—Bien. Entonces, estamos en la misma página.

—No es probable —respondió él. En su página, Serena estaba desnuda y tumbada en la cama, cubierta tan solo por los rayos de luna. Esa imagen le hizo sonreír y Serena se percató.

—¿Por qué te estás riendo?

Jack firmó el recibo cuando Barbara se lo llevó y volvió a meterse la tarjeta en la cartera.

—Recuérdame este momento algún día y te lo diré.

—¿Es que no puedes decírmelo ahora?

—No, no puedo.

—¿Y disfrutas siendo tan irritante?

–Bueno, pues resulta que… sí –añadió con una sonrisa.

–Está bien –concluyó ella. Se puso de pie y se colgó el bolso del hombro–. Repasaré el listado con mi asistente y si tengo alguna pregunta te llamaré.

–Estoy deseando.

–Te llamaré sobre temas de trabajo, Jack.

–Por ahora.

Cuando Serena se dio la vuelta y se marchó, Jack la observó atentamente y disfrutó con la vista.

–Siempre ha tenido un trasero estupendo –susurró.

Capítulo Seis

–Los hoteles son espectaculares –le dijo Serena a su hermana aquel mismo día más tarde–, pero no tenía por qué reunirse conmigo para darme la información –musitó–. ¿Por qué insistió en verme?

–Bueno… –musitó Amanda.

–Podría haberme dejado el USB en el despacho o enviarme la información por correo. Pero no. Teníamos que quedar a almorzar. Y luego va y se comporta como si fuera una cita. Yo nunca le dije que fuera una cita. Negocios. Nada más. Punto final.

–¿Qué…?

Como si Amanda no hubiera intentado hablar, Serena siguió parloteando. Peor aún. Sabía que estaba parloteando sin parar, pero no podía detenerse.

–Y entonces me dice que me va a invitar y que yo puedo pagar el siguiente almuerzo de nuestra primera cita –añadió Serena sacudiendo la cabeza. Entonces, se dio la vuelta y apuntó a su hermana con el dedo–. Nuestra primera cita fue hace siete años, ¿no?

–Sí, pero…

–¡Siete años! ¿Cómo vamos a tener ahora una primera cita? Imposible. Además, yo no quiero volver a tener una cita con él, sea el número que sea.

–Claro que quieres –dijo Amanda. En aquella ocasión, consiguió decir la frase entera.

–¿Cómo has dicho?

Amanda soltó una carcajada.

–Ya me has oído. No finjas que, de repente, te has quedado sorda. Aunque creo que yo sí podría estarlo después de esa perorata interminable.

–Muy graciosa –replicó Serena con las manos en las caderas–. Está bien. Te he oído, pero no te creo. ¿Cómo eres capaz de sugerir algo así?

–Por el amor de Dios, Serena. Mírate. De arriba abajo, murmurando como una actriz en uno de esos antiguos melodramas. Lo único que te falta es el collar de perlas.

–Muchas gracias, sí.

Serena se habría sentido insultada si no fuera cierto. Evidentemente, aquello era algo que no quería admitir.

Sin poder dejar de reír, Amanda se puso de pie y se dirigió hacia la barra de café que había en un rincón de su despacho. Se sirvió una taza.

–¿Quieres uno? No. No me hagas caso. Ya estás lo suficientemente nerviosa.

–No estoy nerviosa en absoluto y sí, quiero uno, muchas gracias. Un café.

Amanda se encogió de hombros y se lo sirvió.

–De lo que estamos hablado es de que Jack te ha pedido una cita…

–No me lo ha pedido. Lo ha anticipado.

–¡Qué horror! Saca las perlas, cielo –exclamó Amanda riendo a carcajadas.

–Para ya, por favor…

–Lo que pasa en realidad es que tú quieres esa cita.

–Eso no es cierto. Yo…

Dejó de hablar inmediatamente. Se tomó un sorbo del café y se lamentó en silencio por el hecho de que su hermana la conociera tan bien.

–Claro que lo es. Básicamente, lo deseas. Siempre ha sido así.

Dios, su hermana tenía razón. Hacía siete años, solo había hecho falta una mirada de Jack para que Serena se licuara de deseo. Resultaba algo humillante admitir que seguía pasándole lo mismo.

Sin embargo, ¿era así en realidad? Siete años atrás, había estado tan absorbida por Jack que no había pensado en nada que no fuera él. En la actualidad, por lo menos era capaz de admitir que lo deseaba pero sin hacer que su vida girara exclusivamente en torno a él. ¿No significaba eso que estaba al mando? Además, no había querido desearle, pero parecía que el deseo no respondía a sus órdenes. Solo exigía lo que deseaba. Y deseaba a Jack.

–Está bien. Antes lo deseaba –admitió–, pero ahora las cosas son diferentes. Soy mayor. Más inteligente. Tengo una hija.

–Nada de eso te impide sentir la necesidad de disfrutar del sexo –comentó Amanda con una sonrisa–. En especial el sexo con mayúsculas.

–Esto no me está ayudando –dijo Serena antes de tomarse el café de un trago y abrasarse la garganta.

–Es lo único que puede hacer. Sal con él. Vete a su casa. Y disfruta del sexo. Entonces, olvídate, sigue con tu vida y búscate a otro.

Serena se detuvo en seco y miró fijamente a su hermana.

–Ahora estás hablando de Henry. Esto no tiene nada que ver contigo, sino conmigo.

–Perdóname por transmitir mi propia experiencia –dijo Amada–, pero ¿me vas a decir que no disfrutaste mucho del sexo con Jack?

Los recuerdos eróticos ocuparon el pensamiento de Serena con una claridad que la dejó sin aliento. Fue como si todas las noches que Jack y ella habían pasado juntos cobraran vida para torturarla con los recuerdos. Sus caricias. Su sabor. El modo en el que deslizaba las manos por la piel. La mirada que aparecía en sus ojos cuando la penetraba. Recordaba todos los detalles tan nítidamente...

A veces, en sus sueños, era como si lo reviviera todo y se despertaba llena de deseo. Por lo tanto, sí, había disfrutado mucho del sexo con Jack.

El vínculo entre ellos había sido tan fuerte, la química tan abrumadora que, sencillamente, había dado por sentado que estarían juntos para siempre. Sin embargo, se había equivocado. Siete años después, no se podía permitir el mismo error. Tenía que pensar en Alli. Ya no solo era su corazón el que estaba en juego.

En realidad, ¿por qué incluso considerar eso? No estaban hablando de amor eterno. Como Mandy acababa de señalar, solo estaban hablando de disfrutar del sexo y de seguir con su vida, ¿no? ¿Podría hacerlo? ¿Podría evitar que su corazón se implicara y, simplemente, utilizarlo como él lo había hecho en el pasado? ¿Podría ser ella la que, en aquella ocasión, lo abandonara?

–Veo que te lo estás pensando –comentó Amanda con una sonrisa–. ¿Es buena señal?

–Tal vez –respondió Serena.

Después de que su hermana hubiera plantado aquella semilla en sus pensamientos, no podía dejar de considerarlo.

–Creo que ahora estás pensando demasiado. ¡Para!

–Tú tienes la culpa.

–No me refería a que fueras a casa e hicieras una lista con todos los pros y los contras –replicó Amanda mientras dejaba su taza de café y se ponía las manos en las caderas–. Eres mi hermana mayor, Serena, pero te juro que a veces me siento mucho mayor que tú.

–Muchas gracias, sí. En realidad, tengo que pensar mucho más de lo que lo hiciste tú, Mandy, cuando volviste a retomar tu relación con Henry. Tengo que pensar en Alli.

–Bueno, no te creas que yo me había olvidado de mi preciosa sobrina, pero ella no forma parte de eso, ¿de acuerdo?

–Eso es. Y quiero que siga siendo así.

–Y puedes hacerlo. Ninguno de los dos está buscando nada permanente, ¿verdad?

–Por lo que a mí respecta, desde luego que no.

–En ese caso, ¿cuál es el problema? Ve a por él. Cuando te lo hayas cepillado, lo mandas a paseo.

–Haces que todo suene tan fácil…

–Solo es difícil si tú quieres que lo sea –afirmó Amanda.

–¿Cómo es que ahora sabes tanto?

–A base de probar y equivocarme. Y me he equivocado mucho, te lo aseguro –dijo Amanda. Se acercó a Serena y le dio un fuerte abrazo–. Dios sabe que, en lo que se refiere a Henry, he cometido muchos errores. Estoy tratando de ayudarte para que no te pase lo mismo. Me resulta difícil ver cómo te estresas tanto porque Jack esté aquí. Si no te gusta como son las cosas, cámbialas. Hazte con el control de la situación, Serena. No dejes que sea él quien dicte cómo te sientes.

Serena tuvo que admitir que Amanda tenía razón. Había estado permitiendo que Jack fuera quien llevaba el control de la relación, o lo que fuera lo que había entre ambos. Él se presentaba, ella se ponía nerviosa. O enfadada. O emocionada. O todos esos sentimientos a la vez. ¿Por qué?

Ella había cambiado mucho a lo largo de todos aquellos años porque había decidido hacerlo. ¿Por qué era diferente aquella situación? Podía considerar aquello como la prueba definitiva. El examen final con el que superar a Jack de una vez por todas para seguir con su vida, una vida que estaba resultando ser maravillosa.

–¿Sabes qué? Tienes razón.

Amanda parpadeó y luego sonrió.

–Vaya. ¿Dónde hay algo para que pueda grabar este momento? Me encantaría poder ponerme esta conversación una y otra vez.

Serena sonrió también.

–¿Sabe Henry en lo que se está metiendo?

–Lo sabe y tiene mucha suerte de tenerme.

–Eso es cierto –susurró mientras extendía los brazos para abrazar de nuevo a su hermana–. Voy a hacerlo. Voy a concertar una cita con él, iré a su casa y me divertiré con él.

Amanda se echó a reír.

–Pareces una mujer victoriana. Se puede usar la palabra sexo, ¿sabes?

Serena la miró de soslayo.

–Te aseguro que no me voy a conformar solo con usarla.

Al día siguiente, Jack se pasó por las oficinas de Carey Corporation solo con un objetivo en mente. Desde el almuerzo con Serena, no había podido dejar de pensar en ella. A lo largo de toda la noche, se había visto turbado por unos recuerdos tan nítidos, tan reales, que, a la mañana siguiente cuando se despertó, había tratado de tomarla entre sus brazos.

No le gustaba verse controlado por sus propios sueños, por lo que decidió que había llegado el momento de ponerle fin a todo aquello. Se dirigió al despacho de Serena y, tras saludar a su asistente, abrió la puerta y entró. Le gustaba sorprenderla. Había esperado ver cómo se sobresaltaba, pero no había esperado… lo que se encontró.

—Hola, Jack —le dijo ella con una sonrisa seductora y misteriosa que le hizo sentirse muy intrigado.

—Serena, quería repasar contigo unos cambios de última hora en el listado de hoteles.

—¿Qué cambios? —replicó ella mirándolo fijamente. Llevaba puesta una camisa de seda amarilla limón con un amplio escote que apenas le cubría los hombros. El cabello rubio le caía en suaves ondas, que él se moría por deslizar entre sus dedos.

Estaba muy hermosa. Maldita sea.

—Vamos a enviar el programa a impresión esta misma tarde.

—En ese caso, llego justo a tiempo —dijo Jack. Se metió la mano en el bolsillo y sacó un USB. Se acercó y se lo entregó a Serena—. No es gran cosa. Solo voy a añadir un hotel más.

—¿Qué hotel?

—El que estoy terminando en Santorini. Han terminado la piscina infinita antes del plazo, así que ya está todo listo—. Tienes las fotos en ese USB. Hasta yo me he quedado impresionado.

–De acuerdo. Se las encargaré al jefe de diseño para que las incluya antes de enviarlo todo a impresión.

–Genial –comentó él. Entonces, se metió las manos en los bolsillos y se dirigió a la ventana. Un instante después, se volvió de nuevo para mirar a Serena–. ¿Has pensado más en lo de la cita de la que hablamos ayer?

–En realidad sí –respondió Serena poniéndose de pie.

–¿Y?

–¿Qué te parece esta noche?

–Quieres salir conmigo esta noche –repitió. Una mirada de sospecha se había reflejado en su rostro.

Serena se sentó sobre una de las esquinas del escritorio. La mirada de Jack pasó de la camisa amarilla a la falda blanca, que hacía que sus piernas tuvieran un aspecto fantástico. Entonces, la miró a los ojos. No sabía cómo interpretar aquel cambio de actitud, pero sería un necio si dejaba pasar aquella oportunidad.

–No me irás a decir que has cambiado de opinión y que ahora ya no te interesa –comentó ella con una sonrisa.

–No he dicho nada de eso. Solo siento curiosidad por saber por qué has cambiado de opinión. De repente, quieres salir conmigo cuando ayer me dijiste que no ocurriría nunca.

–¿Prerrogativa de una mujer?

–¿No me digas? ¿Ese cliché tan pasado de moda?

–¿Qué te pasa, Jack? ¿Acaso no confías en mí?

–Claro que confío en ti –contestó, aunque no sonaba del todo convincente.

–Genial. Pues ya hemos quedado.

Serena se levantó de la mesa y se dio la vuelta para recoger el USB. Jack tuvo un instante para disfrutar de la vista antes de que ella se girara de nuevo.

–Voy a llevarles ahora mismo esto a los de Marketing. ¿Querías algo más, Jack?

Jack no podía apartar los ojos de ella. Ese hecho por sí mismo debería haberlo alarmado, pero no fue así. En vez de eso, solo podía fijarse en aquellos maravillosos ojos azules, en el cabello rubio y en aquellas magníficas piernas. Había ido allí con la intención de convencerla para que saliera con él y lo había conseguido. ¿Por qué no se alegraba?

–Quedamos esta noche, ¿no? –le preguntó ella sacándole de sus pensamientos.

–Sí. Por supuesto. Te recojo a…

–No te molestes –le interrumpió ella con una resplandeciente sonrisa–. Yo te recojo a ti. ¿Te parece que nos veamos en Colton House a las siete?

–Perfecto.

–Genial entonces –dijo Serena mientras se dirigía hacia la puerta. En el umbral se detuvo para mirarlo–. Hasta luego.

Y con eso, desapareció.

Jack permaneció inmóvil, observando fijamente la puerta por la que ella había desaparecido y tratando de averiguar cuándo había perdido el control de la situación. Serena se mostraba muy alegre. Ansiosa incluso. ¿Qué era lo que estaba ocurriendo? ¿Qué estaba tramando?

–¿Y por qué te importa? –se preguntó en voz alta.

Fuera la razón que fuera, Serena había accedido a salir con él. Iba a disfrutar de su compañía en solitario, tal y como quería. ¿Por qué tenía que importar cómo hubiera ocurrido aquel cambio?

Se preocuparía de eso en otro momento. Iba a limitarse a disfrutar.

***

Serena estaba espectacular y lo sabía.

Llevaba el cabello suelto y ondulado. Un vestido negro, de escote cuadrado y finos tirantes, le ceñía las curvas de su cuerpo. Unos zapatos negros completaban el atuendo, junto con un pequeño bolso en el que llevaba todo lo que podría necesitar.

Aparcó delante de la casa de Jack y, cuando salió del coche, se tomó un segundo para admirar el lugar en que en el que, hacía siete años, había pasado más tiempo que en su propia casa.

Respiró profundamente. La brisa le llevaba el aroma del océano y le refrescaba la piel. Desde que decidió lo que iba a hacer el día anterior, Serena había estado completamente segura de que estaba haciendo lo correcto. Debía tener sexo con Jack para olvidarse de él de una vez por todas. Sonaba sencillo, pero hacía mucho tiempo que había aprendido que, en lo que se refería a Jack Colton, nada lo era.

Por suerte, aquella vez ella estaba al mando. Aquella vez, no se vería cegada por el amor porque el amor no iba a formar parte de la ecuación. Iba a tomar el control, iba a darle de comer al hambre que sentía dentro de ella y luego seguiría con su vida.

Sin embargo, a pesar de todo, se sentía nerviosa.

Se dirigió hacia la imponente puerta de la mansión y llamó al timbre.

Cuando Jack le abrió la puerta, se echó el cabello hacia atrás y sonrió. Él la miró de tal manera que Serena se sintió como si la hubiera tocado. De hecho, no pudo evitar temblar un poco.

–¿Tienes frío?

–En absoluto –afirmó mientras entraba en la casa.

Dio unos pasos y se volvió para mirarlo. Estaba delicioso. Llevaba el cabello negro algo despeinado y sus ojos azules se habían prendido de los de Serena. Parecían transmitir un calor contenido que se hacía eco dentro del cuerpo de ella. Se había puesto una camisa negra de manga larga, pantalones negros y unos relucientes zapatos del mismo color. Tenía un aspecto peligroso.

Aquella noche, a Serena no le importaba.

–Estás muy guapa –murmuró él mientras cerraba la puerta.

–Gracias –replicó. Entonces, se dio la vuelta lentamente, disfrutando con el fuego que se reflejó en los ojos de Jack.

–Sí, muy guapa. Bueno, ¿dónde vamos a ir?

Había llegado el momento. Lo único que necesitaba era encontrar el valor para seguir adelante. Lo miró a los ojos y comenzó a andar lentamente hacia él. Primero un paso, luego otro, sin dejar de mirarlo. Vio que el deseo se reflejaba en los ojos de Jack y ese brillo prendió las brasas que ardían en su cuerpo hasta transformarlas en una fogata. Los nervios desaparecieron. «Estás al mando», se recordó. En aquella ocasión, todo dependía de ella.

–Estaba pensando que tal vez nos podríamos quedar aquí.

–¿De verdad?

Serena le colocó la mano en el pecho y sintió los latidos de su corazón. Los ojos de Jack ardían de deseo y, cuando la miró, se oscurecieron aún más hasta que adquirieron el color del mar durante una tormenta.

–No quiero salir –susurró ella.

–¿Y qué es lo que quieres? –preguntó Jack mientras le agarraba la mano con fuerza.

Serena lo miró fijamente a los ojos.

–A ti, Jack. Te quiero a ti.

Jack la tomó entre sus brazos y la estrechó contra su cuerpo. Serena sintió su erección y supo que el deseo que sentían los dos era idéntico. Dios… Había pasado tanto tiempo desde que la abrazaron así. Desde que la besaron…

Rodeó el cuello de Jack con una mano y le hizo bajar la cabeza. Entonces, lo besó. Al principio, lo hizo suavemente. Solo hicieron falta un par de segundos para que el beso se profundizara. Los labios de Serena se abrieron bajo los de él y cuando la lengua de Jack le recorrió el interior de la boca, ella sintió como si su cuerpo se quedara sin aliento.

Jack la estrechó con fuerza contra su cuerpo, pero ella quería más. Mucho más. El beso se profundizó más aún, hasta que prácticamente no pudo respirar. No le importó.

Sintió que la mano de Jack se le deslizaba por la espalda hasta la cremallera. Cuando él tiró para desabrocharla, Serena sonrió contra sus labios. Sintió que el vestido se iba abriendo y que él comenzaba a acariciarle la piel desnuda con la palma de la mano. Apartó la boca de la de él y dejó escapar un gemido de placer.

Las caricias eran las mismas. Delicadas. Poderosas. Abrumadoras.

**

97

—Hasta ahora, la cita va muy bien —murmuró él mientras bajaba la cabeza para besar a Serena en la base de la garganta.

—La mejor —suspiró ella, inclinando la cabeza para facilitarle el acceso.

Cuando Jack comenzó a mordisquearle la piel muy suavemente, levantó las manos y comenzó a desabrocharle los botones de la camisa. Cuando terminó, le deslizó las manos por el torso, gozando con los firmes y esculpidos músculos que sentía bajo las manos.

—Aunque no te lo creas, voy a tener que salir un momento a la farmacia. No estoy del todo preparado para esta cita…

Serena sonrió y le mostró el bolso.

—Ya me he ocupado yo de eso. No quería correr ningún riesgo, así que he traído yo los preservativos.

—Vaya… Se te da muy bien preparar todos los detalles de una cita…

—Soy muy organizada.

—Y eso es muy sexy…

—Me alegro de que pienses así. Bueno —dijo ella rodeándole de nuevo el cuello con los brazos—, ¿qué te parece si empezamos con nuestra cita?

Como respuesta, Jack se inclinó un poco, la colocó encima del hombro y se dirigió a las escaleras.

—Confía en mí, Serena. Ya hemos empezado. Y tenemos toda la noche para disfrutarla.

Capítulo Siete

Serena sintió una profunda excitación cuando Jack subió las escaleras con ella encima del hombro. Sonreía mientras le deslizaba las manos por la espalda, notando la fuerza de sus músculos con cada movimiento.

Su cuerpo temblaba de anticipación. Decidió dejar de pensar a partir de aquel momento y dedicarse solo a sentir. Hacía años que no hacía algo así y resultaba muy… liberador.

Como conocía perfectamente la casa, sabía que Jack la llevaba a su dormitorio. Aquello era lo único que le importaba. Cuando estuvieron dentro, él cerró la puerta con el pie y se dirigió a la cama, donde la dejó caer sobre el colchón. Serena se echó a reír cuando sintió que botaba sobre el colchón.

—¡Qué delicado! —exclamó entre risas.

Jack sonrió y se quitó la camisa.

—¿Quieres que sea delicado? Pues lo seré, nena.

—Dámelo todo…

Jack se detuvo un instante y la miró.

—¿Quieres decirme qué es lo que ha provocado todo esto?

Serena lo miró y sonrió.

—¿Acaso importa?

Jack lo pensó durante un instante.

—No. Ahora no importa —dijo.

Se desnudó tan rápidamente que Serena casi no

tuvo tiempo de verlo. Entonces, levantó uno de los pies de Serena y le quitó el zapato. Después, hizo lo mismo con el otro. Los pulgares le masajeaban la planta del pie y Serena suspiro.

—Eso es maravilloso…

—Pues acabo de empezar.

Jack le soltó el pie y la tomó entre sus brazos. La hizo levantarse.

—Demasiada ropa —murmuró.

Terminó de bajarle la cremallera y, cuando lo consiguió, retiró los tirantes de los hombros e hizo que se deslizaran por los brazos hasta que el vestido cayó a los pies de Serena. Abrió los ojos ligeramente y ella vio el fuego en sus profundidades. El conjunto de sujetador negro sin tirantes y tanga de encaje a juego surtió el efecto que ella había anticipado.

—Estás llena de sorpresas, ¿no?

—Me alegro de que te guste.

Ella sonrió y, entonces, se llevó las manos al broche delantero del sujetador y lo soltó.

—Me estás matando, Serena —murmuró él.

Respiró profundamente y le cubrió los senos con las manos. Al sentir el tacto, Serena contuvo la respiración y colocó las suyas por encima de las de él. Jack comenzó a mover los pulgares sobre los pezones hasta que consiguió que a Serena se le escapara un profundo gemido de la garganta. El sonido hizo que Jack la empujara sobre la cama y se colocara encima de ella.

—Sea lo que sea lo que te ha traído hasta aquí esta noche, me alegro.

—Yo también —susurró ella. Le colocó las manos sobre el rostro y lo besó con pasión, con profundidad, como si nunca pudiera saciarse de él.

100

Jack rompió el beso y, mientras enganchaba los dedos alrededor de la goma elástica del tanga, la miró fijamente. Fue bajándoselo poco a poco y, cuando terminó, le cubrió el centro con la palma de la mano.

–Jack… –susurró ella levantando las caderas para recibir sus caricias.

–Déjame hacerte mía…

–Sí. Y yo te haré mío también…

–Trato hecho.

La besó brevemente y luego se deslizó sobre ella para terminar arrodillándose junto a la cama. Después, le agarró las piernas y tiró de ella. Serena contuvo el aliento al darse cuenta de lo que él estaba planeando. La frialdad del raso de la colcha contrastaba con el calor que la envolvía.

Sintió las manos de Jack sobre los muslos y, de repente, los labios en el centro de su feminidad.

Ella se sobresaltó, pero Jack le sujetó con fuerza los muslos, inmovilizándola. Los labios y la lengua estaban provocando en el cuerpo de Serena un frenesí que le hacía olvidarse de todo. Se retorcía de placer como si estuviera tratando de zafase de él, lo que no podría haber estado nunca más lejos de la verdad.

Hacía tanto tiempo desde que no había experimentado algo así… Sus pensamientos iban y venían. No le importó. No tenía tiempo para pensar cuando Jack estaba haciendo que sintiera tanto. Nada tenía prioridad más que lo que Jack le estaba haciendo, lo que estaba experimentando gracias a él.

La lengua lamía y acariciaba su sexo de tal manera que Serena sintió que estaba a punto de explotar. Gruñó mientras que Jack la llevaba cada vez más algo. No quería que terminara, pero sabía que no podría aguantar mucho más. Si hubiera estado en su poder, habría hecho que Jack siguiera donde estaba, haciéndole magia a su cuerpo para siempre.

Sin embargo, ya no podía esperar. No podía contener la tensión que se estaba apoderando de su cuerpo.

Bajó una mano y enredó los dedos en el cabello de Jack, sujetándole allí mientras su cuerpo explotaba. Una y otra vez, las oleadas de su liberación la recorrían de arriba abajo mientras que ella gritaba el nombre de Jack, anunciando el placer que le estremecía todo el cuerpo.

Mientras trataba de volver a respirar, tembló indefensa hasta que Jack se colocó junto a ella y la abrazó para besarla hasta que Serena perdió por completo todo lo que le quedaba en el pensamiento. Se perdió en él de nuevo, sintiendo que su cuerpo pasaba de la satisfacción al deseo en un abrir y cerrar de ojos. Jack le enmarcó el rostro entre las manos y comenzó a devorarla de nuevo.

Cuando rompió el beso, ella parpadeó, asombrada y confundida a la vez.

—¿Dónde tienes el bolso?

Ella frunció el ceño sin comprender qué era lo que él quería.

—¿El bolso? ¿Para qué?

—Los preservativos, Serena. Están en tu bolso.

—Sí, sí. Se me cayó cuando me tomaste en brazos.

—Maldita sea… —musitó mientras se levantaba de la cama—. ¡Ah! Está aquí. Menos mal. Muchas gracias por no dejarlo caer abajo.

—De nada —comentó ella riendo.

Jack abrió el bolso y sacó la caja de preservativos. Entonces, arrojó el bolso al suelo. Se puso un preservativo inmediatamente.

Serena se rebulló sobre la cama. El deseo se había vuelto a apoderar de ella.

–Date prisa…

Jack sonrió.

–No recuerdo que fueras antes tan impaciente.

–Tampoco recuerdo yo que tardaras tanto. Además, ahora soy mayor. Tengo menos tiempo que perder.

Jack se reunió con ella de nuevo en la cama y con un rápido y firme movimiento, la penetró. Ella gritó al sentirlo, pero, inmediatamente, levantó las piernas y le rodeó las caderas. Comenzó a moverse hasta que encontró e igualó el ritmo que él marcaba. Entre ellos era fácil. Era como si el cuerpo no hubiera olvidado. Al igual que había ocurrido siete años antes, se movían juntos como si estuvieran bailando. Los dos reaccionaban con respeto al otro como si estuvieran unidos mentalmente al igual que físicamente.

Serena lo miraba a los ojos, sin poder apartarlos del río de sentimientos que se reflejaba en los rasgos de Jack. Volver a estar con él era mucho más de lo que había pensado que sería. Le estaba llegando muy profundamente y le estaba haciendo experimentar sentimientos que había dejado morir deliberadamente hacía siete años. Inmediatamente, él se convirtió en el que había sido y mucho más.

Una vocecilla en su interior le dijo que debería preocuparse por el efecto que Jack estaba ejerciendo en ella, pero su cuerpo no dejaba de vibrar de deseo. Rechazó todo menos lo que estaba sintiendo en aquel momento y se entregó a las potentes sensaciones físicas que se estaban apoderando de ella. Recorrió la espalda de Jack con las manos, arañándole la piel con las uñas como si estuviera marcando el territorio.

–Deja de pensar, Serena –susurró él–. Solo déjate llevar conmigo…

–Estoy contigo… Solo contigo…

Jack bajó la cabeza para besarla. Mientras lo hacía, el cuerpo de Serena comenzó a escalar hacia la cima más alta, hacia lo que ella deseaba. Se movía con él, contra él, suplicándole entrecortadamente que le diera lo que necesitaba.

–Déjate ir, Serena… –le susurró él.

–No… No… Vamos los dos juntos. Juntos…

–En ese caso, agárrate con fuerza, nena, para que podamos llegar al fin…

No tardaron mucho en conseguirlo. Jack gritó el nombre de ella, la agarró con fuerza entre sus brazos y, cuando los dos cayeron desde lo más alto, Serena se aferró a él, sujetándolo como si no tuviera intención de dejarlo marchar.

Jack se tumbó de espaldas, pero con Serena a su lado. Le colocó la cabeza sobre su torso y los dos se quedaron allí, tumbados, mirando al techo. Tenía la respiración entrecortada, pero su cuerpo se sentía lleno de energía y relajado a la vez. Más que nada, estaba atónito. Cuando Serena accedió a tener una cita, había esperado una cena y unas cuantas horas de charla para luego, tal vez, conseguir que se fueran a la cama juntos.

Serena había puesto su mundo patas arriba y a él aún le costaba creerlo. Era tan diferente de la Serena que había conocido que no sabía lo que hacer.

Giró la cabeza y la miró.

–No es que me esté quejando, pero… ¿qué demonios ha ocurrido aquí, Serena?

–Tomé la decisión de perseguir lo que deseaba –respondió ella con una sonrisa, acariciándole suavemente el pecho.

–Pues ha sido una decisión estupenda.

Serena se incorporó sobre un codo y lo miró.

–Eso creo yo. Dios, me siento fabulosa…

–Y estás también muy guapa…

–Gracias –dijo ella. Entonces, le dio una suave palmada en el vientre y se sentó en la cama–. Vaya, Amanda tenía razón.

–¿Cómo dices? –preguntó él confundido–. ¿Sobre qué tenía razón exactamente tu hermana?

–Que no hay sustituto para el sexo con mayúsculas.

–En eso estoy de acuerdo –afirmó él. Observó cómo ella se levantaba de la cama, se estiraba perezosamente y se dirigía al balcón. Su cuerpo era más maduro de lo que recordaba, pero cada nueva curva era fantástica–. Siempre me gustó esta habitación –añadió mientras salía al balcón totalmente desnuda.

Jack sintió que el corazón le daba un vuelco.

–Sí, bueno, menos mal que ese balcón da al mar, porque si no estarías dando un buen espectáculo.

Serena se volvió para mirarlo y sonrió.

–Eso es exactamente lo que me gusta de este dormitorio. La total intimidad.

–Sí, a menos que haya alguien en un barco con unos prismáticos.

Jack frunció el ceño. No es que fuera un puritano, pero se levantó de la cama, se puso los pantalones y tomó su camisa antes de irse a reunir con ella. Serena le dedicó una sonrisa.

–Toma, ponte esto –musitó él mientras le ofrecía la camisa.

–Aguafiestas –replicó ella. No obstante, cedió y se puso la camisa, que le llegaba casi hasta la mitad del muslo–. Esta vista es maravillosa.

–Sí, lo es… –susurró Jack mientras se apoyaba contra la barandilla para mirarla a ella.

–Estaba hablando del mar y el aspecto que tiene ahora que están apareciendo las estrellas.

–Y yo estaba hablando de ti.

Serena se volvió para mirarlo.

–Estás siendo muy amable –musitó–. Nunca estoy segura de cómo interpretarte cuando eres amable.

–¿Tanto te cuesta creerlo?

–No, no… Solo es inesperado.

–En ese caso, lo siento.

Serena se mesó el cabello con las manos.

–Vaya… Agradable y encima te disculpas.

Aquel comentario le dolió, aunque Jack suponía que no podía culparla por ello. La había dejado hacía siete años y no se había mostrado muy agradable al respecto.

–No tengas ese aspecto tan acongojado, Jack. Dejé de estar enfadada contigo hace ya mucho tiempo.

–No me marché para hacerte daño, Serena…

–Lo sé. Ahora, quiero decir. Entonces no lo sabía. Me rompiste el corazón.

Jack lo sabía, pero oírlo en voz alta le hizo sentirse como si una lanza de hielo le atravesara.

–En realidad, con la perspectiva del tiempo, veo por qué te marchaste.

–¿De verdad? Cuéntamelo.

Serena sonrió, pero fue un gesto triste y eso tensó algo dentro del cuerpo de Jack.

–Dios, cuando miro atrás, me veo a mí misma tan

ansiosa, tan completamente enamorada de ti que en lo único en lo que podía pensar era en el futuro que mi activo cerebro había construido para nosotros.

Jack también lo recordaba. Veía el corazón en los ojos de Serena cuando la miraba. El modo en el que lo tenía todo planeado, hasta el color de las habitaciones de los hijos que iban a tener. Sí. No se avergonzaba al admitir que se había sentido aterrado en aquel momento. Además, estaba la infelicidad de su familia y la absoluta tristeza del matrimonio de sus padres como ejemplo perfecto de lo que no había que hacer en la vida.

Sí. Había salido huyendo. No había sido agradable con ella cuando se marchó, aunque eso le había convertido en un canalla, no lamentaba haberse ido. Tan solo el modo en el que lo había hecho.

—Sigues mirando como si yo fuera un perrito al que le has dado una patada sin querer.

Jack frunció el ceño más profundamente.

—No eres un perrito, Serena, y quiero que sepas que no siento haberme marchado… pero que tampoco tuve que ser tan canalla al respecto.

Serena soltó una carcajada.

—Esta es realmente una noche maravillosa. Sexo de altura. Disculpas. Y tú siendo amable conmigo. Lo único que nos falta es una copa de vino. ¿Tienes?

Dios… Serena en aquel estado de ánimo era irresistible. Se preguntó si ella sabía lo que le estaba haciendo. No tardó en darse cuenta de que sí. Eso le llevó a otra pregunta. ¿Qué era lo que estaba tramando? ¿Qué había producido aquel cambio?

—Creo que podré conseguir una copa de vino, sí. ¿Blanco o tinto?

–A ver, a ver –dijo ella, sonriendo–. Blanco.

Jack asintió y la dejó allí en la terraza. Él bajó a la cocina en tiempo récord. Tomó dos copas, una botella de vino fría y una bolsa de galletas saladas de la cocina. Después, volvió al dormitorio.

Cuando entró, se detuvo en seco y miró a la mujer que estaba en su balcón. La luna la iluminaba y ella estaba tan inmóvil como una estatua y, a la vez, tan viva como la mujer que era. La vida parecía vibrar a su alrededor y Jack se sintió inexorablemente atraído por ella.

Durante siete años, Serena había sido tan solo un recuerdo que, ocasionalmente, lo turbaba. Sin embargo, después de tenerla de nuevo, ya no podía ni siquiera considerar la posibilidad de volver a perderla. Normalmente, una vez que estaba con una mujer que deseaba, el ardor desaparecía y estaba dispuesto a seguir con su vida. Con Serena era mucho más. Siempre había sido mucho más.

Maldita sea.

–¿Te vas a quedar ahí parado? –le preguntó sin volverse para mirarlo–. ¿O vas a servir el vino?

–¿Es que tienes un radar o algo? –replicó Jack mientras se dirigía hacia ella.

–Algo.

Cuando se volvió al fin con una sonrisa en los labios, Jack sintió que algo le atenazaba el corazón. Y no le hizo mucha gracia. Recordó entonces que nadie había hablado de amor. Solo habían disfrutado del sexo. Solo era una relación íntima con una mujer a la que encontraba fascinante.

Mientras se dirigía hacia ella, se dijo que el sexo no significaba compromiso. No era una promesa, ni un futuro ni un cuento de hadas. El sexo solo era… sexo. Y quería más. Con Serena.

–Estás muy serio. ¿Significa eso que el periodo de ser agradable se ha terminado ya?

Jack dejó las copas y la bolsa de galletas saladas sobre la mesa. Después, se puso a abrir la botella de vino.

–Yo siempre soy agradable.

–Ah, vaya… En ese caso tendré que prestar más atención.

Jack soltó una carcajada y sirvió un poco de vino en cada copa. Cuando le entregó una, vio que Serena estaba mirando la mesa.

–Galletas saladas.

–Fue lo primero que encontré.

–Me gustan mucho las galletas saladas –dijo mientras tomaba una y le daba un bocado.

¿Por qué aquel gesto le pareció tan sexy?

–Dentro de un rato llamaré para pedir algo de comida.

–¿China?

–Claro –respondió. La miró fijamente y trató de decidir en qué situación se encontraban–. Mira, tal vez deberíamos hablar…

Serena sonrió y sacudió la cabeza.

–¿Te refieres a la conversación después del sexo destinada a desengañarme poco a poco?

–No quería decir eso.

–De acuerdo. ¿Y qué era lo que querías decir, Jack?

En aquel momento, mientras miraba los hermosos ojos azules de Serena, no podía pensar en nada. Ella dio un sorbo a la copa de vino y lo miró por encima del cristal.

–¿Acaso quieres recordarme que no eres de los que se casan?

Jack la observó y trató de decidir qué era lo que ella estaba pensando. Hace siete años, lo habría sabido, principalmente porque ella le decía siempre cómo se sentía. Sin embargo, aquella nueva Serena lo sorprendía constantemente. Y le gustaba. Bueno, precisamente en aquel momento no.

Suspiró.

–Serena, no era a esto a lo que me refería cuando dije lo de hablar.

–Ah. De acuerdo –dijo ella sin dejar de sonreír–. Tal vez quieras decirme que te vas a volver enseguida a Europa.

–No.

–Vaya. ¿Qué me queda entonces?

Jack tomó un buen trago de vino.

–Creo que deberíamos saber qué terreno pisamos. Eso es todo.

–Pisamos el mismo terreno que llevamos pisando los últimos siete años. Y solos –afirmó ella. Extendió una mano y se la colocó brevemente en el brazo antes de dar un paso atrás–, Jack, esto no nos convierte en pareja. Nos convierte en amantes. Al menos por esta noche.

Otra sorpresa. La Serena que él conocía no tenía aventuras de una noche. Ya no comprendía nada de todo aquello y se sentía bastante desconcertado.

–¿Y eso es lo único que te interesa? ¿Esta noche?

–¿Estabas pensando en algo más?

No. Por supuesto que no. Sabía que había algo entre ellos. ¿Pero era más que sexo? ¿Cómo diablos podía saberlo?

–Ya no sé lo que digo –admitió él frunciendo el ceño–. Me confundes, Serena. No pareces tú en absoluto.

–Eso es porque no soy la misma mujer que conocías –repuso ella tomando otro sorbo de vino–. Soy madre. Esto no tiene que ver solo conmigo. De hecho, ni siquiera contigo.

–Sí, lo sé. Alli es estupenda.

–Así es. Y no voy a consentir que se le haga daño.

–Yo nunca le haría daño –repuso Jack, atónito.

–Intencionadamente, no. Pero si te dejara volver a formar parte de mi vida y te marcharas de nuevo, ella podría terminar sufriendo. Y no voy a correr ese riesgo.

–Entonces, es solo esta noche –afirmó él. Agarró con fuerza la copa. Una profunda desilusión se apoderó de él. Apretó los dientes para guardar silencio. No habría servido de nada. ¿Cómo era posible que todo hubiera pasado de maravilloso a terrible en cuestión de unos minutos?

–Esta noche, sí. Y cualquier otra noche que queramos compartir. Sin embargo, no hay nada más que sexo, Jack. No quiero nada más de ti.

–Bueno, entonces estupendo –dijo Jack, con menos entusiasmo del que hubiera creído. Dio otro largo trago de vino–. Así sabemos qué terreno pisamos.

Jack no se podía creer que Serena le hubiera dicho a él el mismo discurso que llevaba años dándole a las mujeres con las que había estado. Básicamente, era lo que le había dicho a Serena hacía siete años. ¿Era aquello producto de un extraño karma, una especie de venganza cósmica? Fuera como fuera, no le gustaba. Por fin podía saborear lo que ella debía de haber sentido cuando la abandonó.

111

—Exactamente —comentó ella con una sonrisa. Entonces, extendió la copa para pedirle más vino.

Mientras se lo servía, Jack la miró a los ojos y vio justamente lo que ella había querido que viera. Que había cambiado. Mucho. Donde solía ver amor y anticipación, solo había… una calidez despreocupada sin expectativa alguna. No tenía ni idea de en qué situación lo dejaba aquello.

—Bueno, ¿quieres pedir primero la cena? ¿O esperamos hasta después?

La confusión reinó dentro de él hasta que se encontró con aquella pregunta. No tenía duda alguna sobre lo que iba a producirse a continuación. Dejó la copa y tomó a Serena entre sus brazos.

—Después. Definitivamente, después —le dijo.

Capítulo Ocho

La gala estaba cada vez más cerca. De hecho, tan solo faltaban ya unos días. Había pasado una semana desde la noche que pasó con Jack, una semana que había sido… clarificadora. Serena no se había dado cuenta hasta entonces de lo mucho que lo había echado de menos. Y Amanda había estado en lo cierto. No había nada mejor que el sexo con mayúsculas.

No habían vuelto a hablar en serio desde aquella noche. Serena no lo había invitado a su casa porque seguía muy preocupada por Alli. Quería protegerla. No deseaba que la pequeña se encariñara con alguien para luego ver cómo desaparecía de su vida. Sin embargo, ella sí había estado todas las noches con Jack en aquel maravilloso dormitorio frente al mar, en aquella maravillosa cama con un hombre que la encendía con solo mirarla.

¿Estaba algo preocupada por estar sintiendo más por él de lo que había planeado? Por supuesto. Sin embargo, aquella preocupación no era suficiente para mantenerla alejada. Mientras durase, Jack y ella seguirían disfrutando el uno del otro. Cuando terminara… sería ella quien lo abandonara a él.

Mientras tanto, la gala tenía que ser su prioridad en aquellos momentos. Iba a asegurarse que la fiesta de aquel año era la mejor que se había celebrado nunca. Ella era la responsable e iba a grabar su nombre con letras de oro. Por lo tanto, el hecho de que las reuniones familiares tuvieran que ser muy frecuentes suponía tan solo un pequeño obstáculo más.

—No lo comprendo, Candy —musitó Martin—. ¿Por qué estás empleando tanto tiempo en esta competición? Nunca estás en casa. Ceno solo casi todas las noches.

Candace miró fijamente a su esposo.

—Y eso me lo está diciendo el hombre que es un fantasma en su propia casa. Martin, ibas a jubilarte y en vez de eso, estás más ocupado que nunca. ¿Se supone que yo tengo que estar en casa esperándote a que vengas, aunque sea un solo por un rato? De ninguna manera.

—Si pudiéramos hablar sobre la gala —dijo Bennett, en un intento por retomar el tema principal de la reunión. Sin embargo, sus padres no parecían estar muy dispuestos.

—Eso no es justo y lo sabes —replicó Martin ignorando a su hijos—. Tengo asuntos de los que ocuparme antes de abandonar el negocio.

—Eso es una mentira y lo sabes, maldita sea, Marty.

Toda la mesa quedó en silencio. Candace Carey nunca maldecía. Todos la miraron como si estuvieran viéndola por primera vez, pero ella los ignoró.

—He sido muy paciente contigo, Marty, pero ya me he cansado. Si voy a tener que vivir una vida en solitario, va a ser la que yo elija.

—¿En solitario? ¿Quién ha dicho que tienes que vivir sola?

—Tú. Nunca estás en casa.

—Ya sabes dónde estoy.

—Sí, pero no estás en casa —insistió Candace mientras miraba fijamente a su esposo—. Por eso, he decidido que me voy a ir a vivir con Bennett.

–¿Qué? –exclamó Bennett horrorizado–. Mamá, no te puedes venir a vivir a mi casa.

–Claro que puedo, cielo. Tú tampoco estás nunca –añadió sacudiendo la cabeza–. Igual que tu padre.

–Maldita sea, Candy…

–No maldigas.

–¡Pero si tú has maldecido primero!

–¿Cómo es posible que yo me vea involucrado en todo esto? –se lamentaba Bennett.

Serena se estaba preguntando lo mismo.

–Vaya, no te pongas así, Bennett, que te va a explotar una vena –le dijo Candace mientras agitaba la mano–. Como te he dicho, tú eres igual que tu padre. Nunca estás en casa. Ni siquiera te darás cuenta de que vivo contigo.

–Pero bueno, si vas a estar sola de todas maneras –argumentó Martin–, ¿por qué no te puedes quedar en tu propia casa?

–Prefiero no hacerlo –replicó ella muy pagada de sí misma. Entonces, volvió a mirar a Bennet–. Tengo las maletas hechas. Llegaré a tu casa esta noche a las ocho. Después de las audiciones.

Por primera vez en su vida, Serena vio pánico real en el rostro de su hermano mayor. Si aquello no fuera tan raro, sería hasta divertido. Para Bennett su casa en Dana Point era como la Batcueva. Por lo que ella sabía, nadie había sido invitado allí desde que celebró una pequeña fiesta para inaugurar la casa hacía cinco años. En realidad, podría ser que hasta tuviera murciélagos de verdad colgados de las vigas.

–Mamá… –susurró Bennett.

–Te prepararé la cena.

Amanda dejó escapar un bufido. En realidad, aquellas palabras de Candace eran más una amenaza que otra cosa. Candace Carey llevaba treinta años sin cocinar. Su ama de llaves se ocupaba de la cocina. Serena no sabía cocinar muy bien, pero, al menos, no fingía que así era. No envidiaba a su hermano mayor.

Mientras sus padres discutían y Bennett se mostraba como un ahogado hundiéndose en el agua por tercera vez, la voz de Amanda se abrió paso entre la algarabía.

—¡Mamá!

Todos se volvieron para mirarla. Cuando tuvo la atención de todos los presentes, empezó a hablar.

—¿Por qué no nos hablas del programa *Estrellas de Verano*? ¿Estás teniendo algún problema con los que se ocupan de la página web?

—Oh, no, en absoluto —dijo Candace olvidándose de su esposo y centrando toda su atención en Amanda—. A Chad y a mí se nos ocurrió un maravilloso nuevo diseño que él va a implementar desde mañana mismo. Hoy vamos a reunirnos para almorzar y darle los últimos toques.

—¿Quién es Chad? —preguntó Marty.

—Ya tenemos colgada la página web… —comentó Bennett.

—Sí, cielo, pero le faltaba… chispa.

Serena sonrió al ver la estupefacción que se reflejó en el rostro de su hermano.

—¿Quién es Chad? —insistió Marty.

—Si hubiéramos celebrado una fiesta benéfica virtual este año como yo quería… —musitó Bennett.

—¡Esa es una idea ridícula! —exclamó Candace.

—De acuerdo, todo genial, mamá —dijo Amanda. De nuevo, trató de desviar la atención de la tensión que

116

se estaba acumulando en la sala–. Serena, ¿queda algo que hacer para la gala?

–Nada. Todo está bajo control. Voy a tener una última reunión con Margot mañana. Creo que este año vamos a hacer historia.

–¿Quién es Chad? –preguntó Marty por tercera vez, mirando a su esposa como si fuera una desconocida.

Serena prefirió seguir hablando.

–El fotógrafo está hoy en el pabellón, decidiendo cómo colocar su equipo y dónde sería mejor colgar las pantallas en las que se van a proyectar las fotos.

–¿Y la rifa? –preguntó Bennett–. ¿Qué tal va la idea de Jack?

Jack.

No había abandonado su pensamiento ni un instante durante los últimos días. Desde que decidió que solo iba a dejarse llevar para poder olvidarse de él, no había podido dejar de pensar en Jack. En especial desde que pasaba unas horas con él todas las noches antes de irse a casa para meterse sola en su cama.

–La Tierra llamando a Serena.

Ella parpadeó y miró a Bennett.

–¿Qué?

–¿La rifa? ¿Jack Colton? ¿Te suena?

–Claro.

–Estupendo –dijo Bennett con ironía–. ¿Te importaría contarnos qué tal?

Amanda le dio una patada por debajo de la mesa y a Serena le pareció que un cierto brillo aparecía en los ojos de su madre. Serena no quería que Candace se imaginara lo que estaba pasando.

–Por supuesto. La rifa va a ser espectacular. Jack va a ofrecer estancias gratuitas en cualquiera de sus hoteles en los Estados Unidos o en Europa. Creo que a nuestros invitados les va a encantar tratar de ganar uno de los doce premios. Teníais razón –añadió mirando a Bennett–. Solo con la rifa, vamos a recaudar una fortuna.

Bennett asintió y sonrió.

–¿Y las audiciones cómo van, mamá?

–Muy bien, hemos tenido algunas actuaciones maravillosas. También algunas malas, pero bueno, Dios los adora también. Al menos, han tenido el valor de perseguir su sueño.

–¿Y qué se supone que significa eso, Candy? –le preguntó Martin mirándola fijamente–. Yo persigo lo que quiero.

–Sí, siempre y cuando esté en el Carey Center.

–¿Podemos proseguir? –preguntó Bennett–. Tengo una cita y si no me marcho ahora mismo, llegaré tarde.

–¿Con quién es la cita?

–¿Y a ti qué te importa, Marty? –le espetó Candace–. Tu hijo está al mando. Tú lo has preparado y enseñado. Deja que esté al mando.

–Y está al mando. Solo le estoy haciendo preguntas y ofreciéndole mi perspectiva.

–No tengo tiempo para esto –dijo Bennett. Se levantó y se dirigió hacia la puerta. Se detuvo cuando su madre volvió a hablar.

–Ninguno tenemos tiempo para esto –afirmó Candace mientras se ponía de pie y miraba con desaprobación a su esposo–. No se puede contigo, Martin. Nunca vas a jubilarte. Esperas que yo esté en casa sola. Sola, esperando a que aparezcas. Bien, pues estoy cansada de estar sola, Marty.

Todos miraron a Candace sin poder creer lo que estaban escuchando.

–Por eso, me voy a mudar con nuestro hijo.

–Mamá… –dijo Bennett descorazonado.

–Todo irá bien, Bennett. Nos lo pasaremos estupendamente. Tal vez conmigo allí, vendrás a casa más a menudo que tu padre –comentó antes de dirigirse hacia la puerta–. Vamos, Bennett. Me quedaré con la habitación de invitados que hay en la parte delantera de la casa. Hay una vista muy bonita y…

–¿Qué os pasa a las mujeres? –les preguntó Martin a sus hijas cuando los otros se hubieron marchado.

–No nos pasa nada, papá –dijo Serena–. No se trata de una batalla de sexos. Creo que eres tú contra mamá y me da la sensación de que ella tiene razón.

–A mí no me preguntéis –comentó Amanda mientras se cruzaba de brazos.

–¿Tan mal está que un hombre ame a la empresa que construyó de la nada? –preguntó Martin mirando con frustración la puerta por la que su esposa se había marchado.

–Tal vez ha llegado el momento de amar a la esposa que te ayudó a hacerlo –le respondió Serena.

–¿Qué es lo que estás diciendo? –le espetó Martin poniéndose de pie–. Por supuesto que la amo. ¿Por qué me iba a importar que esté tan loca todo el tiempo si no la amara?

–Mira, papá. Si no encuentras el modo de soltarte de la empresa y aferrarte a mamá, podrías perder las dos cosas.

–De ninguna manera –gruñó él antes de marcharse muy enfurecido.

Unos segundos después de que las dos hermanas se quedaran solas, Amanda le dijo a Serena:

–Estoy no va a terminar bien.

Jack se había cansado de encontrarse con Serena exclusivamente en su casa. No estaba seguro de por qué le molestaba, pero así era. Serena no quería que él fuera a la casa de ella por su hija. Y aquello también le molestaba. Y mucho.

Serena estaba al mando de aquella… bueno, de lo que fuera que había entre ellos, y eso se iba a terminar aquel mismo día. Iba siendo hora de que los dos comenzaran a tomar las decisiones conjuntamente. Por lo tanto, Jack había decidido que las cosas cambiaran y, por eso, estaba frente a la puerta del ático de Serena con un enorme ramo de flores y un osito de peluche.

La puerta se abrió unos segundos después de que llamara. Allí lo observaba con sus enormes ojos azules. Entonces, sonrió. Parecía estar realmente encantada.

—¡Jack!

—Eso es…

Se interrumpió cuando escuchó la voz de Serena.

—Alli, ya sabes que no debes abrir… ¿Jack? ¿Qué estás haciendo aquí?

Serena llevaba puestos unos *leggins* color crema y una camiseta amarilla limón con un hombro al descubierto. Estaba descalza, con las uñas de los pies pintadas de rosa oscuro, y con el cabello suelto. A pesar de no llevar maquillaje, era la mujer más hermosa que había visto en toda su vida.

Alli levantó la mano y tiró a su madre de la camiseta.

—Es mi amigo. Ha venido a verme.

Serena suspiró.

120

–Jack…

Él sonrió a Alli e ignoró a la madre.

–Tienes razón. He venido a verte a ti.

–¡Y me has traído un regalo! –exclamó la pequeña saltando de alegría mientras observaba el osito de peluche.

Jack sonrió. No había estado nunca con muchos niños, pero la hija de Serena era irresistible.

–Claro. Creo que te he traído a ti las flores y a tu madre el osito…

Alli sonrió encantada.

–Eres tonto.

–Supongo que sí –comentó él mientras se arrodillaba delante de la pequeña–. En ese caso, supongo que el osito es para ti.

Se lo entregó rápidamente. Allí le dio un enorme abrazo y enterró el rostro en el pelo del peluche. Cuando levantó el rostro, le dedicó a Jack otra resplandeciente sonrisa y se abalanzó sobre él, dándole un fuerte abrazo con la mano que le quedaba libre.

–¡Gracias, Jack! ¡Voy a mostrarle mi habitación al osito! –le dijo a su madre.

–De acuerdo –respondió Serena, pero la niña ya se había marchado–. Eso no ha estado bien.

–Oye, traté de darte a ti el osito –bromeó.

–Jack, no deberías estar aquí.

Él se apoyó contra el umbral de la puerta y la miró de arriba abajo.

–Sí, pero es que me he cansado de que nos escondamos en mi casa.

–Cuando empezamos, te dije que…

–Que no quieres hacerle daño a Alli.

–Exactamente.

–No creo que traerle un osito sea hacerle daño.

–No, pero si se encariña contigo y luego tú desapareces, va a sufrir.

–Lo comprendo, pero no voy a hacerle daño porque no voy a desaparecer.

–Ya lo hiciste hace siete años.

–Sí, pero desde entonces han cambiado muchas cosas.

Serena seguía mirándolo fijamente, sin moverse.

–¿Por qué no dejas que pase y así podemos hablar?

–¿Otra vez?

–Tal vez nos irá mejor que la última vez –comentó él con una ligera sonrisa.

–Tal vez –repitió ella. Entonces, miró las flores que Jack tenía en la mano–. Te has acordado de que las rosas amarillas son mis favoritas.

–Me acuerdo de muchas cosas –afirmó él mientras le entregaba las rosas. Entonces, entró en la casa–. Es un apartamento muy bonito –añadió mirando a su alrededor–. Muy femenino.

–Gracias. Voy a ponerlas en agua. Mi ama de llaves tiene la noche libre, así que, si estás pensando en quedarte a cenar, me toca a mí pedir la cena.

Jack sonrió y se sentó en el sofá. Tras colocar un brazo sobre el respaldo, la miró y dijo:

–Uno de los dos debería aprender a cocinar.

–¿Por qué? Los dos sabemos cómo marcar un teléfono.

–Tienes razón.

Serena desapareció en lo que Jack supuso que era la cocina. Iba a asomarse a la terraza cuando Alli entró corriendo en el salón. Tenía el osito en una mano y un libro en la otra.

–¡Léeme un cuento!

La niña se subió al sofá y se sentó a su lado.

–Claro –dijo. Miró el título. *El cachorro perdido*–. ¿Te gustan los cachorros?

–Voy a tener uno.

–¿De verdad?

La niña asintió con tanta fuerza que las trenzas que tenía a ambos lados de la cabeza parecieron volar.

–Pensaba que querías un castillo como tu amiga.

–Ella tiene un castillo y un cachorro.

Alli se acurrucó a su lado con el osito y apoyó la cabeza contra el brazo de Jack.

–Lee.

Jack abrió el libro y miró a la niña. Después, mientras él leía el libro, que, evidentemente, era el favorito de Alli, la pequeña se acurrucó aún más contra su cuerpo. Jack sintió una inesperada sensación en el corazón.

Aquella niña, con sus enormes ojos y resplandeciente sonrisa, había decidido que podía confiar en él. Jack no había recibido un don parecido desde que su madre había hecho lo mismo y él había decidido arrojarle esa confianza a la cara. Sintió una ligera vergüenza, pero la apartó a un lado. Ya no había manera de cambiar el pasado.

Tampoco estaba seguro de que mereciera la confianza de Allie, pero iba a asegurarse de usarla bien. Rodeó a la pequeña con un brazo y la estrechó contra su cuerpo. Ella apoyó la cabeza sobre su torso. La sensación en el corazón se hizo mucho más fuerte.

Y le gustó.

Cuando sintió la presencia de Serena, levantó la mirada. Allí estaba ella, en la puerta de la cocina, con un jarrón de cristal en las manos en el que había colocado

las rosas amarillas. Observaba la escena con ternura…
y preocupación.

–¡Mamá! ¡Jack está leyendo sobre mi perrito!

–Alli… ya hemos hablado de esto. No podemos
comprar un perrito ahora. No tenemos un jardín para
que él pueda jugar.

–Puede jugar en el patio del tejado conmigo…

–Alli…

–A Jack le gustan los perritos –comentó la niña
mientras lo miraba. Si dependiera de él, se iría corriendo al refugio animal más cercano para adoptar un perrito. Pero no dependía de él.

–Depende de tu madre, Alli.

La niña empezó a hacer pucheros y suspiró.

–Cuando Jack termine el libro, es hora de cenar y
de darse un baño.

–¿Podemos cenar tacos?

Serena suspiró. Miró a Jack.

–¿Te gustan los tacos?

–¡Tacos! –gritaba Alli.

–Aunque no me gustaran, te aseguro que no lo con-
fesaría ahora –replicó Jack con una sonrisa.

Serena sonrió y dejó el jarrón de flores sobre una
mesa que había contra la pared.

–Tengo debilidad por las rubias guapas –confesó.

Ella se dio la vuelta lentamente para mirarlo.

–¿Durante cuánto tiempo? –le preguntó.

A Jack le pareció que aquella era muy buena pregunta.

Capítulo Nueve

Dos días antes de la gala, todo saltó por los aires.

–Era perfecto –se quejó Serena mientras iba arriba y abajo por el despacho de Amanda–. Todo estaba organizado. Todo estaba hecho. Iba a ser genial y ahora… me he quedado sin orquesta.

Amanda estaba sentada sobre una esquina del escritorio y observaba a su hermana con preocupación.

–¿Por qué se han echado atrás?

–Me dijeron algo sobre una gira por Europa.

–¡Vaya! ¿Cómo han podido rechazar nuestra fiesta solo por irse de gira por Europa? –comentó Amanda con ironía–. ¡Qué egoístas!

Serena se detuvo para mirar a su hermana.

–Está bien. Me alegro por ellos. Y yo estoy jodida.

–Debe de haber otras orquestas disponibles.

–Seguro que sí. Solo con dos días, puedo encontrar montones de fantásticas orquestas que están ahí esperando a que yo vaya a contratarlos… No me puedo creer que esto esté ocurriendo. ¿Qué voy a hacer?

–Bueno, lo primero no dejarte llevar por el pánico –le recomendó Amanda–. Eso no sirve de nada.

–¿Acaso crees que no lo sé? ¿Sabes qué otra cosa no me ayuda? Mamá se ofreció a llamar a la orquesta que llevamos utilizando desde hace años. Y, por supuesto, ¡los Swing Masters están disponibles! ¿Quién va a querer contratarlos?

–Eso no está bien. Es verdad, pero no está bien, Serena.

–No se lo puedo decir a Bennett –prosiguió Serena como si su hermana no hubiera hablado–. No va a parar nunca de echarme la bronca e incluso podría ponerse del lado de mamá para contratar a la orquesta de siempre. Una nunca sabe cómo demonios va a reaccionar Bennett.

–Es cierto. Además, ahora que mamá vive con él, está atacado de los nervios todo el tiempo. Henry lo llamó anoche y Bennett empezó a contarle que su madre ha contratado a unos pintores para que vayan a decorarle la casa porque, palabras textuales, «es demasiado triste».

–No es triste. Es… beis –comentó Serena–. Muy beis, según creo recordar.

–Sí. En realidad, es más aburrida que triste –comentó Amanda–. Menos mal que se ha mudado con Bennett y no con una de nosotras.

–Menos mal que yo no tengo habitación de invitados.

–Y que yo vivo con Henry… –susurró Amanda, suspirando y sonriendo mientras, seguramente, pensaba en su amado. Serena chascó los dedos delante del rostro de su hermana.

–¡Eh! Deja de pensar en Henry. ¡Yo tengo problemas!

–De acuerdo. Oye, tal vez Henry conozca a alguien…

Serena lo pensó un instante y negó con la cabeza. Henry no era la respuesta. Lo había visto bailar y parecía que no había escuchado música en toda su vida. Sin embargo, Jack sí que podía ser la respuesta. No quería pedirle ayuda, pero si no conseguía resolverlo, tendría que decírselo a Bennett, algo que no tenía intención de hacer.

—Se lo tendré que preguntar a Jack.

—Es una buena idea.

—No, no lo es.

Serena suspiró y consideró sus opciones. Desde la noche que él se había presentado en su casa sin avisar, había conseguido volver en dos ocasiones. Alli estaba loca por él e incluso Sandy, el ama de llaves, había caído en las redes de Jack. La única que resistía era Serena. Tenía que hacerlo porque, por fin, había admitido la verdad.

La noche que entró en el salón y vio a Jack leyéndole a Alli un cuento, comprendió aquella verdad sin duda alguna.

Seguía enamorada de Jack.

Al ver a Alli acurrucada contra él mientras le leía el libro había sentido algo muy profundo, más de lo nunca hubiera creído posible. Su hija nunca había disfrutado de un padre y, aparentemente, había elegido a Jack para que lo fuera. Serena se sentía destrozada. Quería creer en Jack. Amarlo completamente como lo había hecho en el pasado, pero el corazón de Alli era aún más delicado que el suyo. ¿Cómo podía correr ese riesgo?

—Hola, Serena. ¿Sigues aquí conmigo?

Ella parpadeó y miró a su hermana.

—Lo siento es que…

—Es Jack.

—Sí, es Jack. Tengo que pedirle ayuda con lo de la orquesta.

—No me refería a eso –replicó Amanda sonriendo–. Estás enamorada de él.

–¿Cómo dices? –repuso Serena, como si estuviera escandalizada–. No digas tonterías.

Amanda se levantó del escritorio y se acercó a ella.

–No estoy diciendo tonterías. Soy muy perspicaz. No me puedo creer que no me haya dado cuenta antes.

–Basta ya, ¿de acuerdo? Solo porque tú estés loca con Henry no significa que todo el mundo esté enamorado.

–Todo el mundo no, solo tú.

Serena comprendió que no podía seguir negándolo. Además, tenía suerte de que no se hubiera dado cuenta nadie más. En especial Jack.

–Está bien. Sí, estoy enamorada de él. Pero eso no cambia nada.

Amanda la miró fijamente, completamente atónita.

–¿De verdad somos familia? El amor lo cambia todo.

–No. Bueno, sí, amo a Jack, pero no puedo arriesgar los sentimientos de Alli.

–Vamos, Jack nunca le haría daño.

–A propósito no. Por supuesto que no, pero cuando se vuelva a marchar, ¿qué? Le romperá el corazón a Alli.

–¿De verdad que lo que te preocupa es el corazón de Alli?

Serena miró fijamente a su hermana.

–¿Qué se supone que significa eso?

–Significa que te pareces a la Serena de antes, no a la versión nueva y mejorada.

–No me estás ayudando.

–Pues intento hacerlo.

–Me refería con lo de la orquesta.

–Que le den a la orquesta.

—A ti te resulta muy fácil decirlo.

Amanda suspiró.

—Has mejorado mucho en los últimos siete años, Serena. Te hiciste cargo de una aventura que se ha convertido en amor y tienes miedo. No quieres volver a la misma banda de siempre, ¿no? Pues no hagas lo mismo contigo.

Serena no quería reconocerlo, pero su hermana tenía razón. Sin embargo, no tenía tiempo para pensar en lo que Amanda le estaba diciendo. Cuando la fiesta hubiera pasado y todo volviera a su cauce, podría pensar todo lo que le hiciera falta en la situación con Jack.

—Mira, lo entiendo. Y te prometo que consideraré todo lo que me has dicho. Cuando la gala haya pasado.

—Está bien. Ve a llamar a Jack.

—Dios, es que no quiero hacerlo… Creo que voy a hacer algunas llamadas más y ver qué puedo encontrar sola.

—Te quedan dos días, Serena.

—Lo sé, muchas gracias…

Cuando se marchó del despacho de su hermana, Serena fue directamente al suyo. Jack estaba esperándola. ¿Estaba el universo tratando de fastidiarla o le estaba enviando una señal? Fuera como fuera, todo resultaba bastante turbador.

—¿Qué haces aquí?

—Yo también me alegro de verte, sí —respondió él mientras se ponía en pie y se metía el teléfono en el bolsillo de la americana—. Habíamos quedado para almorzar, ¿recuerdas?

—Dios, se me había olvidado completamente —comentó mientras se frotaba los ojos.

—¿Te duele la cabeza?

–No te puedes imaginar cómo…

Se apoyó contra su escritorio y, en pocos minutos, le contó todo. No quería pedirle ayuda, pero sabía que la necesitaba. Además, cuando lo hubo hecho, se sintió mucho mejor.

–Así que, básicamente, solo necesitas una orquesta para la gala.

–¿Solo? –repitió ella con incredulidad–. ¿Solo? ¡Claro que necesito una orquesta! Faltan dos días y no encuentro una decente que pueda actuar esa noche. Si no la encuentro, toda la fiesta va a ser un desastre.

Jack sonrió.

–A mí no me hace gracia, Jack.

–Ya, pero tampoco es una tragedia –comentó él mientras volvía a sacarse el teléfono para mirar entre sus contactos–. Porque me tienes a mí. Conozco a alguien que podría ayudar.

Marcó un teléfono y esperó a que contestaran. Entonces, Jack sonrió.

–Hola, Tom. Soy Jack. Escucha. Tengo un problema y necesito tu ayuda.

En pocas frases, Jack le explicó todo a su amigo y escuchó mientras el otro hablaba. Observaba a Serena. Ella parecía preocupaba y, evidentemente, no estaba encantada de aceptar su ayuda.

Llevaban juntos poco más de una semana, pero la química era increíble. Mágica. Además, había algo más. Sin embargo, ella no se dejaba llevar. Seguía manteniéndolo en una parcela de su vida para que Jack no pudiera interferir con el resto de su mundo. De hecho, no creía que su familia supiera que volvían a estar juntos.

De hecho, él mismo se preguntaba si estaban juntos. Disfrutaban del sexo casi todas las noches, pero nada más. No dormían juntos ni compartían el día a día. Nunca planeaban nada más allá de la siguiente noche. No hablaban del futuro ni fingían tener una relación. No había confianza.

Esa última palabra resonó en su pensamiento porque sabía que era culpa suya que Serena no confiara en él. Recordó que lo había hecho una vez, hasta que él la abandonó e hizo añicos todos sus planes de futuro.

De repente, Serena dejó de andar y se volvió para mirarlo. En ese momento, el corazón de Jack le dio un vuelco en el pecho. Parecía que, cada vez que la veía, sentía más. Serena Carey era la mujer más hermosa que había visto nunca. Le gustaba todo sobre ella. Todo su ser respondía ante Serena de un modo que no había hecho con nadie más.

No había ido buscando aquello y no estaba seguro de qué hacer al respecto. No confiaba en lo que sentía. De hecho, los sentimientos nunca les habían servido de nada a sus padres. Había sido testigo de cómo el amor se utilizaba como arma. El matrimonio de sus padres había sido una tragedia y no quería seguir el ejemplo familiar. ¿En qué situación le dejaba aquello?

–¿Cómo dices? –exclamó. La voz de su amigo le había sacado de sus pensamientos–. ¿En serio? Sí. Se trata de una fiesta benéfica para los niños y esta organización hace un trabajo espectacular. La orquesta que tenían canceló en el último momento y eso podría afectar mucho a esos niños porque de verdad dependen del dinero que se consiga en ese evento. ¿Quién? Sí. De acuerdo.

Serena no podía apartar la mirada de él. Tenía un brillo de esperanza en la mirada.

–Eso es estupendo –concluyó él con una sonrisa.

El hermano de Tom llevaba la carrera de algunas de las mejores bandas del mundo. Si había alguien que pudiera ayudarle ese era él, y parecía que así iba a ser–. Sí, te debo una –añadió riendo–. Claro. Cuando quieras. Una estancia de una semana en el hotel de la Toscana para tu esposa y para ti. Concedido. Muchas gracias.

En cuanto Jack colgó el teléfono, Serena se abalanzó sobre él.

–¿Una estancia de una semana en la Toscana?

–Me ha parecido justo. Te ha conseguido una banda. Están descansando de su gira por los Estados Unidos y le parece bien hacer conciertos benéficos.

–Dios… ¿Has accedido sin decirme quiénes son? ¿Cómo has podido hacer eso? ¿Quiénes son? ¿Cuándo estarán aquí?

–Llegarán mañana para ensayar antes de la gala. Y te garantizo que vas a dar tu aprobación. Son los Black Roses.

Serena se quedó boquiabierta.

–¿Estás hablando en serio? Son el grupo más famoso del planeta. ¿Cómo has podido conseguirlo?

–El hermano de Tom es su mánager y…

Jack no pudo seguir hablando porque ella se arrojó a sus brazos y le dio un largo y apasionado beso. Cuando por fin apartó la cabeza, le dedicó una resplandeciente sonrisa.

–No me lo puedo creer, Jack. Los Black Roses. La gente va a estar hablando de esta gala durante años.

–¿Estás contenta entonces?

–Más que contenta. No quería pedirte ayuda ni a ti ni a nadie –admitió–. Quería solucionarlo yo sola.

–Y lo estás haciendo.

–No. Necesitaba ayuda y tú me la has prestado. Te aseguro que no lo olvidaré.

–Pedir ayudar no es un fracaso, Serena.

–Lo sé, pero no es como si lo hubiera hecho todo yo sola.

–Nadie hace todo solo –replicó él–. Tienes una asistente, ¿no?

–Claro, pero no es lo mismo.

–Es exactamente lo mismo –dijo él antes de darle un beso en la frente–. Nadie puede ocuparse de todo sin ayuda. Si lo pudieras hacer tú todo, no necesitarías un edificio lleno de empleados.

–Creo que te estás pasando.

–Y complicándolo todo.

–¿Porque estoy en desacuerdo contigo?

–No. ¿Qué es lo que te pasa? Hace un instante estabas encantada y ahora… No es solo por aceptar ayuda, ¿verdad? Es por tener que aceptar la ayuda que yo te doy.

–¿Sabes qué? –replicó ella mientras daba un paso atrás–. No quiero discutir. Te estoy muy agradecida, pero tengo muchas cosas de las que ocuparme antes de la gala, así que muchas gracias, pero es mejor que te vayas.

Jack la observó durante un largo instante. Durante un momento, habían estado a punto de ser un equipo. Entonces, todo desapareció. Jack quería recuperarlo, pero, evidentemente, aquel no era el momento para aquella conversación.

–Está bien. ¿Qué te parece si cenamos esta noche juntos? Podemos llevar a Alli a Burger Barn. A ella le encantan los batidos de fresa.

–Creo que no, Jack, pero gracias –dijo. Se dirigió al

escritorio. Parecía haberse cerrado por completo hacia él y eso a Jack no le gustaba–. Como te he dicho, tengo muchas cosas que hacer.

–Está bien. Entonces, te iré a recoger la noche de la gala.

–No. Tengo que estar allí pronto para asegurarme de que todo está como debería.

–No eres la única responsable –dijo él. No le gustó la frialdad que escuchó en su propia voz ni tampoco el ambiente gélido que parecía rodear a Serena–. No tienes que hacerlo sola.

–Y no lo haré. Mi familia siempre llega pronto para comprobarlo todo –comentó mientras se sentaba a su escritorio–. Gracias por el grupo.

–De nada.

¿Cómo era posible que todo se hubiera vuelto tan rígido e impersonal entre ellos? Los labios aún le ardían del beso que ella le había dado, pero Serena lo mandaba marcharse como si nunca hubiera ocurrido.

–Entonces, nos vemos en la gala.

–Sí. Estoy segura de que así será.

Jack se aseguraría de ello.

El Carey Center estaba más espectacular que de costumbre. Mientras recorría la sala principal y el jardín, Serena se felicitó mentalmente por haber podido sacar la gala adelante. Se había arriesgado mucho realizando tantos cambios y dándole un nuevo aire al evento benéfico más importante del año. Incluso tenía al grupo más famoso del mundo tocando para ellos aquella noche.

Gracias a Jack.

Frunció el ceño. Tenía que admitir que, sin su ayu-

134

da, aquella noche podría haber tenido un resultado muy diferente.

—Enhorabuena, guapa –le dijo Amanda. Su hermana apareció de repente a su lado y le dio un abrazo–. Todo está espectacular. Hablo en serio cuando digo que voy a contratar esa florista para la boda.

—Gracias a Dios –comentó Henry a su lado–. Por fin has tomado una decisión.

Amanda se giró hacia él y le dedicó una sonrisa.

—¡Eh! Solo me voy a casar una vez. Quiero que sea perfecto.

—Si tú eres la novia, lo será.

—Eres tan rico… –suspiró ella mientras apoyaba la cabeza en el pecho de su novio.

Serena sintió una ligera envidia por la felicidad de su hermana, pero la apartó inmediatamente. Aquella no era la noche para desear y esperar.

Llevaba dos días sin ver a Jack. Alli no hacía más que preguntar por él. Tal vez lo mejor sería terminar con aquella relación para evitar desilusiones futuras. Ella lo amaba, sí. Lo querría siempre. Sin embargo, resultaba difícil asumir ciertos riesgos.

—No te he dicho lo guapa que estás, Serena –le dijo su hermana–. Me encanta ese vestido.

A Serena también. Se trataba de un vestido largo, rojo profundo, con unos tirantes muy finos que sujetaban un cuerpo que tenía un escote muy profundo, pero que, a la vez, conseguía parecer recatado. Se ceñía a la cintura y la falda tenía mucho vuelto. Los zapatos rojos que se había puesto ya le estaban destrozando los pies.

—A ti te sienta muy bien el azul.

Amanda se dio la vuelta muy lentamente, bajo la

atenta mirada de Henry. Efectivamente, estaba muy hermosa. Serena no pudo evitar sentir cierta envidia por el amor que compartían Henry y su hermana. Habían tenido muchos problemas, pero habían encontrado el modo de reunirse. Se preguntó por qué eso no ocurría en todos los casos.

—Oh, oh. Los refuerzos han llegado —susurró Amanda.

Serena se volvió hacia donde su hermana estaba mirando y vio que se acercaban Candace, Bennett y Martin. Los hombres estaban muy elegantes vestidos de esmoquin y Candace relucía con un impresionante vestido de color cobrizo que hacía destacar su aún atractiva figura.

—Cielo —dijo su madre mientras le daba un beso en la mejilla—. Lo has conseguido. Todo está precioso. Siento mucho haberte dado tanto la tabarra por cambiarlo todo. Las flores son divinas y me muero de ganas por probar las gambas que he visto al llegar.

—Gracias, mamá.

—Estás muy guapa —comentó Amanda.

—Ya se lo he intentado decir yo, pero no me cree. Ni siquiera me ha permitido ir a recogerla a casa de Bennett para que pudiéramos venir juntos.

—Es que no estamos juntos, Martin. ¿Te acuerdas?

Bennett respiró profundamente y se frotó la nuca con desesperación.

—Tienes que llevarte a mamá —le dijo a Amanda en voz muy baja—. No sé cuánto voy a poder aguantarla. Ha empezado a cocinar…

—No. Tú vives solo. A lo mejor Serena…

—No tengo habitación para ella —se apresuró ella a responder.

–¡Mirad! –exclamó de repente Amanda muy emocionada–. ¡Es Justin!

Serena observó cómo su hermano pequeño se acercaba a ellos. A pesar de ser el rebelde de la familia, llevaba un esmoquin que le sentaba como un guante. Se acercó directamente a Candace y le dio un beso en la mejilla.

–Hola, mamá –le dijo. Luego miró al resto de la familia rápidamente–. Todo está espectacular, hermanita. Buen trabajo.

–Gracias. Creí que no ibas a venir.

–No me puedo perder el mayor evento del año.

–Pero sí te puedes perder las reuniones familiares –comentó Bennett.

–¿Dónde has estado? –le preguntó Martin–. Eres un Carey, maldita sea. Ese apellido conlleva una responsabilidad.

–Ahora no, por favor, chicos –dijo Amanda mientras miraba a su alrededor para asegurarse de que nadie se había percatado.

–No pueden evitarlo –observó Justin. Le dedicó una sonrisa a su hermano mayor–. Por eso no voy a las reuniones.

–Maldita sea, Justin.

–Calla, Bennett –ordenó su madre–. Justin, cielo, ¡qué sorpresa tan agradable! ¿Dónde has estado?

–Principalmente en La Jolla, mamá.

–¿Cabalgando sobre las olas? –musitó Bennett. Serena se apresuró a darle un codazo.

–A veces. Pero principalmente estoy trabajando en algo.

–¿En qué? –le preguntó Martin–. No tenemos nada en la zona de San Diego. ¿En qué has estado trabajando?

Justin miró a su padre con expresión inescrutable.

–Es una sorpresa. En realidad, para eso he venido. Para deciros una cosa. Dentro de unas semanas, voy a hacer un anuncio sobre algo muy importante, pero tendréis que esperar para saberlo todo.

–¿Y para eso has venido? –le preguntó Amanda–. ¿Para decirnos que no nos lo puedes decir?

–Justin –le dijo Serena–. Eres el más joven de todos los hermanos, pero sigues siendo demasiado mayor para esta clase de juegos.

Justin le guiñó un ojo.

–Vaya, incluso la pacificadora. No te preocupes, Serena. No estoy jugando –dijo, con un aspecto casi… formidable–. Tengo unos planes en los que estoy trabajando y, cuando estén listos, se lo contaré a todo el mundo. No quiero recibir opiniones no deseadas –añadió mirando a su hermano.

–Está bien –afirmó Bennett–. Tú no quieres formar parte de Carey Corporation. Eso es asunto tuyo, pero deja de fingir que es así. No digas que vas a ir a las reuniones cuando luego nunca apareces y…

–Yo nunca he dicho eso –le interrumpió Justin–. Eres tú, Bennett, el que espera que yo me presente y luego te enfadas cuando no lo hago. Así que, para que quede claro, hasta que yo haga mi declaración, no voy a estar mucho por aquí. No lo esperéis.

–Si tuvieras el más mínimo respeto por…

Candace interrumpió a Bennett con una mirada.

–Ya están llegando los primeros invitados. No voy a consentir que esta familia le dé un espectáculo a todo el mundo, así que escuchadme bien. Sonreíd. Mostraos felices y pasadlo muy bien con todo el mundo, aunque os duela. ¿Comprendido?

Nadie discutía con Candace cuando utilizaba ese tono de voz, por lo que todos guardaron silencio.

—Está bien —añadió Candace—. En cuanto a ti, Justin, si no asistes a las reuniones, no me importa. Sin embargo, tienes que mantenerte en contacto con tu familia. ¿Está claro?

—Sí, mamá.

—Muy bien. Ahora que ya ha quedado todo muy claro, vamos a atender a nuestros invitados y, por el amor de Dios, que parezca que estáis encantados de hacerlo.

Hacía ya tiempo que Candace no hablaba así a su familia, pero ciertas cosas siempre funcionaban. Todos comenzaron a hacer lo que la matriarca les había pedido. Serena se preparó y dibujó una sonrisa. Dejó a un lado todos sus problemas, principalmente el que representaba Jack. El hombre al que amaba, pero en el que no podía confiar. El hombre que deseaba, pero el que no debería tener. El único. El suyo.

Maldita sea.

Jack vio a Serena en el mismo instante en el que entró en el salón. La fiesta estaba en todo su apogeo y todos estaban disfrutando con la música de los Black Roses. Las pantallas de las paredes reflejaban las fotos de los asistentes bailando y disfrutando. La gala estaba siendo todo un éxito.

Sin embargo, en el momento en el que Jack vio a Serena, ya no pudo ver a nadie más. Su cabello dorado y su delicada piel relucían contra el vestido rojo que llevaba puesto. Iba charlando con todo el mundo, sonriendo y saludando, asegurándose de que todo el mundo se estaba divirtiendo.

Jack se abrió paso entre los presentes con determinación. Llevaba dos días sin ella y no recordaba haber estado nunca tan… solo.

Siete años atrás, había sido idea suya terminar su relación. En aquella ocasión, era Serena la que lo había dejado al margen, y eso le gustaba aún menos. La echaba de menos. Echaba de menos también a Alli. No quería que lo que había entre ellos terminara, por lo que tenía una propuesta para ella y no había mejor momento que aquel para presentársela.

–¡Jack! –exclamó ella. Parecía sorprendida. ¿Acaso se había creído que él no iba a asistir?

–Estás maravillosa –susurró él.

–Gracias, tú también.

Jack le tomó la mano y tiró de ella hacia la pista de baile.

–Baila conmigo.

–Debería…

–Baila. Todo va estupendamente. No tienes nada de lo que preocuparte. Vamos a bailar.

–Está bien. Solo una canción.

Jack le hizo darse una vuelta y luego la tomó entre sus brazos. Los dos bailaron al ritmo de la música. A pesar del ruido, Jack se sintió en ese momento como si los dos estuvieran solos en el universo. Era como si el mundo por fin hubiera encontrado su equilibrio después de haber estado algo torcido durante siete largos años.

No quería volver a perderla.

–¿Qué es lo que está pasando, Jack? De repente pareces muy serio.

Jack siguió mirándola. Quería encontrar las palabras exactas, pero no parecía hallar el modo más sutil

140

de comunicarle su idea, así que la soltó sin preámbulo alguno.

–Serena, quiero que Alli y tú os vengáis a vivir conmigo.

–¿Cómo has dicho? –preguntó ella deteniéndose.

–Lo digo en serio, Serena. Nunca he dicho nada más en serio. Construiré a Alli ese castillo que quiere y conseguiremos un perrito. Estaremos juntos. Los tres.

–Jack…

–Piénsalo. No. Mejor no lo pienses. Siéntelo. Estamos muy bien juntos, Serena. Tú, Alli y yo. Mudaos a mi casa. Danos una oportunidad.

Cuanto más lo pensaba más le gustaba la idea. Estarían juntos y Serena vería que podía confiar en él.

Jack volvió a moverse alrededor de la pista de baile con Serena entre sus brazos. No dejaba de mirarla a los ojos para tratar de leer lo que ella estaba pensando. Sin embargo, por primera vez, aquellos ojos no revelaban nada. Jack contuvo el aliento. Le pareció que pasaba una eternidad.

–No.

–¿Cómo? ¿Por qué no?

–Casi me habías convencido, Jack –dijo ella suavemente–. Durante un segundo, yo pensé… No importa. Entonces, me di cuenta de que lo único que me estás ofreciendo es una invitación para jugar a las casitas.

–Es mucho más que eso…

Jack no hacía más que preguntarse qué era lo que había hecho mal para que Serena no viera lo importante que era para él. Nunca en toda su vida había considerado vivir con una mujer. Además, quería ser el padre de su hija. Lo quería todo. ¿Por qué no se daba ella cuenta?

–No. No lo es, Jack –susurró ella tocándole suavemente la mejilla–. No hay compromiso. Ni promesas de futuro. No hay propuesta. Solo quieres que me vaya a vivir contigo, que lleve a Alli y que finjamos ser una unidad. Una familia.

–No estaríamos fingiendo… ¿Quieres una propuesta?

–Quiero una promesa.

–Maldita sea, Serena –musitó bajando la voz–. Los dos hemos visto matrimonios terribles muy de cerca. ¿Acaso no te responde eso a todo? Un trozo de papel no garantiza la felicidad, por el amor de Dios, y tú deberías saberlo. Si lo que estás buscando son garantías, no las hay.

–No estoy buscando garantías, Jack, pero ¿cómo se puede mantener una promesa que no se ha hecho nunca? Tienes razón. Mi matrimonio fue terrible y el de tus padres también. Sin embargo, eso no significa que la institución del matrimonio no funcione. Un matrimonio es lo que hagan dos personas. Y las dos tienen que desearlo para que funcione. Tú no quieres intentarlo y, francamente, yo tampoco estoy segura.

–Ahora estás diciendo incongruencias. ¿Quieres una proposición, pero no la quieres?

Serena le dedicó una triste sonrisa.

–Habría preferido que me ofrecieras una promesa, una oportunidad de disfrutar de un para siempre, pero no estoy segura de haber aceptado. Lo que me estás ofreciendo ahora me habría bastado hace siete años, pero ya no soy esa mujer, Jack. Valgo más. Espero más. Y no me conformo con cualquier cosa ni para mí ni mucho menos para Alli.

–No quería decir…

Serena se puso de puntillas y le dio un beso en los labios.

—Ahora que hemos hablado de todo esto, me parece bien seguir teniendo una aventura contigo. Piénsalo.

Cuando ella se dio la vuelta y se marchó, Jack se quedó totalmente inmóvil. Se sentía petrificado.

La gala terminó bien entrada la madrugada y fue un rotundo éxito. En ese momento, Jack sintió que no solo era la gala lo que estaba llegando a su fin. No hacía más que recordar la escena que vivió con Serena en la pista de baile. Serena no quería irse a vivir con él. No quería compromiso ni promesa.

Pero el sexo continuaría.

Debería sentirse contento. ¿Por qué no lo estaba? ¿Por qué se sentía como si no se hubiera percatado de algo, como si ella se le estuviera escurriendo entre los dedos sin que él pudiera hacer nada?

No le gustaba aquella sensación de impotencia. No le gustaba en absoluto.

Capítulo Diez

Una semana más tarde, Bennett entró como una furia en el despacho de Amanda mientras Serena y ella se estaban felicitando por el éxito de la gala.

–¡Ya está! –exclamó–. ¡No puedo más!

–¿De qué estás hablando? –le preguntó Serena.

–De mamá. ¿De quién si no? –preguntó. Amanda no pudo reprimir una carcajada–. Puedes reírte todo lo que quieras –le espetó él señalándola con el dedo–, pero me está volviendo loco. Ha contratado a una decoradora para que venga a mi casa porque dice que es muy aburrida.

–Lo es –afirmó Amanda–. Es decir, no he estado desde la fiesta que diste cuando te mudaste, pero supongo que no has cambiado nada. ¿Cuántas tonalidades de beis tienes todavía, Bennett?

–No se trata solo de eso –dijo él metiéndose las manos en los bolsillos–. Mi cocinera me está amenazando con despedirse porque mamá no sale de la cocina. ¡De repente se cree que es toda una chef! Anoche, preparó un guiso que estaba tan malo que tuvo que tirar la cacerola.

Serena se mordió el labio inferior para no reírse. Por supuesto que le daba pena su hermano, pero aun así…

–No puedo soportarlo –repitió él mirando a Amanda–. Así que te toca a ti.

–No, no. De eso nada. Yo ahora estoy viviendo con Henry.

–Sí, en una casa enorme junto a la playa. Tiene habitación de sobra y, mejor aún, la paciencia para tratar con mamá mientras ella está enfrentándose a esta pequeña revolución suya.

–¿Pequeña revolución? –le espetó Serena. Se sentía furiosa en nombre de su madre–. Papá es el que ha causado esta situación. Mamá solo está reaccionando.

–Ya sabía yo que tú te ibas a poner de su lado –comentó Bennett–. Te lo ruego, Amanda. Tú estás a cargo del *Sensación de Verano*, mamá del *Estrellas de Verano*. Así las dos tendríais más tiempo para poder solucionar cualquier problema que pudiera surgir.

–No hay problema alguno. Buen intento.

–¡Venga, ayúdame! –exclamó mientras se sentaba en una silla y se tapaba el rostro con las mano–. No sé cuánto tiempo más voy a poder aguantar.

–En ese caso, habla con papá –le sugirió Serena–. Dile que dimita de una vez y que recupere a su mujer.

–¿De verdad crees que no lo he hecho ya? –le preguntó Bennett mirándola–. Es tan testarudo como ella.

–En ese caso, solo se me ocurre que te marches de la ciudad durante unos cuantos días. Vete a tu cabaña en Big Bear. Quítate de en medio un tiempo.

Bennett guardó silencio durante unos instantes.

–Pues no es mala idea. Al menos podré tener un poco de tranquilidad y pedir comida a los restaurantes.

–Eso es. Sin ti en casa, mamá no se va a poner a cocinar, así que tu cocinera dejará de amenazarte con despedirse.

–Estupendo. Sí, muy bien. Le daré una semana de vacaciones pagadas –dijo mientras se ponía de pie, mucho más animado–. Me marcharé mañana por la mañana. Una semana. No dejéis que la empresa se desmorone sin mí.

Con eso, se despidió de sus hermanas y se marchó.

–Vaya, nunca pensé que vería a Bennett así –comentó Amanda.

–Sí, y mucho menos tomándose una semana de vacaciones. Eso hace años que no ocurre. No va a saber que hacer.

–Me imagino que se pondrá a trabajar –dedujo Amanda–. Igual que lo harías tú.

–¿Cómo dices?

–Venga ya, Serena. Mírate. Te estás volviendo igual que él.

Serena se quedó atónita. No había esperado aquellas palabras. Ella no era adicta al trabajo como le ocurría a Bennett. Hacía su trabajo, sí, pero sin obsesionarse. ¿No?

–Eso no es cierto. Tengo una hija, una vida y…

–¿Y?

–Y no tengo nada pintado de beis en mi apartamento.

Amanda se rio.

–Vale, nada de beis, pero ¿y todo lo demás? ¿Eso de trabajar, trabajar, trabajar? ¡Hola, Bennett *junior*!

–No me hace ninguna gracia.

–La verdad no suele hacer gracia.

Serena no quería admitir que su hermana pequeña podría tener razón. Desde que se unió a la empresa familiar, se había dedicado en cuerpo y alma a su trabajo para poder construir una vida para Alli y ella. Tal vez se había excedido, pero eso no la convertía en una adicta al trabajo, ¿o sí?

–¿Ahora eres tú la que tiene todas las respuestas? Hasta que Henry y tú volvisteis juntos, ¿con qué llenabas tú el tiempo?

–Tienes razón –reconoció Amanda–, pero lo importante de todo esto es que ahora yo tengo una vida. Tú cada vez te hundes más en la estructura de Carey Corporation. ¿De verdad es eso lo que quieres?

–Claro que lo es. Si no, no lo estaría haciendo.

Serena frunció el ceño. Era cierto que no pasaba tanto tiempo con Alli como antes, pero eso era algo que les ocurría a todas las mamás trabajadoras.

–Mira –prosiguió Amanda–, lo que estoy tratando de decirte es que he descubierto recientemente que en la vida hay mucho más que Carey Corporation. Si no tienes cuidado, vas a seguir la estela de Bennett y vas a terminar sin vida alguna fuera del trabajo.

Serena tuvo que admitir que, tal vez, su hermana podría tener razón. Recordó que la noche anterior no había llegado a acostar a Alli porque se había quedado hasta tarde en el despacho para repasar unos números con los de Contabilidad.

–Dios mío… Creo que tienes razón…

–No quería que fuera así, pero piénsalo –añadió Amanda–. Por ejemplo, ¿cuándo fue la última vez que se fue Bennett a su cabaña?

–No tengo ni idea.

–Porque no ha ocurrido nunca. Se compró esa cabaña para ir a pasar los fines de semana y tener una vida fuera del trabajo hace nueve años y esta es la primera vez que va.

–Pensaré en lo que me has dicho –prometió Serena.

–Ahora, vamos a por otro tema –dijo Amanda–. ¿Cómo van las cosas con Jack?

Serena volvió a fruncir el ceño. Recordó la conversación que había tenido con Jack en la gala y en cómo se habían quedado las cosas entre ellos. Había pasado ya una semana y él aún no se había puesto en contacto con ella. Aparentemente, si no se dejaba llevar por sus planes, Jack simplemente se alejaba. Estupendo. ¿No era eso de lo que estaba tratando de proteger a Alli e incluso a sí misma?

Lo echaba de menos, pero, evidentemente, él no la estaba echando de menos a ella. Evidentemente, la idea de vivir los tres juntos no significaba nada. Había hecho lo correcto. Tenía que proteger a Alli. Tenía que proteger a su propio corazón de otro golpe.

Si no podía confiar en él, no importaba que lo amara.

—Todo bien.

—Claro. Y ahora voy yo y me lo creo. Solo has tardado un minuto en responder.

Serena suspiró y le contó a Amanda la conversación con Jack en la gala y la propuesta que él le había hecho.

—¿En serio? ¿Tuvisteis esa conversación en la pista de baile y luego lo dejaste ahí plantado?

—Bueno, no es como si le hubiera abandonado en medio de un bosque, Amanda. Es un hombre hecho y derecho. Creo que puede salir de una pista de baile sin mi ayuda.

—No me refería a eso.

—Yo me sentí muy orgullosa de mí misma. ¿Por qué no lo estás tú?

—Bueno, vamos a ver… Desde que Jack forma parte de tu vida, has conseguido organizar el evento de tu vida y salir de este maldito edificio antes de las ocho de la noche. Alli está loca por él y tú también. Y lo dejas escapar, así como si nada.

–Lo siento –dijo Serena. Se puso de pie y miró con desaprobación a su hermana pequeña–. Sí, ha sido muy divertido desde que Jack regresó. No esperaba disfrutar con un hombre, pero así es. Y sí, antes de que me lo preguntes, estoy enamorada de él, pero no voy a conformarme con menos de lo que me merezco solo por eso. Estoy satisfecha con mi vida tal y como es.

–¿Satisfecha? Eso es penoso. ¿Cuántos libros y películas has leído que hablen sobre un final en el que los protagonistas están satisfechos?

–Esto es la vida real, Amanda. No deberías hacer burla de la satisfacción. Diablos. Deberías darme la enhorabuena. Jack me ha pedido una relación sin pedírmela en realidad y he dicho que no. Me he mantenido firme.

–Firme contra la felicidad. Bravo.

–¿Sabes qué? –le preguntó Serena muy irritada–. He cambiado mucho desde Robert y me alegra saber que puedo estar bien sola.

–He notado que no has dicho «feliz».

–Soy feliz. Satisfecha es casi un sinónimo de feliz. Y más que eso, Alli está feliz. Tenemos una estupenda vida juntas y no quiero que nada la estropee. Me va bien en el trabajo y tengo un estupendo amante en la cama –explicó. Al menos lo tenía hasta la fiesta–. Sé que, si Jack vuelve a marcharse, sobreviviré. Lo amo, sí, pero no lo suficiente como para arriesgar el corazón de Alli. O el mío.

–¿Qué es exactamente lo que estás arriesgando?

–Nada. De eso se trata precisamente.

–No. Si no arriesgas, Serena, nunca ganas realmente. Tienes que estar dispuesta a arriesgarte. Si no lo haces, solo estás acariciando la superficie de una piscina muy profunda y nunca te sentirás satisfecha.

–Tal vez no, pero estaré a salvo.

Amanda le dedicó una triste sonrisa.

–¿Y te basta eso de verdad? ¿No crees que te mereces más?

Jack debería haberse sentido contento.

Volvía a ser libre. No había ningún compromiso que lo retuviera. No tenía nadie en quien pensar más que en sí mismo. ¿Por qué no estaba contento, maldita sea? Una voz en su interior le dio la respuesta. «Ser libre no significa nada si lo único que te proporciona es vacío».

Recorrió los salones vacíos de Colton House. En su imaginación, vio los fantasmas de las generaciones anteriores andando por aquellos mismos pasillos. Ellos habían vivido, habían amado y habían construido aquella casa para que durara y así lo había hecho.

Se preguntó qué había construido él. Sí, había salvado al Grupo Colton de la desastrosa dirección de su padre, pero, aun así, seguía solo en una casa grande, construida para una familia. Era un hombre solo, sentado en una montaña de éxito, pero sin nadie para compartirlo.

–Maldita sea, debería estar aquí. Las dos deberían estar aquí…

Echaba de menos a Serena. Las risas, las conversaciones… el sexo, sí, pero no solo eso.

Se dirigió a la puerta principal y salió de la casa. El aire del mar era frío y lo golpeó como una bofetada, pero siguió andando. Rodeó la casa y se dirigió al jardín trasero, que no mostraba señales de vida más allá de unas plantas muy bien cuidadas y unos setos perfectamente podados. Con gesto ausente, miró el césped e imaginó un castillo infantil con una princesa rubia jugando en su interior.

Frunció el ceño. Su jardín estaba vacío en vez de tener a Alli allí jugando y a Serena observándola desde el porche. No sería así si él hubiera estado dispuesto a dar el paso final, a arriesgarlo todo.

Se había refrenado a la hora de hacer promesas por el daño que había visto que su padre infligía a su madre. Sin embargo, su madre era feliz en su segundo matrimonio. Ella era la que más había sufrido y, a pesar de todo, había decidido arriesgarse.

¿Iba él a ser menos?

El día siguiente era sábado y Serena tenía planes para poder pasarse cada minuto del día con Alli. Su charla con Amanda le había hecho pensar y no le gustaban las respuestas que había encontrado. Efectivamente, había estado dedicando mucho tiempo a la empresa. Tenía que encontrar un equilibrio entre su trabajo y su hija. Su vida. Lo más importante de todo era Alli.

Iban a ir al zoo de San Diego a pasar el día. No iba a pensar en nada más que en aquellos momentos tan valiosos con su hija. Por eso, cuando alguien llamó a la puerta, se sintió más irritada de lo que se hubiera sentido normalmente.

Cuando abrió la puerta, se encontró con Jack mirándola con una expresión inescrutable en el rostro.

–Vaya, no esperaba verte.

–Lo sé –dijo mientras entraba en la casa rápidamente, como si temiera que ella le fuera a dar con la puerta en las narices–. Tengo que hablar contigo. Y también con Alli, pero ella después. Tú eres la primera.

Serena cerró la puerta y se apoyó contra ella mientras lo observaba.

—Tendrás que hacerlo muy rápidamente. Nos vamos al zoo.

—Está bien.

Jack se mesó el cabello con las manos.

—Mira, lo que te dije en la gala fue una tontería –dijo él sacándola de sus pensamientos.

—Gracias… Creo.

—Eso tampoco ha sonado bien –musitó él mientras daba un paso hacia ella–. ¿Sabes una cosa? Antes no tenía problema para encontrar las palabras adecuadas, pero…

—Está bien… ¿Pero adónde quieres llegar con esto?

—Tú eres la razón por la que mi cerebro no hace más que ponerme zancadillas.

Serena soltó una carcajada.

—¿Debería disculparme?

—No, no. Ayer fui a tu oficina para tener esta charla allí, pero quería que Alli estuviera con nosotros y los de la guardería de tu empresa son bastante pejigueros para entregar a los niños.

—Me aseguraré de que les suben el sueldo –dijo ella con una sonrisa–. Ahora, Jack, ¿de qué estás hablando exactamente? O, más exactamente, ¿qué es lo que no estás diciendo? ¿Por qué has venido?

Jack se acercó a ella y le agarró por los hombros.

—Mira, Serena, tú te mereces mucho más que yo, lo sé. Y Alli también. Pero eso es lo que os estoy ofreciendo a ambas. A mí.

Serena sintió que el corazón se le detenía durante un instante. Tenía miedo de creer, por lo que tragó saliva y preguntó:

–¿Cómo dices?

–Llevaba una semana sin verte y han sido los siete días más largos de mi vida. Maldita sea, Serena. Te echo de menos. Echo de menos a Alli.

–Nosotras también te hemos echado de menos a ti –susurró ella, recordando las incontables veces que su hija había preguntado por Jack. Las dos habían necesitado verlo.

–Quiero que vuelvas a mi vida, Serena. Sé que en la gala te lo dije todo mal. Tenías derecho a enfadarte y no te culpo por ello. Sin embargo, ahora estoy aquí y… Maldita sea, ojalá pudiera encontrar las palabras bonitas que te mereces, pero lo único que puedo decir es la pura verdad. Te quiero en mi vida para siempre. Quiero ser el papá de Alli y te aseguro que me esforzaré mucho para no fastidiarlo todo.

Serena sintió que el corazón le daba un vuelco. ¿De verdad estaba ocurriendo?

–¿Qué es lo que estás tratando de decirme, Jack?

–Te estoy diciendo que te amo. Y que a esa niña la quiero también.

–Creo que voy a tener que sentarme…

–No. No tienes que sentarte. Tú siempre has sabido que yo te amo. Tal vez tenía miedo de decirlo, pero es cierto…

–Jack…

–Siempre te he amado y siempre te amaré. Quiero que los tres seamos una familia. Quiero casarme contigo, tener más hijos y comprarle a Alli el perrito ese que quiere. Y el castillo también.

–No me lo puedo creer… –susurró ella. Tenía miedo de que aquello fuera solo un sueño y despertarse de nuevo sola en la cama.

–Pues créetelo. Colton House es grande y está muy vacía. Se merece tener risas y alegría, una familia que le devuelva la vida.

–Yo también.

Jack la soltó lo justo para meterse la mano en el bolsillo y sacarse un pequeño estuche de terciopelo. Serena contuvo el aliento al darse cuenta de lo que iba a ocurrir.

Jack abrió el estuche y le mostró un precioso anillo de compromiso con una impresionante esmeralda. Sacó el anillo y se lo ofreció a Serena. Con la mano que le quedaba libre, le levantó el rostro para poder mirarla a los ojos.

–Te amo, Serena. Para siempre. Eso es lo que te pido. Para siempre. Me marché una vez y lo perdí todo. Ahora te pido que me creas cuando te digo que no me volveré a marchar. Quiero hacerte una promesa –musitó mirándola intensamente a los ojos–. Te prometo por Alli que quiero ese compromiso. Quiero el futuro que podemos construir juntos.

–No me puedo creer que estés diciendo todo esto –susurró ella. Sintió que las rodillas estaban a punto de doblársele.

–Pues créelo.

Jack inclinó la cabeza y la besó. Entonces, volvió a mirarla a los ojos.

–Confía en mí, Serena. Te aseguro que nunca os defraudaré ni a Alli ni a ti.

Como si la simple mención de su nombre hubiera conjurado la presencia de la pequeña, Alli entró en el salón. Al ver a Jack, se lanzó corriendo sobre él.

–¡Jack! ¡Has venido! ¿Te vas a venir al zoo con nosotros? Vamos a ir a ver a los monos, los tigres y los osos…

Jack sonrió y la tomó en brazos. La sujetó con el brazo izquierdo mientras le ofrecía a Serena el anillo de compromiso con la derecha.

–No hay nada que desee más que estar con vosotras. Me encantaría ir al zoo. Preguntemos a tu mamá si yo puedo ir.

–Por favor, mamá… –suplicó la niña mientras rodeaba el cuello de Jack con una mano y se abrazaba a él.

Serena observó al hombre al que amaba con todo su corazón y a su hija. En los ojos de Jack, vio todo lo que deseaba. Lo único que tenía que hacer era aceptarlo y conseguir la felicidad que siempre había soñado.

–Si vamos al zoo juntos, quiero seguir trabajando en la empresa…

–No hay problema. Yo también adoro mi trabajo. En ocasiones tendré que ir a Europa, pero Alli y tú podréis venir conmigo.

–¿Qué es Europa? –preguntó Alli–. ¿Cuándo nos vamos al zoo?

Serena se puso de puntillas y le dio un beso a su hija y luego a Jack. Alli rio encantada.

–Lo de ir al zoo juntos suena maravilloso –dijo por fin, extendiendo la mano.

Jack le colocó el anillo.

–Ohhh, ¡qué bonito!

–Tú lo eres más –le dijo Jack con una sonrisa.

–Y ahora, nos vamos al zoo los tres juntos –anunció Serena.

Jack abrazó a sus chicas con fuerza. Luego miró a Alli y le preguntó:

–¿Qué te parecería venir a vivir a mi casa?

Alli miró a su madre antes de contestar. Luego sonrió a Jack.

–¿Para siempre?

Jack miró a Serena y luego a la niña.

–Para siempre –prometió.

–¿Con un castillo? ¿Y un perrito?

Serena soltó una carcajada.

–Es una buena negociadora –comentó Jack sonriendo.

–No te haces una idea –replicó Serena entre carcajadas.

–Aprenderé –afirmó Jack. Entonces, volvió a mirar a Alli–. ¿Qué te parece un castillo, un perrito y un nuevo papá?

Alli se quedó boquiabierta y abrió los ojos de par en par. Se había quedado completamente atónita.

–¿Tú serías mi papá? ¿De verdad?

–De verdad –dijo Serena mirando a Jack.

La felicidad que vio en el rostro de su hija se reflejó en el corazón de Serena. Comprendió que aquella era la mejor decisión que había tomado en toda su vida.

–¡Este es el mejor día de mi vida! –exclamó la pequeña abrazando a Jack–. Ahora, ¿nos podemos ir al zoo, papá?

–Claro que podemos –susurró Jack emocionado, al igual que Serena.

–Te amo –susurró ella.

–Yo te amo más –le aseguró Jack. En ese momento, los tres se convirtieron en la familia que siempre habían estado destinados a ser.

DESEO
MAUREEN CHILD

TÉ INVITO A SUBIR...

Cuando Henry Porter le arrebató una propiedad que ella había planeado comprar, Amanda Carey le declaró la guerra a su examante y rival en los negocios. Pensó que disfrazarse de empleada doméstica era la manera perfecta para entrar en su mansión de Beverly Hills y averiguar todos sus secretos, pero no tardó mucho en terminar de nuevo en la cama de Henry. Una vez descubierto su brillante plan, Amanda se dio cuenta de que todo su futuro dependía de un hombre que parecía decidido a arruinarla. ¿O iba Henry a cambiar las tornas una vez más?

N.º 550

EL AMOR SIEMPRE VUELVE

Serena Carey, divorciada y con una hija, tenía que conseguir que la gala benéfica de los Carey saliera a la perfección. Y ese fue precisamente el momento en el que Jack Colton volvió a entrar en su vida. Después de siete años de ausencia, el hotelero estaba más guapo que nunca y la química entre ambos aún era latente. Jack le ofreció un acuerdo al que no pudo negarse. Por su parte, ella le hizo una invitación irresistible. Serena decidió que aquella era su oportunidad de dictar las reglas y cambiar las condiciones del juego. ¿Sería capaz de jugar y ganar en aquella ocasión?

JAZMÍN.

BARBARA HANNAY
DÍAS DE AMOR EN PARÍS

Cuando la sexy Camille Devereaux y el guapísimo ranchero austra-
liano Jonno Rivers se conocieron, la pasión surgió al instante. Pero
Camille no tardó en sentirse aterrada por el vértigo de comenzar
una nueva relación y huyó a París. Sin embargo, Jonno no estaba
dispuesto a darse por vencido y decidió hacer todo lo necesario para
convencer a Camille de que aceptara su proposición.

MADELINE BAKER
VIDAS DISTINTAS

Carly Kirkwood había acudido a Texas
en busca de tranquilidad, pero en cuanto
conoció a su profesor de equitación, empezó a no poder dormir por las noches.
Zane Roan Eagle provocaba en ella sensaciones desconocidas, y no tardaron
mucho en dar rienda suelta a la pasión.
Y, aunque Carly siempre pensó que Los
Ángeles era su ciudad, solo pensar en
separarse de Zane hacía que se le des-
garrara el corazón.

N.º 578

CARLA CASSIDY
EL HOMBRE MÁS ADECUADO

Colette Carson no necesitaba a ningún hombre, pero lo que más
deseaba era tener un hijo. Así que se dirigió al banco de semen de
la ciudad dispuesta a hacer realidad su sueño. Fue entonces cuando
apareció el guapísimo ranchero Tanner Rothman y puso su mundo del revés. Colette no dejaba de repetirse que Tanner reunía todo
lo que no quería en un hombre y, sin embargo, no podía negar la
increíble atracción que sentía por él.

BIANCA™

LINDSAY ARMSTRONG

BELLEZA ESCONDIDA

Cam Hillier, magnate de las finanzas, necesitaba que una joven atractiva y educada lo acompañara a una fiesta, pues su pareja acababa de dejarle plantado. Por eso, Cam se fijó en la mujer que tenía más a mano: su discreta secretaria, Liz Montrose.

El empleo de Liz no incluía tareas de acompañamiento. Sin embargo, como sólo estaba ella para mantener a su hijita y llevar dinero a casa, no pudo negarse a la petición de su jefe. ¡Aunque ya no se escondería detrás de vestidos anodinos ni gafas de pasta!

AVENTURA PARA DOS

De comportamiento intachable, la señorita de la alta sociedad, reconvertida en periodista, Holly Harding, buscaba su primera gran exclusiva. ¿Y quién mejor que el infame rey de los ganaderos, Brett Wyndham? Sin embargo, cuando Holly conoció a Brett, descubrió en el enigmático multimillonario algo inherentemente peligroso que la hizo temer por su actitud sensata y profesional.

N.º 485

Cuando el avión privado en el que viajaban se estrelló en el interior de Australia, se vio obligada a depender de Brett para su protección. ¿Cuánto tiempo podría la inexperta Holly negar la abrasadora atracción que existía entre ellos?

¡YA EN TU PUNTO DE VENTA!

BIANCA.

CAITLIN CREWS
AMOR DE FANTASÍA

Becca Whitney siempre había sabido que la familia a la que pertenecía la había repudiado cuando era bebé. Así que, cuando la convocaron para que regresara a la mansión, la invadió la curiosidad. Theo Markou necesitaba una esposa y Becca sería la candidata perfecta. El trato: hacerse pasar por la heredera de la familia Whitney a cambio de recibir la fortuna que le correspondía… Y sin que hubiera sentimientos de por medio.

MELANIE MILBURNE
UNA PRINCESA POBRE

Alexandro Vallini cometió el error de pedirle matrimonio a Rachel McCulloch, una joven con ínfulas de princesa. Y su rechazo le llegó al alma. Sin embargo, las tornas cambiaron y el destino puso el futuro de Rachel en las manos de Alessandro. Él necesitaba una asistenta temporal y ella necesitaba dinero.

Sin embargo, Rachel se había convertido en una mujer muy diferente de la caprichosa niña rica que Alessandro recordaba. Él tendió su trampa, poniéndose a sí mismo como cebo, ¿pero quién terminó capturando a quién en las irresistibles redes del deseo?

N.º 484

CAROLE MORTIMER
RENDIDOS AL PASADO

Mia Burton creía que nunca volvería a ver a Ethan Black, el hombre que le robó el corazón. Aunque había hecho lo posible por olvidarlo, Ethan había vuelto a su vida con la intención de hacer cualquier cosa por recuperarla. ¿El motivo? Mia tendría que ir a su mansión en el sur de Francia para averiguarlo…

¡YA EN TU PUNTO DE VENTA!

DESEO

Que no la amaba era una mentira
que se hacía creer a sí mismo

EMPAREJADA
CON UN MILLONARIO

KAT CANTRELL

N.º 229

El empresario Leo Reynolds estaba casado con su trabajo, pero necesitaba una esposa que se ocupara de organizar su casa, que ejerciera de anfitriona en sus fiestas y que aceptara un matrimonio que fuera exclusivamente un contrato. El amor no representaba papel alguno en la unión, hasta que conoció a su media naranja... Daniella White fue la elegida para ser la esposa perfecta de Leo. Para ella, el matrimonio significaba seguridad. Estaba dispuesta a renunciar a la pasión por la amistad. Sin embargo, en el instante en el que los dos se conocieron, comenzaron a saltar las chispas...

¡YA EN TU PUNTO DE VENTA!

BIANCA™

El precio de su libertad:
un heredero para el multimillonario...

N.º 216

Convencer al magnate griego Ares Zanelis para que se case con ella es el último intento de Odessa Santella por escapar de su triste infancia. Los recuerdos de Ares la han atormentado desde su malograda aventura cuando eran adolescentes, pero tanto el corazón como el deseo de Odessa explotan al ver que él acepta su propuesta...

Las condiciones de Ares son claras: un matrimonio falso para tranquilizar a su padre, pero con una cláusula especial: ¡tiene que darle un heredero! Odessa teme acabar en una prisión de oro, pero ¿podrá su pasión quemar cualquier barrera entre ellos?

¡YA EN TU PUNTO DE VENTA!